天局

矫健 著

作家出版社

目录

快马矫健胜天半子

文／周梅森

《快马》是山东矫健当年的一篇小说，讲一个绰号"快马"的穷小子，出于对老东家的感恩，追随老东家干还乡团，及至最终毁灭的故事。这故事不落俗，当年更让人耳目一新。矫健思想和思维的前卫堪称"快马"，加之矫健长我两岁，恰巧属马，故借"快马"以命此文。

矫健是才子型作家，少年得志，上世纪八十年代初曾一举擒获过一届全国优秀中篇小说奖和一届全国优秀短篇小说奖，趁势坐上了《胶东文学》主编的宝座，《胶东文学》唯一的一台破吉普就此捆在了他屁股上，这家伙那时候就号称有"专车"了，恨不得把专车开到自家的床上去。

　　我和矫健人生轨迹的交集不在矫健自鸣得意的时候，而是在他仕途上受了挫折，主编的职务和屁股上的破吉普都莫名消失了之后。记得是八十年代末期，在上海电影制片厂文学部的招待所，那天，矫健提着一密码箱钞票，总有个二三十万元吧？我呢，抱着一堆稿子，那是我刚完成的中篇小说《大捷》的稿子，《收获》杂志李小林觉得不错，让我来改改。从某种意义上说，我们这交集也算是文学和财富的交集。嗣后，当我成了半个财经专家，在财富论坛或财经专栏做节目时，每每谈到当年，我总会想到矫健，想到那箱钞票。

　　我得承认，矫健这家伙当年曾在财经和财富方面给我启过蒙。

　　那天，矫健热情洋溢，口吻貌似真诚，可我却看不出多少真诚的意思。这就是矫健的悲剧了，这家伙有点像陈佩斯，穿上八路军的军装也不像八路，倒像打入八路军内部的奸细。

　　我由衷赞美他的皮箱，和皮箱里内容的丰厚，试图窥探出某种财富的秘密，也能跟他发一笔。

　　矫健似乎看出了我的心思，请我去洗了一个高级澡，说是边洗边谈。这澡真够高级的，每人澡资三十八元，对当时的我来说，可称得上昂贵了。如果记忆没欺骗我的话，这是我当年洗过的最贵的澡。

　　在澡堂蒸腾的雾气中，我们两个男人赤裸相见，决定了此后二十年的合作。后来我们一起下了海，他董事长，我总经理，带着一帮至爱亲朋，很是在商海里游了几把，把各类生意从广东一个叫淡水的小地方做到了上海的浦东大道上，有阵子也算有些模样吧。

财呢，多少发了些，主要是矫健发。他是快马嘛，干啥都先人一步，靠收国库券和街头股票买卖及早赚到的第一桶金。嗣后，我们哪里热闹哪里去，一会儿"东征"，一会儿"北伐"，和改革开放早期的各路地头蛇、各类大小骗子、各类或成功或失败的草莽英雄打交道。我们生意高潮时，我的资产从十二万增至四十余万，矫健则绝对超过了千万。我想，他大概是我们作家中头一个经商真正赚了大钱的人。

不过，祸根也在那时埋下了：矫健迷上了地下外汇期货，开始瞒着我炒期货，不断输钱，以至于让我忍无可忍，终至被迫和他分手。分手后，我们仍然是好朋友，三天两头通电话，相互通报情况。

我另立山头后，也时常想念矫健。矫健是这么个人：一段时间不见，让我想他，是真想，可和他一起待上十天八天，又会让我精疲力竭，不得不狼狈逃离。这家伙实在太能闹腾了，说是属马，却有猴性，且又豪放善饮，酒后猴性发作实在让人受不了。矫健还不知道低调，赚了点钱就动辄要把这个买下来，那个买下来。

好在苍天有眼，最终矫健并没能如其所愿成为李嘉诚，而且命运还让他在海里狠呛了几口水，恰恰就呛在期货上。这全在我的预料之中。矫健，你不吹了吧？一次次让你悬崖勒马，你就不听，这下子好了，掉光了毛的凤凰不如鸡呀！我如此讥讽矫健。

矫健却不服输，也不服气，小眼睛一眯：那我下的还是凤凰蛋呀，周梅森，这你能不承认？！

我当然承认：这家伙不但下的是凤凰蛋，而且还金光灿烂呢！

在我看来，矫健就是矫健，是打不倒的。不论在人生、文学，还是在商场上，他有时虽然屡战屡败，但却屡败屡战。就说炒期货吧，他当年炒境外期货惨败不已，近千万资金一举败尽，二十年间从未赢过，他竟然至今没有放弃，仍用最后的小钱炒着。当我从他太太彭雪行口中得知后，大为吃惊，再次劝他勒马住手，他却对他太太大发其火，怪她过早地暴露了目标。

当天晚上，夜已经很深了，在我家里，矫健喝多了，小眼睛里竟有泪光闪动：兄弟，告诉你：我这辈子有一个梦，就是哪天在期货上赢了，我连夜坐飞机到你家，只和你说一句话：兄弟，我赢了！

我也喝多了，一把搂住矫健：其实在我心里你早赢了！

矫健作为我数十年的好友，无论做人行文都有大气象。《快马》潇洒，《天局》更是胜天半子，气吞山河，读到的人无不折服。我对《天局》印象很深，这是矫健最好的小说之一，所以在写《人民的名义》的过程中，我把它作为祁同伟性格形成的重要线索。祁同伟喜欢读《天局》，可惜只读懂了一半，所以注定失败。一部《天局》，教人读懂天地人生。我真心推荐大家认真读一读《天局》。

天局

西庄有个棋痴，人都称他"浑沌"。他对万事模糊，唯独精通围棋。他走路跌跌斜斜，据说是踩着棋格走，步步都是绝招。棋自然是精了，却没老婆——正值四十壮年。但他真正的苦处在于找不到对手，心中常笼罩一层孤独。他只好跟自己下棋。

南三十里有个官屯小村，住着一位小学教师，是从北京迁返回乡的。传说他是围棋国手，段位极高，犯了什么错误，才窝在这山沟旮旯里。浑沌访到这位高手，常常步行三十里至官屯弈棋。

浑沌五大三粗，脸庞漆黑，棋风刚勇无比，善用一招"镇神头"，搏杀极凶狠。教师头回和他下棋，下到中盘，就吃惊地抬起头来："你的杀力真是罕见！"浑沌谦虚地点点头。但教师收官功夫甚是出色，慢慢地将空捡回来。两人惺惺惜惺惺，英雄识英雄，成为至交。教师常把些棋界事情讲给他听。讲到近代日本围棋崛起，远胜中国，浑沌就露出鲁莽性了："妈的，杀败日本！"

浑沌确是怪才。儿时，一位瘸子老塾师教会他围棋。"三年自然灾害"，先生饿死了。浑沌自生自长，跑野山，喝浑水，出息成一条铁汉。那棋，竟也浑然天成，生出一股巨大的蛮力，常在棋盘上搅起狂风骇浪，令对手咋舌。无论怎样坚实的堡垒，他强攻硬打，定将其摧毁。好像他伸出一双粗黑的大手，推着泰山在棋盘上行走。官屯教师常常感叹："这股力量从何而来？国家队若是……"仿佛想起什么，下半句话打住。

腊月三十，浑沌弄到了一只猪头。他便绕着猪头转圈，嘴里嘀咕："能过去年吗？能吃上猪头吗？落魄的人哪！"于是背起猪头，决意到官屯走一遭。

时值黄昏，漫天大雪。浑沌刚出门，一身黑棉衣裤就变了白。北风呼啸，仿佛有无数人劝阻他："浑沌，别走！这大的雪——"

"啊，不！"

千人万人拉不住他，他执拗而任性地投入原野。雪团团簇簇如浓烟翻滚。群山摇摇晃晃如醉汉不能守静。风雨夹裹逼得浑沌陀螺似的旋转，睁不开眼睛，满耳呼啸。天空中有隆隆声，神灵们驾车奔驰。冰河早被覆盖，隐入莽莽雪原不见踪迹。天地化作一片，无限广大，却又无限拥挤。到处潜伏着危险。

浑沌走入山岭，渐渐迷失了方向。天已断黑，他深一脚浅一脚，在雪地里跌跌撞撞。背上那猪头冻得铁硬，一下一下拱他脊背。他想："要糟！"手脚一软，跌坐在雪窝里。

迷糊一阵，浑沌骤醒。风雪已停，天上悬挂一弯寒冰，照得世界冷寂。借月光，浑沌发现自己身处一山坳，平整四方，如棋盘。平地一侧是刀切般的悬崖，周围黑黝黝大山环绕。浑沌晓得这地方，村人称作"迷魂谷"。陷入此谷极难脱身，更何况这样一个雪夜！浑沌心中惊慌，拔脚就走。然而身如着魔，转来转去总回到那棋盘。

夜已深。雪住天更寒。浑沌要冻作冰块，心里却还清醒："妈的，不能在这儿冻死！"四下巡视，发现山上皆黑石，块块巨大如牛。他索性不走，来回搬黑石取暖。本来天生蛮力，偌大的石块一叫劲，便擎至胸腹。他将黑石一块块置于平地。身子暖了，脑子却渐渐懵懂，入睡似的眼前模糊起来。

他似乎转过几个山角，隐约看见亮光。急赶几步，来到一座雅致的茅屋前。浑沌大喜："今日得救了！"莽莽撞撞举拳擂门。

屋里有人应道："是你来了。请！"

浑沌进屋，但见迎面摆着一张大床，蚊帐遮掩，看不出床上躺着何人。浑沌稀奇：什么毛病？冬天怕蚊咬？蚊帐里传出病恹恹的声音："你把桌子搬来，这就与你下棋。"

浑沌大喜：有了避风处，还捞着下棋，今晚好运气。又有几分疑惑：听口气那人认得我，却不知是谁。他把桌子搬到床前，不由得探头朝蚊帐里张望。然而蚊帐似云似锦，叫他看不透。

"浑沌，你不必张望，下棋吧！"

浑沌觉得羞惭，抓起一把黑子，支吾道："老师高手，饶我执黑先行。"

蚊帐中人并不谦让，默默等他行棋。浑沌思忖良久，在右下角置一黑子。蚊帐动动，伸出一只洁白的手臂。浑沌觉眼前一亮！那白臂如蛇游靠近棋盒，二指夹起一枚白子擎至空中，叭一声脆响，落子棋盘中央。浑沌大惊：这全不是常规下法！哪有第一着占天元位置的？他伸长脖颈，想看看蚊帐里究竟是什么人。

"你不必张望，你见不到我。"

声音绵绵软软如病中吟，比女子更细弱；但又带着仙气，仿佛从高远处传来，隐隐约约却字字清晰。这声音叫浑沌深感神秘，暗叹今夜有了奇遇。浑沌抖擞精神，准备一场好战！

棋行十六着，厮杀开始。白棋飞压黑右下角，浑沌毅然冲断。他自恃棋力雄健，有仗可打从不放手。白棋黑棋各成两截，四条龙盘卷翻腾沿边向左奔突。浑沌素以快棋著称，对方更是落子如飞。官庄教师常说浑沌棋粗，蚊帐中人却快而缜密。浑沌惊愕之心有增无减，更使足十二分蛮力。白棋巧妙地逼他做活，他却又把一条白龙截断。现在谁也没有退路了，不吃对方的大龙必死无疑。

围棋，只黑白二子，却最体现生存竞争的本质。它又不像象棋，无帅卒之分，仿佛代表天地阴阳，赤裸裸就是矛盾。一旦自己的生存受到威胁，谁不豁出老命奋起抗争呢？此刻，右下角燃起的战火越烧越旺，厮杀极惨烈。浑沌不顾一切地揪住一条白棋，又镇又压，穷追猛打。白棋却化作涓涓细流，悄悄地在黑缝中流淌，往黑棋的左上角渗透。假若不逮住这条白龙，黑棋将全军覆灭。浑沌额上沁出一层汗珠，心中狂呼："来吧！拼吧！"义无反顾地奔向命运的决战场——左上角。

第九十八手，白棋下出妙手！蚊帐中人利用角部做了一个劫，即使浑沌劫胜了，也必须连走三手才能吃尽白棋。浑沌傻眼了。

这岂止是妙手？简直是鬼手！但是，浑沌没有回旋余地，只得一手一手把白棋提尽。蚊帐中人则利用这劫，吃去黑右下角，又封住一条黑龙。

现在，轮到浑沌逃龙了。可是举目一望，周围白花花一片，犹如漫天大雪铺天盖地压来。浑沌手捏一枚黑子，泥塑般呆立。一子重千钧啊！他取胜一役，但又将败于此役。只有逃出这条龙，才能使白棋无法挽回刚才的损失。然而前途渺茫，出路何在？

正为难时，一阵阴风扑开门，瘸瘸拐拐进来个老先生。浑沌闻声回头，见是那死去多年的私塾先生。既已死，怎的又在这荒山僻野露脸？太蹊跷！紧急中浑沌顾不得许多，连呼："老师，老师，帮我一把！"

私塾先生瘸至桌前，捻着山羊胡子俯身观棋。阴气沉重，压得灯火矮小如豆。那白臂跷起食指，对准罩子灯一点，火苗倏地跳起，大放光明。老先生一惊，身子翻仰，模样十分狼狈。

"哼哼。"帐内冷笑。

浑沌心中愤愤：这局棋，定要赢！一股热血冲向脑门，阳刚之气逼得黑发霍霍竖起。

瘸子先生似乎知道对手不是常人，一招手，门外进来他的同伴，先入二人羽扇纶巾，气宇轩昂，正是清代围棋集大成者：飘飘然大师范西屏，妙手盖天施襄夏。他们在当湖对弈十局，成为围棋经典；施襄夏因心力耗尽，终局时呕血而死。再进来一位，明代国手过百龄，他著的《官子谱》至今流传。宋代的围棋宗师刘仲甫扶着龙头拐的骊山老母蹒跚而入。一千年前他们在骊山脚下大战，只三十六着，胜负便知。直至春秋时代的弈秋进屋，围棋史上英豪们便来齐了。

浑沌端坐桌前。他再不猜测这些人如何来到人间，只把目光集中在那只手上。洁白如玉的手，如此超然，如此绝对，一圈神圣的光环围绕着它。它仿佛一直是人、鬼、神的主宰，一直是天地万物的主宰。它是不可抗拒的，不可超越的。浑沌明白，他是在与无法战胜的对手交战。他想赢，一定要赢！

大师们皆不言语，神情庄严肃穆。浑沌的穴位被一人一指按住，或风池或太阳，或大椎或命门。霎时间灵气盈盈，人类智慧集于浑沌一身。他觉得脑子清明，心中生出许多棋路，更有一种力量十倍百倍地在体内澎湃。他拿起黑子，毅然投下，然后昂起头，目光灼灼，望着蚊帐里不可知的对手。

中原突围开始。浑沌在白棋大模样里辗转回旋，或刺或飞，或尖或跳，招数高妙决非昔日水平，连他自己也惊讶不已。然而蚊帐中人水涨船高，棋艺比刚才更胜几筹。那白棋好似行云流水，潇洒自如，步步精深，着着凶狠，逼得黑棋没有喘息的机会。黑棋仿佛困在笼中的猛兽，暴跳如雷，狂撕乱咬，却咬不开白棋密密匝匝的包围圈。浑沌双目瞪圆，急汗如豆。棋盘上黑棋败色渐浓。

忽然，浑沌脑中火花一闪，施出一着千古奇绝的手筋。白棋招架之际露出一道缝隙，黑棋敏捷地逮住时机，硬挤出白色的包围圈。现在，右边广阔的处女地向他招手。只要安全到达右边，黑色的大龙就能成活。但是，白棋岂肯放松？旁敲侧击，步步紧逼，设下重重障碍。黑棋艰难地向右边爬行。追击中，白棋截杀黑龙一条尾巴。这一损失叫浑沌心头剧痛，好像被人截去一只左脚。他咬着牙，继续向处女地进军。白棋跳跶闪烁，好似舞蹈着的精灵，任意欺凌负伤的黑龙。黑龙流着血，默默地呻吟着，以惊人的意志爬向目的地。只要有一线生存的希望，无论忍受多少牺牲，浑沌都顽强地抓牢不放！棋盘上弥漫着沉闷的气氛。人生的不幸，似乎凝聚在这条龙身上。命运常常这样冷酷地考验人的负荷能力。

终于，浑沌到达了彼岸。他马上反过身，冲击白棋的薄弱处。蚊帐中人跷起食指，指尖闪耀五彩光辉。这是一种神秘的警告。浑沌定定地望着那手指，朦胧地感到许多自己从不知晓的东西。白子叭的落在下边，威胁着刚刚逃脱厄运的黑龙。他必须止步。他必须放弃进攻，就地做活。但是，这样活多么难受啊！那是令人窒息的压迫，你要活，就必须像狗一样。浑沌抬起头，那食指依然直竖，依然闪耀着五彩光辉。浑沌把头昂得高高，夹起一枚黑子，狠狠地打入白阵！

这是钢铁楔子，刚刚追击黑龙的白棋，被钉在将遭歼灭的耻辱柱上。下边的白棋又跳一手，夺去黑龙的眼位，使它失去最后的生存希望。于是，好像两位立在悬崖边上的武士，各自抽出寒光闪闪的宝剑，开始一场你死我活的决斗。

这是多么壮烈的决斗啊！围棋在此显示出慷慨悲歌的阳刚之美：它不是温文尔雅的游戏，它是一场血肉横飞的大搏杀！看，浑沌使出天生蛮力，杀得白棋惨不忍睹；蚊帐中人猛攻黑龙，一口接一口地紧气，雪白的手臂竟如此阴冷，刽子手一样扼住对手的喉咙。浑沌走每一步棋，都仿佛在叫喊："我受够了！我今天才像一条汉子！"白棋却简短而瘆人地回答："你必死！"黑棋的攻势排山倒海，招招带着冲天的怒气。一个复仇的英雄才会具备那样的力量，这力量如此灼热，犹如刚刚喷出火山口的岩浆，浩浩荡荡，毁灭万物。白棋置自己的阵地不顾，专心致志地扼杀黑龙。两位武士都不防卫，听任对方猛砍自己的躯体，同时更加凶恶地刺向对方的要害。

屋外响起一声琵琶，清亮悠扬。琵琶先缓后急，奏的是千古名曲《十面埋伏》。又有无数琵琶应和，嘈嘈切切，声环茅屋。小小棋盘升起一股血气，先在屋内盘桓，积蓄势大，冲破茅屋，红殷殷直冲霄汉。天空忽然炸响焦雷，继而群雷滚滚而下。琵琶声脆音亮，激越如潮，仿佛尖利的锥子，刺透闷雷，挺头而出。两者互压互盖，反复交错，伴那一柱血光，渲染得天地轰轰烈烈。

蚊帐中人吃了浑沌的黑龙，浑沌霸占了先前白阵。沧海桑田，一场大转换。棋细势均，胜负全在官子上。浑沌回头看看，列位先师耗尽真力，已是疲惫不堪。浑沌方知这场大战非自己一人所为。人、鬼、神结为一阵，齐斗那高深莫测一只手。

官子争夺亦是紧张。俗语道："官子见棋力。"那星星点点的小地方，都是寸土必争；精细微妙，全在其中。《官子谱》《玄玄棋经》连珠妙着尽数用上，妙中见巧，巧中见奇。小小棋盘，竟是大千世界。

棋圣们一面绞尽脑汁，一面审度形势。范西屏丢了羽扇，先失飘然神韵；刘仲甫扯去纶巾，不见大家风采。瘸子先生挨不到桌边，急得鼠窜，却被诸多大腿一绊一跌，显出饿死鬼的猴急。骊山老母最擅计算，已知结局，扁着没牙嘴巴喃喃道："胜负半子，全在右下角那一劫上……"心里急，手上一运仙力，竟把龙头拐杖折断。

果然，官子收尽，开始了右下角的劫争。围棋创造者立下打劫规则，真正奇特之极：出现双方互相提子的局面，被提一方必须先在别处走一手棋，逼对方应了，方可提还一子。如此循环，就叫打劫。打劫胜负，全在双方掌握的劫材上。浑沌的大龙死而不僵，此时成了好劫材，逼得蚊帐中人一手接一手应，直到提尽为止。黑阵内的白棋残子也大肆骚乱，扰得浑沌终不得粘劫。两个人你提过去，我提回来，为此一直争得头破血流。

鸡将啼，天空东方一颗大星雪亮。浑沌劫材已尽，蚊帐中人恰恰多他一个。大师们一起伸长脖颈，恨不得变作棋子跳入棋盘。然而望眼欲穿，终于不能替浑沌找出一个劫材。一局好棋，眼看输在这个劫上。满桌长吁短叹，皆为半子之负嗟惜。浑沌呆若木鸡，一掬热泪滚滚而下。

列位棋祖转向浑沌，目光沉沉。浑沌黑袄黑裤，宛如一颗黑棋子。祖师们伸手指定浑沌，神情庄严地道："你去！你做劫材！"

浑沌巍巍站起。霎时屋内外寂静，空气凝结。浑沌一腔慷慨，壮气浩然。推金山，倒玉柱，浑沌长跪于地。

"罢，浑沌舍啦！"

蚊帐中人幽幽叹息："唉……"一只白臂徐徐缩回，再不复出。

浑沌背猪头出西庄，几日不回。西庄人记得除夕雪大，不禁惴惴。知底细者都道浑沌去了官屯，便打发些腿快青年去寻。官屯小学教师见西庄来人，诧异道："我没有见到浑沌，他哪来我这里？"

众人大惊，漫山遍野搜寻浑沌。教师失棋友心焦急，不顾肺病，严寒里东奔西颠。半日不见浑沌踪迹，便有民兵报告公安局。

有一老者指点道："何不去迷魂谷找找？那地方多事。"于是西庄、官屯两村民众，蜂拥至迷魂谷。

迷魂谷白雾漫漫。人到雾收，恰似神人卷起纱幔。众人举目一望，大惊大悲。只见谷中棋盘平地，密匝匝布满黑石。浑沌跪在右下角，人早冻僵；昂首向天，不失倔强傲气。一只猪头搁在树下，面貌凄然。

浑沌死了。有西庄人将猪头捧来，告诉教师：只因浑沌送猪头给他过年，才冻僵于此。教师紧抱猪头，被棋友情义感至肺腑，放声号啕，悲怆欲绝。

有人诧异：浑沌背后是百丈深谷，地势极险，他却为何跪死此地？众人做出种种推测，议论纷纷。教师亦觉惶惑，止住泣涕，四处蹒跚寻思。

他在黑石间转绕几圈，又爬到高处，俯瞰谷地。看着看着，不觉失声惊叫："咦——"

谷地平整四方如棋盘，黑石白雪间隔如棋子，恰成一局围棋。教师思忖许久，方猜出浑沌冻死前搬石取暖，无意中摆出这局棋。真是棋痴！再细观此局，但见构思奇特，着数精妙，出磅礴大气，显宇宙恢宏，实在是他生平未见的伟大作品。群山巍峨，环棋盘而立；长天苍苍，垂浓云而下；又有雄鹰盘旋山涧，长啸凄厉……

官屯教师身心震动，肃穆久立。

众人登山围拢教师，见他异样神情皆不解。纷纷问道："你看什么？浑沌干啥？"

教师答："下棋。"

"深山旷野，与谁下棋？"

教师沉默不语。良久，沉甸甸道出一字："天！"

俗人浅见，喳喳追问："赢了还是输了？"

教师细细数目。数至右下角，见到那个决定胜负的劫。浑沌长跪于地，充当一枚黑子，恰恰劫胜！教师崇敬浑沌精神，激情澎湃。他双手握拳冲天高举，喊得山野震荡，林木悚然——

"胜天半子！"

快马

没有人清楚快马一生。今天，当我捉笔写他时，仿佛又看见他那鹰隼般的、凶恶的眼睛。他老是那样瞪着人，手里还握一杆猎枪。你见过一次就再不会忘记他。善恶是非随着时间的流逝会淡化，而他这人却永远清晰地立在你眼前。这老头儿，他整个相貌就是一把锋利的小刀，几家伙便深深刻在你记忆的屏幕上。

快马当过还乡团。那年他好威风，挥着大刀，骑着快马，闹得村里甚嚣尘上。庄稼人老远就关上门，悄声警告孩子："快马来了！快马来了！"他便落得这外号。好景不长，随着国民党主力部队的崩溃，还乡团这种地主武装也土崩瓦解。快马险些遭到人民政府的镇压。以后的岁月，他都在沉默中度过。他一直在村里挑大粪。搞运动开大会，他就耷拉着脑袋站在台上挨斗。一个村子的人都把怒火发泄在他身上，好像他本人就是个大粪罐子。

这样的生活很容易压垮人的精神。同村的地主富农，都养成老鼠性格，一个个贼头贼脑，怕亮光响声。他们的孩子自幼担惊受怕，有一种莫名的原罪感，自然像一群小耗子。唯独快马，沉默中暗藏钢铁般的硬性子，脖子梗梗，眼睛斜斜，谁见了都想揍他两巴掌。上街，成群的小孩跟在他后面喊："快马！快马！"他便怒吼一声，穷追孩子们。抓住哪个孩子，就拧去见家长，理直气壮地责问："光养孩子不管教吗？哪好叫老汉的外号！"家长理亏，只得不作声，心里却记着，下次开批斗会多踢他几脚。

这些年，没人再整快马。大粪也不挑了，村里派他去看坡守夜。他已进入老年，两鬓斑白，孤独地住在田野间一座小窝棚里，人们渐渐将他忘却。他女儿嫁在远村，出嫁前曾与他断绝父女关系。老头儿一直耿耿于怀。女儿几次有意与他和解，他却冷漠地躲开。他独自在田埂上游荡。

秋天，大地呈现紫色。清凉的空气会引起人们伤感，深深吸几口，心就变得忧郁起来。远处的山峦一片灰蓝，伏在天际悄悄蠕动。快马在刚刚收获过的花生地里用脚踢土，踢，踢，就踢出一两颗花生果。他弯腰捡起来，剥开硬壳，将花生丢进嘴里。整个秋天，他不动烟火，就这样寻觅遗留在土里的庄稼。他是一个野人。田野里多么寂静啊，高蓝的天空没有一丝风，田埂上星星点点的野菊静静地吐着芬芳。快马沉浸在往事的回忆中。有时，他蓦地抬起头，眼睛放射出强烈的光芒，脸上的神情那么庄严，那么崇高，仿佛受到某种神圣使命的召唤！他取下肩上的猎枪，平端着向自己村庄瞄准……

一只孤雁在空中飞过。

有个小男孩偷偷地跟着快马。他像田野上的小精灵，不知从哪里冒出来，也不知隐到哪里去。快马冷冷地斜他一眼，再不去理会。小男孩围绕着他蹦蹦跶跶，做鬼脸，哼小曲，甚至大着胆儿摸摸他的枪管。有一次，小孩尿尿，引起了快马的注意。他穿着一条肥大的老婆裤子，提及胸脯。裤裆处用刀片划了一条长缝，尿尿时一蹲，露出小鸡哗哗啦啦就撒。撒毕，人一立，大裤裆折褶无限，长缝隐在其中，不见半点痕迹。快马古板的脸上露出一丝笑意。

夜里，快马生起一堆篝火。地瓜煨熟了，散发着甜丝丝的香味。小男孩坐在快马对面，眼巴巴地望他剥去焦黑的地瓜皮。快马瞅他一眼，将金黄的地瓜瓢子隔火扔去。小孩张嘴叼住，咕咕咽下肚。快马又剥一个地瓜，往他旁边扔。小孩头一偏，仍用嘴叼住，迅疾而准确。快马哈哈大笑。这孩子好大食量，快马做晚餐的地瓜，全被他引逗着吞去。不过，快马从未像今夜这么愉快。

快马蒙蒙眬眬地进入梦乡。小孩赤裸裸钻进他怀里。快马抚弄着他的小鸡，喃喃道："你是我的小狗……你是我的小狗……"星星多么明亮，收割过的田野沉寂地吸去淡淡的蓝光。

以后，快马就叫孩子"小狗"，快马教小狗打枪。确切地说，他只是教他瞄准。小狗瞄了一会儿，就不耐烦了。"为什么不放枪呢？砰！打个野鸡，多过瘾！"

"枪一响就出事……"快马含糊地说。

快马的猎枪从没响过。他的牛角总是装满火药，时间一长，他担心火药潮湿，就倒掉另换。他的黄铜弹帽总是亮晶晶的，闲时就擦啊擦啊，不让它们沾半点灰尘。可他一次也没有开过枪。他只是瞄准。就像一个老练的猎人伏在丛林里，耐心地等待着射击的时机。

"你给我好好瞄准！"快马严厉地呵责小狗，"这样瞄，你看——"

快马端起枪，眯起一只眼睛。一旦瞄准，他就变成一座石雕，忘记了时间，忘记了环境，唯有睁开的那只眼睛跳跃着火星。枪口对着远处的村庄。村庄悠然地冒着炊烟，好像一个和平的老人，宁静地抽着烟斗。谁也没提防这凶恶的枪口。

据说，快马有血债。村长刘大健被还乡团活埋，他娘知道是谁干的。审判快马时，乡政府要老太太作证。老太太闭着眼睛，泪水哗哗地流，却用力摇着头，死命钻回人群去。这样，快马就免了挨枪子儿。那时他刚死了老婆，女儿只有两岁，整天整夜地哭。老太太住在快马对门，听见这哭声就深深叹息。

没人知道快马究竟干没干那事，但是，快马却牢牢记住另一桩血案。他本是贫农，年轻时在财主家当长工。东家对他很好。最叫他感动的是，某年中秋节，东家给他两个月饼，他没舍得吃，回家捎给他娘。东家知道了，夸他孝顺，又给他两斤月饼。快马崇拜东家，认为做人做到这样，可以算圣人。哪晓得这圣人是潜伏的日本特务。一个风高月黑的夜晚，八路军武工队翻墙进来，用大刀将他砍了。当时快马在场，大刀一挥，东家的人头落地，滴溜溜旋转着向他奔来。奔至脚边，那人头瞪着血红的眼睛，张开嘴巴咔嚓咔嚓啃他鞋子……

这惊心动魄的场面快马一辈子也忘不了。他得了一种奇怪的脑病：只要一睡着，就梦见那人头啃他脚。醒来，他对着茫茫夜空起誓，今生今世定为东家报仇！他安慰了亡魂，方睡得安宁。

快马参加了还乡团。

对于这个选择，快马义无反顾。他是条汉子。有时候，人格因素比历史更有力量。就像两帮小孩打架，打败了的总要投靠强者，但有的孩子却不。哪怕只剩他一个，哪怕打得头破血流，他也不肯改变最初的选择。快马就是这样。谁能想到快马在新社会的变化呢？他挑着大粪，他沉默着，却积攒着仇恨，积攒着力量，真正变成了人民的死敌！他甚至有了念想，一心要扭转乾坤。

于是，快马的人生有了奇特的意义。

记不清哪一年了，村里发生了一件大事。支书刘占奎横行霸道，在仓库里强奸了梅嫚。小姑娘投井自杀，被家里人捞出来，哭得惊天动地。全村人愤怒了，到处在议论扳倒刘占奎。快马对自己说："是时候了，干吧！"他提着两把菜刀，半夜钻进梅嫚家。梅嫚父亲刘得栓是个老实人，正哭得六神无主，见了快马只会发愣。快马将一把菜刀哐啷扔在他面前，咬牙切齿地道："有种的为嫚儿报仇！我帮你，砍了刘占奎！"刘得栓望望快马，望望菜刀，眼睛越睁越大，忽然抓起菜刀，向快马扑去："你个还乡团兔崽子，想杀共产党，我先砍了你！"快马狼狈逃窜，出门时绊了一跟头。回家，他伤心地哭了一场……

六二年"自然灾害"，快马饿倒在炕上，得了水肿病。不知哪里刮来一阵风，说是蒋介石要反攻大陆。快马兴奋不已，身上涌出无限精力，挂了根棍子到处串联。他先上南寨，那村里有许多地主富农。"干吧，是时候了！"他奔走相告。然而地主富农都吓破了胆，捂着他的嘴将他搡出门。他又到北寨，那里有个王尖尖，两个儿子被政府枪毙，两个儿子逃到台湾去了。快马以为他定会举义，没想到王尖尖见了他像老鼠一样往炕角落里缩。快马愤怒地拽他出来："你儿子回来了，还趴着干吗？"这一声喊得响亮，王尖尖怕人听见，咕咚一声跪下，捣蒜似的给快马磕头："爷爷，你快走吧！爷爷，你叫俺过过安生日子吧！"

快马在田野里行走。大地多么苍凉啊，荒草吞没了庄稼，剥尽树皮的榆、槐裸露着干枯的枝丫，紫红的夕阳为万物涂抹上浓浓的血浆。快马感到刺心的孤独。他扔掉木棍，张开两臂仰天长叹："只有我一个人啦——只有我一个人啦——"空旷的原野回荡着他的呼声。

快马老了。他再不去干那些傻事。他只是默默地向村庄瞄准。许多人都感到孤独，但只有充满激情的人，才会感到真正的孤独。快马陷入无边的黑暗。

"你为什么教我瞄准？"小狗回头问，枪口歪到天上去。

"长大，你会成为一条好汉。"快马盘腿坐在树下，嘴里叼着烟斗。

现在，快马有了希望。他看着那孩子擎起猎枪，心头就膨胀起来。这是他最大的享受。小狗来了，减轻了他的孤独。这是天意，他心里清楚。他从不问小狗是谁家的孩子，干什么跑到田野里来。

"你看我的裤子……"小狗蹲了蹲，露出黑红的屁股。

"昨夜刚给你缝好，你又撕开了……"快马喃喃道。

"我去捉鱼，你给我看着裤子！"

小狗放下枪，飞快地褪去肥大的老婆裤子，朝快马一扔，奔向河边。

快马慢慢地扒拉着裤子。这条老婆裤子总在他心底引起疑惑。他觉得眼熟。他闭着眼睛，一寸一寸摸索着。耳边传来小狗的欢叫，哗哗的水声。这裤子用黑布缝制，腰间拼了一块青花布。快马渐渐看见一张脸，那么慈祥，那么温和……他的心猛一哆嗦！

老奶奶总是坐在蒲团上缝补裤子。快马挑着一担粪桶，浑身散发着臭气，全村人遇见他都要啐一口，老奶奶不，他走来，她就抬起头，微微张开没牙嘴巴，像是要打招呼。但她终于没说话，只是眼睛一眯，露出一丝慈祥的笑容……

快马最怕遇见她。那笑容，几乎叫他铁石心肠变软。快马老躲她，可她偏偏住在对门，偏偏老在缝补那条黑布裤子。

自从住到田野里，再没见着老奶奶。快马说不清自己对老奶奶爱还是恨。她坐在那里，形成一股否定的力量，否定他的信心，否定他的理想，甚至，否定了他的一生。她存在着，叫快马感到对这个世界的亏欠。于是，他不能活得那么踏实，不能活得那么理直气壮。

是的，他参与干过那件事情。在一个漆黑漆黑的夜里，他和还乡团匪徒们把村长刘大健拉出屋，拉到沙滩上。他们疯狂地打他，把他埋在沙里，只露一个脑袋。刘大健真是条硬汉，从头到尾一声不吭。他娘跪在地上，拖住快马的腿，呼唤着他的小名哀求:"墩儿墩儿,饶了你哥吧!……"还乡团匪徒用刀背砍她,砍得她昏死过去。折腾了许久,他们叫快马试试刘大健鼻息,看他死透了没有。快马趴下,耳朵贴着刘大健的嘴巴。这时,他听见一种声音,远远地从地心传来:

"勿伤我娘!勿伤我娘!"

天亮,快马看见了那颗露在沙外的脑袋。刘大健满脸墨紫,眼珠暴鼓,鼻孔流出两道黑血。他活活地憋死了。快马记得那声音,心头发怵。他对人头道:"俺败那天,还你一条命!"

现在,他们败了,快马却没有还命。他若死了,谁也对得住,痛痛快快,死而无憾。可是老奶奶偏偏让他活下来。他没有勇气坦白,心底深处就有一块地方硬不起来。对于快马来说,这是一个很深刻的伦理问题。他既然无力解决,就有意无意地回避它。然而,老奶奶存在着,天天坐在对门缝补裤子。

"大鱼!大鱼!"

小狗手中跳跃着一尾半斤多重的鲫鱼。阳光下,他精赤的小身体水珠灿然,和那鱼儿一般模样。快马把他搂在怀里,用自己的夹袄将他披裹起来。小狗却扭动着身子,抓过老婆裤子一套,裤腰提到胸口前。快马茫然地望着他,小孩裹在大裤子里,多么古怪!

"暖和吗?"

"暖和。"

"这裤子补了好多年……"

"它穿不坏的,永远穿不坏!"

小狗说着，屁股一撅，从裤裆下面对快马扮了个鬼脸。快马默默地抽着烟，凝视远方的山峦。群山在雾中缥缈，那样令人迷惑。

夜里，快马替小狗缝好裤子。他蒙眬睡去，小窝棚里黑暗而宁静。忽然，雪亮的白光将他惊醒，老奶奶向他走来。"我要去了。"她说。快马惊愕地撑起身子："你别走！"老奶奶慈祥地微笑，目光那么温和。她倒退着离开窝棚，那白光随她消失。周围又是一片黑暗和宁静。

清晨，快马扛着猎枪回村。他没进去，只在村口徘徊。太阳升起来了，鲜红的光辉使树叶、屋顶、河沟亮得耀眼。快马等待着。庄稼人出工又收工，村里依然没有动静。快马拄着枪，下巴搁在枪口上，眯缝着眼睛仰望天空。他知道老奶奶死了，他要为她送行。

"哇——"好像千百人放声大哭，唢呐忽然响了！一行出殡的队伍簇拥着紫红棺材，慢慢走出村来。唢呐吹得呜呜咽咽，悠悠扬扬。快马避到路边，仍用枪口顶住下巴，目光惶惑如狗。

人们从他身边走过，谁也没注意他，好像他是路边一堆粪土。棺材犹如一只小船，晃晃悠悠向快马摇来。棺材盖子一跳，老奶奶向他笑笑。"我走啦……"老奶奶轻声叹息。棺材盖又合严，小船飘飘远去。快马跟在出殡行列的后面，拉开一段距离，步履沉重走向墓地。

当人们埋好棺材离去，快马从不远的灌木丛里站起。他在新坟前坐下，抱着枪，木木地瞅着黄土。他就这样坐了一天。傍晚，夕阳渲染着墓地的宁静，坟堆旁一簇野菊花幽幽地吐着清香。快马身后是一潭绿水，晚霞投在水面上，流荡起斑斓的色彩。快马的身影也变得模糊不清。

那天夜里，快马为小狗做饭，为小狗搔痒，为他干一切想得出来的事情。他搂着小狗睡，心软得要融化。

"明天去赶集，你要什么我买什么。"快马呜呜噜噜地说。

小狗却在他怀里哭起来，哭了很久很久。他一直抱着那条老婆裤子。快马也哭了。黑暗中，大颗大颗的老泪顺着皱纹流淌，悄然滴落……

第二天，快马领小狗去赶集。他心情特别好，哼哼呀呀唱起吕剧。小狗跟在后面，擎着那杆猎枪，东瞄瞄，西瞄瞄。太阳还未升起，田野里流荡着白雾。朝霞格外鲜艳，映得霞珠五光十色。村子里麻雀吵成一片，间或响起一只黄莺优雅的歌唱。

"我打一只鸟吧？"小狗央求道。

"不行。"

一只褐色的野兔从棉槐丛里蹿出，惊慌地穿越一片开阔地。小狗急忙向野兔瞄准。

"我打这只兔子吧？"

"不行！"

快马头也不回向前走。小狗气哼哼地嘀咕："我打你这坏老头……"他端起枪瞄快马的背影。

快马登上一道堤坝，站住。他眼前展开一幅秀丽的图景：凤凰河清澈的河水哗哗流淌，河面上跳跃着金亮的光斑；河边，几株柳树舒展着身腰，枝条在晨风中轻盈地摇摆；群山挺立着伟岸的躯体，气势磅礴地奔向初升的太阳。快马深深地吸一口气，抬起两只瘦长的胳膊。他仿佛要拥抱这一切，将世界留在自己怀里。就在这一刻，他听见砰的一声枪响！

小狗永远也搞不清事情是怎么发生的。他只不过是闹着玩儿，像平日瞄准村庄一样对快马随便瞄瞄。可是，一股无形的力量推了他一下，枪响了。这杆枪从来没响过，一只神秘的手将它打响了！小狗望着枪筒里冒出的白烟，呆若木鸡。

"姥爷！姥爷！"孩子扔掉猎枪，哭叫着奔向堤坝。

快马一直不肯和女儿和解。做闺女的知道父亲倔强，就偷偷让儿子陪伴快马。小狗不叫"小狗"，他叫"灵娃"。

快马似乎没中弹，依然擎着两只胳膊，纹丝不动地站着。他刻满皱纹的脸庞凝结着沉思的神情，鹰隼一般的眼睛仰望长空。灵娃奔到他身边，摇他胳膊："姥爷啊姥爷——"快马扑通跪下，长叹一声：

"天灭我也！"

高人

1

我思故我在。这话说得聪明。不管那位先贤试图说明什么哲理,他首先证明了脑袋的重要性。假如没有脑袋,我们还存在吗?一个植物人虽然活着,却没有任何知觉,能算人吗?疯子傻子满街乱跑,肢体健康而脑子废了,还不如死了算了!据说,现代医学都以脑死亡为判断病人是否存活的标准,那是非常科学非常英明非常有道理的!脑袋是百官之长,无可取代。

我如此强调脑袋的重要性,因为我本身就是一颗脑袋。没错,我仅仅是脑袋!

你可能有点糊涂,那好,我就把我的状况仔细描述一下。我是一个瘫子,自幼得了一种我懒得称其名字的怪病(那名字太长太长），我的肢体自下而上逐渐萎缩，只剩下一颗大脑袋。我不愿描绘残存的肢体，它完全枯萎了。随便你怎么想象吧：埃及金字塔里的木乃伊，某种植物干腐的根部……但是，我可以夸耀硕果仅存的脑袋，它聪明、高贵，并且非常漂亮！你只要想一想大卫石膏头像，就等于看见了我本人。可以这样说：我全部的精华都聚集在脑袋上，从外表到实质完全经得住考验。我一生的经历证明了这一点，你会从后面的故事得出结论。

身体牺牲了，却成就了脑袋，这也许是一笔划算的买卖。有时候我想，如果反过来，让我长一烂头，天生白痴，那就惨了！许多精彩故事无法亲历，形形色色的有趣人物无法结识，我就算白活了！不思不在，那我等于压根儿没到这世界上来过。

现在我要谈谈身体。众所周知，只有脑袋而没有身体，就构不成完整的人。一颗孤零零的脑袋无法在世界上生存。我是幸运儿，避开了这一可悲的结局。我的身体是另一个人，他叫米小强。我住在 Y 市一条小胡同里，邻居家诞生了一位与我同龄的男孩，他就是上帝为我预备的身体！我们从小在一起，米小强一直背着我。如今他已是好汉一条，身高一米八五，四肢发达，块块肌肉标致完美，赛过健美运动员。我得承认，作为身体，米小强同志无可挑剔。

把我们联结在一起的工具，是一条宽阔的牛皮带，铁扣牢牢扣在老米的胸前。在他背部，有一巴掌宽的小座，那自然是我的龙墩。皮带下方悬挂着绒布缝制的口袋，我的枯萎的下肢就藏在口袋里。一年四季，我总是披一袭黑色披风，领口系紧，将老米裹藏起来。还有一样道具，是特意加长的手杖。我拄着它，笃笃点着路面，徐徐前行。手杖闪闪发亮，披风飘飘洒洒，我显得神闲气定，悠然自得。是的，作为一个完整的人，我有理由为自己感到自豪。

我喜欢在夜间散步。路灯下，我拖出长长的身影。行人吃惊地仰起头，朝我匆匆一瞥，加快脚步逃离。我完全理解他们的心情，以我这样的身高，如果要打劫行凶，必定给对方带来极大的伤害！在小弄堂里行走，两边低矮的老房子更衬托出我的高大。恰巧二楼有窗户打开，屋里女主人和我打个照面，立刻尖叫起来，手中脸盆、茶杯什么的，掉在地板上滴溜溜打转……我摘下黑呢礼帽贴在胸口，低头致歉：对不起，打搅了！

白天，我喜欢出现在熙熙攘攘的人群中。那种鹤立鸡群、一览众山小的感觉，令我心旷神怡。各种式样、各种颜色的帽子尽收眼底，却看不见行人的面孔。当然，他们迟早会发现我的存在，于是帽子翻为一片面孔，发出阵阵惊呼：哇，高人，高人！他们甚至主动让开一条道，请我先行。我用手杖点着马路，颔首致意，从容走出人群。在我身后，赞叹的目光如胶似漆，久久粘在后脑勺上。这时，我就会在心中轻叹一声：当高人的感觉真好！

有一则小故事。据说，拿破仑曾对一位高个子将军发火：虽然你比我高一个头，但你继续争辩下去，我将立刻消灭这个差别！我想，假如站在拿破仑面前的是我，我就会继续犟嘴，看看他如何消灭我们之间的差别。他用军刀砍去一个脑袋，那显然是不够的，因为米小强同志仍比他高得多。他必须补上一刀。或者，他干脆把我们拦腰砍断。面对真正的高人，事情总有些麻烦。这位性格暴戾的独裁者，也许会气得发疯！我喜欢做类似的联想，它们让我内心产生小小的骄傲。

当然，凡事有利就有弊。过高的个子，也常使我遇到一些意外的麻烦。

有一次我们乘飞机去深圳，登机时被拦了下来。我努力弯腰，却怎么也进不了舱门。空姐们捂住漂亮的小嘴，眼睛满是惊愕。机长一边朝对讲机喊着什么，一边挤上前来。我明白，如果出现这么高的恐怖分子，其破坏力必定难以估量。我不希望产生误会，主动把两张登机卡递到机长面前。

开什么国际玩笑？机长斗鸡似的伸长脖子，扒开我的黑斗篷往里看——原来是两个人！你给我下来！我向他解释：一个残疾人无法独立行走，你要我怎样登机呢？机长提出无理要求，非得解开皮带，让老米抱着我进机舱。我说：民航有这种规定吗？残疾人只能抱着，而不能背着或扛着登机？机长犯傻了，一时不知如何反驳我。

有些乘客拥到机舱门口看热闹，不怀好意地叫起来：卸开，卸开！抱着进来！机长挺直腰板，指指铁扣，不容置疑地道：必须卸开，本次航班就这规矩！

我深感侮辱。"卸开"，这词选得多妙啊！他们就是要看看，一颗脑袋怎样从身体上卸下来。我必须捍卫自己的尊严，哪怕因此耽误这趟航班！我一字一句地说：听过一句名言吗？士可杀不可辱！我把披风系好，整整黑呢礼帽，从容走下舷梯。中途，我又转过身来，擎起文明棍在空中画了一个圈：一群小人！

我非常重视整体性。作为一个完整的人活着，是我心底最强烈的欲望。我读过许多书，喜欢沉思冥想。在我看来，世界处于分裂状态，你可以把它视作一堆碎片。聪明的脑袋就是要找到方法，把碎片拼成理想的图案。宗教、瑜伽、气功具有共同本质，那就是通过神秘途径，将艰难人生化为美妙境界。我深知其中三昧，也就消解了与生俱来的不幸。没错，我是瘫子，可我把自己视为脑袋，又得到了身体，还有什么可抱怨的呢？高人，由碎片拼出的完美图案，诠释着一种很牛逼的哲学——我就靠它活着。

当晚霞在天际渐渐消逝，我来到海边唱歌。Y市濒临大海，色彩绚丽，景色壮观。远眺浪花拍打礁石，溅起团团碎玉，我放开嗓门，引吭高歌。清新的气流涤荡着肺部，身心无比酣畅。我随意编造歌词，套入熟悉曲调，用一种奇怪的方法发音。呀哦咦咦——呀哦咦咦——我的声音尖利如母猫叫春，激越如雄鸡啼鸣，穿透海风飞向远洋！我不知道为何发出这样的声音，可一张口它自己从心底冒了出来。词义充满矛盾，交织着对生命的赞美与诅咒。

一位研究声乐的学者跟踪我许久，偷偷在小本上记我的歌。后来我们熟悉了，他告诉我，作为发掘各少数民族民歌的专家，自己从没听过这种发声方法。他甚至断言：一种新民歌诞生了！稍稍迟疑一下，他又补充道：只是，我首先得确定这算不算人类的声音……

海边游人毕竟少真知灼见者。一个黑衣高人吼着独创民歌，在暮色苍茫中慢慢朝你逼近，足以惊魂！人们避之不及，空旷的沙滩成了我的天下。我把手杖当长剑荷在肩上，好像自己是古代游侠，步履蹒跚，衣袂飘飘，狂歌而行。这是我最佳状态，为此瞬间死了都值！人，完全可以获得自由，只要你懂得选择。我的心灵已化作海鸥，在波涛间飞掠盘旋……

2

八岁，我刚上二年级，母亲撒下我走了。这一打击对我是致命的！我不仅失去了最疼最爱我的亲人，更重要的是没人背我上学了。父亲懒惰、木讷，除了上班就是喝酒，一向把我看作废人。若不是母亲坚持，我到了上学的年龄根本不可能进校门。是妈妈求校长、拜老师，为我争得一席座位，并天天接送，风雨无阻。脑袋的求知欲天生强烈，我以优异的学习成绩征服了老师和同学。可是，妈妈病逝毁灭了我人生的唯一希望！我躺在床上，脸向墙壁一动不动，眼前是无尽的黑暗。我觉得自己将烂在床上，就这样烂掉……

毛大吾，毛大吾。这是我的名字，有人站在我背后执拗地呼唤。

我的同桌米小强来了。我不想见人，不去理他。可他动手了，把我翻过来，背在背上。他说：快走，要迟到了！

从那一刻起，我再也没离开米小强的脊背。他父母是慈爱之人，在儿子房间里放一张小床，干脆让我住在他家。

父亲每月发了工资，就过来看看我。他总是说：走吧，回家躺着，我养你一辈子。我也总是回答一句：不，我要站着活！爸爸无奈地摇头，留下一半工资，独自喝闷酒去了。

学校生活是快乐的，老师同学大多善待我。残疾人有种种不便之处，谁都以体谅的态度给予我帮助。但教体育的朱老师却是例外，他坚持对我来说过于苛刻的要求：你必须上体育课，否则吃零分。我试图开玩笑：好吧，我就用脑袋在操场上滚。朱老师不苟言笑，脸铁板着：不，让米小强同学背着你上课，成绩算你们俩的。

于是，我出现在体育场上。米小强刚开始发育，瘦瘦长长的身子好像一根豆芽菜，背着我跑跑跳跳实在不容易。我们跑步，绕着操场一圈一圈地跑，小强脸上的汗珠啪啪掉在沙土上。我用哀求的目光瞅着朱老师，可他视而不见，仍吹着逼命的哨子，让我们跟上队伍。铁石心肠的家伙，那一刻我真恨透了他！这还不算，我们必须参加短跑比赛。你想想这是怎样的情景吧，起跑枪声一响，同学们野兔似的嗖一下蹿出去，我们却像一只鸭子，歪歪扭扭落在后面。我不是脑袋，而是一只面口袋，在米小强的肩头东倒西斜。跑几步，他就用双手撮一撮我，生怕我掉下来。在同学们的嬉笑声中，我们总是最后到达终点。

最悲惨的是跳远比赛。米小强奔到沙坑跟前一个急刹车，不敢跳了。朱老师板着脸：再来一遍！可再来几遍也没用，关键时刻米小强老是悬崖勒马，拿鞭子抽他也纹丝不动。下课铃响了，同学们急得直跺脚。朱老师面无表情，还是那句话：再来一遍。我哭了，用两只拳头擂他的头：你跳啊，跳啊！米小强红眼了，大吼一声：我来啦——他飞一样起跑，到了沙坑前奋力一跃，我就觉得自己起空了，腾云驾雾似的。接着，眼前一黑，我的脑袋栽入沙窝！同学们一片惊呼：头掉了！头掉了！米小强抱起我，坐在沙坑里哇哇大哭，仿佛自己真的掉了脑袋。就从那时起，我们俩确立了头和身体的关系，一生一世不动摇！

风高月黑，我和米小强又来到操场。我说：丢不起这个人啊，咱们练吧！小强咬牙点头：狠练！我的头脑发挥作用，预先准备好一根尼龙绳，将我和他牢牢绑定。我们一遍一遍地跑，一次一次地跳，终于练得身轻如燕，顺风飞扬！

小学毕业时，体育成了我们的强项。最拿手的是篮球，两人相加，身高优势不言而喻。我双手托起篮球，轻轻投出，每每准确落网。那一瞬间，我体验到成功的欢乐，信心随着落地的皮球，一蹦老高！朱老师让我们在校队打主力，仍板着一张黑脸，逼我们完成各种高难度动作。

多年以后，我去看望朱老师，问他：当初你为啥非逼我上体育课呢？上了年纪的朱老师依然不苟言笑，淡淡回答一句：体育精神，重在参与。停了一下，他又补充道：你和所有的孩子一样，需要呼吸新鲜空气。我深受感动。如果一直在教室里憋着，我还真不知成啥样子了呢！朱老师的两句话，足以影响我终生。

生存意识一直给我带来压力，残疾孩子总是想得多。屋后有一棵小杨树，每天放学走过那里，我就指指小树：老米，你踢它三脚。米小强虽然纳闷，仍按我的要求踢了三脚。小杨树摇摇晃晃，立不住的样子。时间长了，一向不爱说话的小强忍不住发问：干吗老让我踢树啊？它惹着你了吗？

我笑笑，给他讲了一个故事。有一位武功大师，教了三个徒弟。老三最笨，什么拳路也学不会。师父就把他领到一棵小松树下，命他每天打树。招式极简单——一巴掌一腿。好，三徒弟就对着松树一巴掌一腿地练，整整练了一生！松树长粗长大，三徒弟也渐渐老去。可只要他一动手，老松就像幼时一样哗哗颤抖。一日，有个武林高手前来挑战，坐在一座悬崖上，声称不管使用什么方法，只要把他打下悬崖，就痛快认输。师父已经不在了，老大老二为捍卫师门尊严，奋力一搏。他们拿出毕生武艺，使尽各路拳法，高手却盘坐在巨岩上，纹丝不动。老三离开松树林，说我来试试。自然，没有谁看好他。可是他赢了，且赢得惊天地泣鬼神——只一巴掌一腿，就把巨岩劈下悬崖，坐在其上的挑战者，连影儿都不见了！

米小强听完故事，半天合不拢嘴巴。从此，他见了小杨树就一阵猛踢，直把那棵树踢死了。不过没关系，老米见啥踢啥，像一匹烈马，连我都勒不住他。非凡的脚头功夫就这样练成了，我一生的安全也得到保障。

我的担心不是没有道理。我住的小胡同对面，有一幢高楼，名曰"红旗楼"，净住着有权有势的人家。红旗楼里有个顽皮男孩，叫林大东，是高我两级的同学。这家伙不知出于何种心理，老拿我恶作剧。他领着一群红旗楼的小孩，放学时把我们堵在胡同口，尽情嘲笑戏弄。他用绳子套米小强的脚，说是绊马索；又往地下吐一口痰，逼我拿帽子擦掉。由于明显处于劣势，我们只能忍耐，尽量拖延时间，直到救星出现。

救星是一位女同学，名叫杨雨妹。她也住在小瞎胡同，是我们的中队长。林大东有点儿怪，见到雨妹脸就红。小姑娘像一只小辣椒，甩着两条小辫冲到他面前，指着鼻尖就骂：不要脸，不要脸！大欺小，多欺少，你还算个男子汉吗？林大东特别在乎男子汉的称谓，蒙着大红脸，带领手下灰溜溜地跑回红旗楼。杨雨妹转过身朝我笑笑，说：走吧，去我家写作业。我们跟在她后面走进小瞎胡同。

我也重视男子汉的尊严，总靠一个女孩子救驾实在没面子。当米小强脚头有了几分功夫，我们决定不再等待小救星。那天，林大东摆出新阵势，男孩子一个背一个，隔着马路冲过来。骑马打仗！骑马打仗！他们喊叫着冲上前，几双手同时抓住我衣服，使劲往地下拽。幸亏尼龙绳已经升格为皮带，我还能抵挡一阵，否则真像林大东喊的那样，我的头要被他们当破瓦罐摔了。这工夫，米小强开始踢树！孩子们密密麻麻的小腿，还真像一片小树林，可是远不如小杨树经踢。只三五下子，对方人仰马翻，地上躺倒了一片。老米还不过瘾，照着林大东连踢三脚，踢得他从人行道滚到街中央！杨雨妹恰好赶到，目睹这情景惊得目瞪口呆。

我对雨妹一笑：从今以后，再也没有人敢欺负咱们了！我刻意使用"咱们"这个词，将她也包括在内。

总的来说，我们是和平主义者，除了这一仗，再没有与其他男生发生冲突。尤其是米小强，人越长越强壮，脚头越练越坚硬，性格却更加温和。这是天性使然。像他这样的好人，世上罕见！从小学到中学，他不离不弃背了我十多年。许多人为他的事迹所感动，报纸上经常刊登表扬他的文章。读到高中，共青团市委把他树为"学雷锋标兵"，一时轰动 Y 市！

这家伙，虽然使很多人热泪盈眶，自己却笑嘻嘻地认为沾了我的光！他说：没有你，我能出那么大的名吗？谢谢啦！

3

如果我讲的仅仅是一个学雷锋故事，那就太俗了。信不信由你，在我和米小强之间，发生了不可思议的奇迹！天长日久的背负，竟使我们两人长到一块儿去了——血肉相连，意念相通，真的长成一个人！

首先，米小强越来越不会思考，因为有了我，他脑袋的功能日益退化。他的作业大多由我完成，考试时我想出各种计谋为他打小抄。鉴于我们的特殊情况，老师们也睁一只眼闭一只眼。凡涉及我俩的事务，一概由我处理，他从来没有异议。说句夸张的话，老米的智力从九岁以后再也没有增长过。而我，离开他就寸步难行，这是不言而喻的。

其次，周围人渐渐不把米小强当作独立的人看待，有事情只冲我说。甚至，同学们不再分别称呼我们，却把两个人的名字和了起来。我叫毛大吾，他叫米小强，大家不约而同地叫我们"毛米"！当然，谁喊毛米，总是由我回答，他连姓名都取消了。米小强则越来越崇拜我，能与我共用一个名字，他引以为豪。

更重要的是，我们产生了神秘的心灵感应。仿佛有一股电流，打通我们的血脉，将意念、动作完全协调起来。我的脑袋往东一扭，他决不会向西走；他肚子饿了，我必产生旺盛的食欲。我郁闷时，他就蔫头耷脑，我兴奋地引吭高歌，他便和着节拍踏出漂亮的舞步……生物体的奇妙难以理喻，仅靠常识许多问题无法解释。我们渐渐进入一个理想境界：智慧的脑袋加发达的身体。如此，试看天下谁能敌？

现在，米小强已经习惯于躲在长长的黑色披风里，见了阳光就头晕。他走路不必远眺，只需留神脚下的石头，由我把握方向呢！透过披风的缝隙，他可以了解周围发生的一切，什么人什么事他心里都一清二楚。语言的功能肯定是退化了，我讲话他只是默默地听，仿佛我在自言自语。独自负责二人的交流，我的话就特别多。于是，你常会看见高人嘴里咕咕噜噜，踽踽独行，似乎精神出了毛病。睡觉时，他才把我摘下来，放在身旁。一旦脱离脑袋，身体便失去知觉，常常是没等我说完一句话，他已经打起了呼噜。我呢，在黑暗中睁大眼睛，上九霄，落黄泉，追寻天地间无尽的奥秘。当然，没有腿，我只能在梦里神游。

如果你以为米小强同志因此失去个性，成了一块木头，甚至行尸走肉，那就大错特错了！我告诉你，老米调皮着呢！他用特有的肢体语言表达情绪，经常搞得我哭笑不得。前面说过，我在低矮的旧楼房穿行，难免与二楼的女主人打个照面。这本是尴尬事情，老米却不失时机地踮起脚尖，使我面孔进一步接近窗口受惊的女人，好像我是故意耍流氓。

遇到我跟他不喜欢的人谈话，他两只脚就像马蹄一样捯动，逼我显出很不耐烦的模样。对方往往是领导、老板，谈的也是有关我们生计的话题，人家自然要皱起眉头，严肃地打量我脚。米小强更加过分，竟然转身就走，害得我连连摆手：对不起，我想起一桩急事，咱们改日再谈。拜拜！

我说：老米啊，这样不好！我知道你的意思，那人对咱打官腔，求他办事没戏。没戏归没戏，起码的礼貌还要讲吧？你老由着性子来，今后谁还跟我们打交道呀？再说了，外交属于我脑袋的工作范围，你插那么一腿，让我怎么干呢？下不为例，希望你安分守己。

米小强默默地听着，十分谦逊的样子。可我心里清楚，要他安分守己几乎不可能。果然，不出几天，一位脖子上戴着狗项圈一般粗的金链子的大佬，正瞪着两只牛眼训我，老米忽然放了一个惊天动地的响屁！大佬往后一跳，惊问：哪里打炮？我只得随机应变：对不起，我想用一下卫生间……

没办法，我只能改变自己性格。一般来说，我比较理智，懂得在人屋檐下，不得不低头的道理。可让米小强搅的，我也变得愤世嫉俗起来。遇到那些人模狗样的大人物，我不再委曲求全，话不投机半句多，干脆挥手拜拜！别人以为我很酷，其实只是抢在老米发难之前行动，免得难堪。这么一来，我倒有了意外收获：敢爱敢恨，快意人生，到底是爽！

说起来，我并不太喜欢自己的性格。身体缺陷，家庭不幸，常使我郁郁寡欢。过多的思虑成为重负，让我过于严肃，过于刻板。说好听点算少年老成，讲得难听便是未老先衰。谁爱老阴天？我心底最渴慕的品质，就是幽默！感谢上帝，米小强带来了幽默。无形之手在背后猛推一把，令我跌入喜剧陷阱。

Y城盛产美女，美女云集在海边。因此，海滨路是个美妙去处。月夜，海面碎银跳耀，我坐在石凳上凝神远眺。其实我在钓鱼，运气好的话总会有妙龄女郎在身旁坐下。谈天说地是我强项，三寸不烂之舌常能把姑娘引得心醉神迷。留下电话号码，到路边排档吃两串烧烤，甚至去电影院看新上映的大片——这就算有大斩获了！进行此类活动，米小强的积极性最高，经常是我心念未动，他就马嘚嘚，一路奔向海边。青春期，内心难免阵阵骚动。

米小强爱在身上揣一些古怪东西，出其不意地向看中的女性献殷勤。于是，我的披风成了百宝箱，我也不得不充当魔术师角色。比如，我正舞动双手，滔滔不绝地演讲，他会悄悄往姑娘手心塞一把开心果。姑娘一怔，看看我手，看看开心果，百思不得其解。有次送某位小姐回家，胡同里的路灯坏了，四周一团漆黑。女孩往我身边靠靠，带几分撒娇：哦，我有点害怕……话音刚落，我的腹部突然伸出一只超级手电筒，雪亮的光柱顿时扫除黑暗。姑娘一把推开我，惊叫：你是鬼！你不是人！我尽量温和地笑着：哪里有鬼？我会变戏法，为了你的安全，略施小技耳。她将信将疑地伸出手，想摸摸电筒。老米及时熄灯、隐匿。我像一个双簧演员，台词立即跟上：请原谅，天机不可泄露啊！

过后，我和老米笑翻了天。我说你这家伙，怎么想得出来啊？要不是我脑子转得快，人家真把我当成鬼了！老米蹦蹦跶跶，吹起尖利的口哨。

有些时候，他就玩过界了。遇到不喜欢的姑娘，他会偷偷给人家按一条长尾巴，人家走出老远还不知觉，引得路人一片讪笑。再不然，他在姑娘裙子上别一个小铃铛，使她像小狗一样，走起路来叮当叮当响。层层叠叠的裙子结构复杂，姑娘翻弄半天也找不到那铃铛。

对于米小强同志的这类行为，我很不以为然。每当感觉他要做小动作，我就会咳嗽一声，发出警告：又想捣鬼，又想捣鬼……这又引起姑娘误会，以为我在说她呢：干吗呀？人家好好坐着，怎么就捣鬼啦？我赶紧解释：别多心，我在说自己呢！她瞅我一眼：最好彻底坦白。我支支吾吾地说：这么漂亮的女孩坐在身边，谁不想捣鬼呀？我怕犯错误，所以就提醒自己……总算圆了过去。

老米更有惊人之举，百宝箱里变出大物件！有一回，我好容易约到一位靓女看电影，他差点把人家吓晕。你猜猜，他变出了什么？一只鸭子！影片正演到情深意浓处，男主人公将爱人放倒在床上，凝视她的眼睛。我的披风里探出一个鸭头，不失时机地挨近姑娘小手。要知道鸭头所处的部位相当不雅，仿佛从我裤裆里钻出那么个东西。姑娘颤声问：你想干什么？我两眼盯着银幕，随口打趣：那还用问？他想干什么我就想干什么。男女主人公的激情戏达到高潮，热吻，宽衣解带。鸭子也玩得兴起，竟用扁嘴轻轻啄女孩的手心。她叫了一声：你那东西……怎么还会咬人？头就歪倒在椅背上，神情迷离。我这才发现鸭子作案，叫苦不迭！这种事情无法解释，我只得逃之夭夭。

应该申明一下：我曾向老米讲过一则外国笑话，情节与此相似。没想到他老人家照葫芦画瓢，真就这么干了！

接触异性是美妙的，尽管我只剩一个脑袋。与可爱的姑娘在一起，我就心跳加快，热血上冲。仿佛春潮卷来，自己变成了一片树叶，随波而去。这使我相信，人的情欲发自头脑，而不是身体。遇到特别喜欢的女人，比方说，那位天鹅姑娘，我竟产生吻她一下的冲动！有了这样的念头，连我自己都吃惊——我怎么了？想干什么？我能算一个男人吗？

那女孩出现在晚霞绚丽的傍晚，落日余晖让她全身散发出迷人的色彩。尤其是脖子，细长洁白，透着软玉似的温润光泽。我晕了一下，紧紧跟上去。我在暗中为她取名"天鹅姑娘"，并决心一定要搭上腔！老米的心情与我一样，脚步也变得格外绅士。当然，如此身高的男人不难引起女性的好奇心，我没费多大劲就和天鹅姑娘坐在一条长椅上。她从西部来，第一次见到大海，欣喜得像个小孩子。我给她讲 Y 城历史，讲胶东半岛的风土人情。这是我的拿手好戏，天鹅姑娘听得着迷，两人的距离很快拉近了。

天色渐渐变黑。几颗大星在空中闪耀，月亮躲入云层里。这样的夜晚我比较喜欢，光线暧昧，女方难以觉察我的弱点。我们的谈话越来越接近私密性质。天鹅姑娘问我：海边的男人为啥长得那么高？我笑笑：你是说我吗？她点点头：嗯，是不是吃鱼虾多了？我在内陆城市从没见过像你这般高大的男人！我有点骄傲地昂起脑袋，道：是的，大海为我们提供了丰富的蛋白质，可以算得天独厚吧。当然了，我的情况比较不同，在海边男人中也是特例！

这时我的手就挨到了天鹅姑娘的小指，她没有躲避。我的巴掌进一步移动，终于轻轻握住她温柔的小手。我们沉默了，似乎能听见对方的心跳。她把头转向东边，看月亮缓缓游出云端，美丽的天鹅脖子扭成一个诱人的弧度。我情不自禁把嘴唇凑过去，越凑越近，眼看就要接触到她晶莹的肌肤了……

我永远不能原谅米小强同志！在这关键时刻，他犯了致命的错误。老米早就急不可耐，竟向天鹅姑娘伸出罪恶的魔爪！身体受本能支配，忒俗。我不知道他摸了人家什么地方，反正是敏感部位，且下手很重，情节十分恶劣。

姑娘哇的尖叫一声，人从椅子上弹起来，花容失色，满腔愤怒！没等我张口，她就重重打我一巴掌，确切地说，给了我一记响彻云霄的耳光！

我喊：冤枉啊……我！

没人给我解释的机会。天鹅姑娘高跟鞋踩着石条铺成的路面，橐橐而去。

这类冤枉气我可没少受。灵与肉的冲突难以避免，人类的错误不都是在欲望驱使下铸成的吗？所以，我也没有过分责怪老米。话又说回来，如果我有健全的下肢，不也一样时时惦记着终极目标吗？我想坏，却没有能力坏，这就是问题的根本！

我们的钓鱼行动总是以失败告终。这是必然的，因为事情本身就不成立。高人是两个男人，尽管有皮带连接，尽管有披风遮掩，在女人面前迟早要露馅。我们对此早有思想准备。说穿了，来海滨不过为了找乐，给我们乏味的生活增添几道色彩。难道谁还真想找个老婆回去？快乐的单身汉，就像铁块受了磁石吸引，总要向美丽的姑娘靠拢。高人也不能例外。

话虽这样说，人生的难题还是浮出了水面：作为一个脑袋，如何面对爱情？如何面对性？女人，仿佛一道横亘的山峰，挡在我面前。我想用碎片拼图，我想做完整的人，就必须攀越这道山峰！

我能吗？

4

父亲死了。他独自死在老房子里，脸贴着掉漆的方桌，两手垂在椅子旁，地下是一只摔碎的酒杯。他不是醉死的，因为桌上一瓶二锅头刚刚打开，而老爸喝半斤八两白酒没有问题。依我看，他是愁死的，为我愁，长年累月地愁。实际上，父亲是因我的病才开始酗酒，年轻时他是一名好工人。唯一的儿子得了怪病，萎缩得只剩下脑袋，对他无疑是致命的打击。从此以后，他就失去了活下去的信心。这事挺奇怪：作为患者的我，一直充满信心地生活着；身体健康的爸爸，却因绝望而死！一念之差，竟决定了生命走向，足见脑袋的重要性。

安葬了父亲，我从悲痛中冷静下来。环视着空荡荡的老屋，我对老米说：搬过来吧，我们要独立生活。他诧异地望着我：在我家住不是挺好吗？就咱们两个，怎么过日子？我的语气非常坚定：从今天起，我们不再依赖任何人！你要是不敢相信自己，不敢相信我，那就把我撂在床上，回家去吧！米小强连忙说：你是头，什么事情你都说了算。

我很清楚自己的处境。父亲一走，我就断了生活来源。过去，爸爸把工资的一半送给米家，终究是他养活我。如今我不想办法挣钱，难道要在米家吃一辈子白饭？自己不能解决生存问题，还不如死了算了！我没把这层意思对米小强说穿，是怕他伤心。但我心里明白，面前这道坎必须过去，晚过不如早过。我在为自己争取做人的资格！

接着，我又做出第二个决定：辍学。这下老米不干了！还差一年高中毕业，我的各项学习成绩名列前茅，是全校的尖子，老师们认定我考清华、北大没问题。老米喊：多可惜啊！我还想背你上大学，指望跟着你出息呢！我摇头叹息：别做梦了，就算考上，哪家大学肯收我？就算收了，谁会同意你背着我进课堂？住宿舍，还能单为你准备一张床吗？哪怕发生奇迹，大学毕业了还要找工作，我能干啥？好吧，算我有出息，考上了公务员，给某位领导当秘书，你能背着我上班？来这么个高人还不把领导吓死了？更进一步出息，我又当上局长，你还能扛着我向同志们训话？市里开什么重要会议，你躲在披风里偷听，当官的秘密都让你知道了，那还了得？……

老米终于沉默了。他跺跺脚，阻止我往下说。

我却要把话说透：还有一条路——咱俩分开，你继续读书。

屁话！没有脑袋，我还读什么书？老米哭了。咱们都这样了，还怎么分？一辈子也别说这种话！

我也哭了：不说了，没有身体，脑袋怎么活？离开你，我就死……

哭了一夜，我们就退学，找工。现在回想起来，这真是个笑话——我都把自己想象成秘书、局长了，结论还是没法干，那普通工作怎么会有我的份呢？所以，我们找工的过程出尽洋相，那才叫光着腚推磨，转圈儿丢人啊！

第一份工找的是大酒店。我想，酒店需要许多东西，从客房到厨房，毛巾牙刷、鸡鸭鱼肉哪样不得买啊？我掌眼小强跑腿，当个采购员总能称职吧？我特制一件新披风，把头发梳得板板正正，去见经理。经理徐娘半老，和蔼可亲，见了我含笑点头：真是好小伙子，赶得上姚明了！做采购实在可惜啊……我心头一热，赶紧表态：不一定非当采购员，我愿意服从安排。经理你看我是什么材料，尽管放心使用！女经理略一思忖，拍拍巴掌：对了，我安排你做大堂经理！这么高的个子在总台旁边一站，客人来了眼前还不一亮？时间长了，你准能成为我们酒店一块招牌！我顿感遇到知音，激动地伸出双手：谢谢经理，你是我的伯乐！

米小强乐昏了头，竟也从披风底下伸出手来。女经理正和我握着呢，咦，肚子上怎么又长出一双手？吓得她尖叫一声，跌倒在沙发上。我赶紧一面说明情况，一面倒水为她压惊。可是女经理挥手打翻茶杯，泼了我一身水。她尖尖的指甲几乎戳到我额头上，嚷：骗子，两个冒充一个，你是骗子！我说：我没想骗你，米小强从小到大一直背着我，你完全可以把我们当作一个人。女经理这会儿已经歇斯底里，仿佛我骗走了她的贞操。她招来一群保安，一边用手绢擦眼泪，一边下达混乱的命令：把他们赶出去！不，打110报警……算了，还是赶走！赶走！

结局非常悲惨：如狼似虎的保安将我们架到半空，穿过酒店大堂，在众目睽睽之下把我们球一样扔出玻璃大门。皮带断了，头掉了，高人在光天化日下露馅了！米小强抱起我，狼狈逃窜……

多少年来，每当我们打这家酒店经过，老米总要咕噜一句：当大堂经理，我还以为真的哩……我则以君子报仇的狠劲，对着亮闪闪的玻璃门发誓：总有一天，我要把它买下来！只要你还想当，大堂经理一定是你的！话虽这样说，心里的酸楚、伤痛却难以消除。

从深深的屈辱感中苏醒过来，我得出一条经验：以后找工作，开门见山，主动亮相。要就要，不要拉倒！免得让人家骂骗子。所以，当我们走进苏厂长的办公室，应聘保安职位时，我没开口先敞开披风，把米小强同志暴露出来。然后讲明情况，希望领导照顾。

啊呀呀，你也真不容易，残疾人心红志坚嘛！苏厂长矮矮胖胖，笑眼眯眯，很像弥勒佛的样子。他表达了深切同情，又提出棘手问题：我心里没有数哦，倘如工厂钻进个把小偷来，以你的情况怎么对付呢？

这个问题不难解决，米小强同志的腿功十分了得，你可以试试！我停顿一下，指指厂门口站着的保安——这样吧，我们搞一场大比武，请贵厂保安扮演小偷，苏厂长你就看我怎么收拾他们！

使不得！使不得！伤到你们还要包医药费，搞不好真要养你一辈子呢！苏厂长谨慎地避开我的挑战，听他口音好像是上海人。好了，就算你的朋友真有功夫，我还要提一个问题：究竟是你，还是你这位朋友来应聘保安呢？

我把披风系紧，侧身亮相，显露高人风采：苏厂长，你就把我们看作一个人吧，我这样子站在厂门口，还不体面还不威武还不给贵厂增光添彩吗？

那么，我到底给你们发一份工资呢，还是发两份工资？苏厂长显示出上海人的精明，不受我蛊惑，一下子抓住问题的要害。

我傻眼了，这事情还真没有细想过呢！我咽了口唾沫，可怜巴巴地望着对方：你就看着办吧，我相信苏厂长是个善良的人……

先不要给我戴高帽子，账是一定要算清楚的。喏，你看，假如我给你一份工资，那你就吃亏了。明明是两个人，怎么只挣一份钱呢？假如我给你两份工资，那就更没道理了——你这保安个头再高，也不过顶一个岗位，怎么能拿两个人的工资呢？嘻嘻，你不要说哦，这个问题研究下去，还蛮有意思的！

苏厂长兴趣盎然，米小强却不耐烦地捯动双脚。我赶紧让步：你也甭费心算账了，我就拿一个人的工资，吃亏我也愿意，行不行？

苏厂长扳着手指头，不依不饶：别急，账还是算清楚一点好。如果你只拿一份工资，那干吗还要两个人一起上班呢？叫你朋友自己来好了，你在家里吃吃睡睡玩玩，大家都省点精力体力，不是蛮好吗？他背着你站岗到底吃力呀……

那不可能，我们从不分开！我断然拒绝。要说明我们血肉相连的关系，就得重述全部历史，我懒得费口舌，也没必要。

苏厂长越来越可恶了，他刨根问底，仿佛伸出一根手指头挖人家的伤疤。你总要把道理给我讲讲清楚嘛！我实在搞不懂：只拿一份工资，你们还非要在一起，为啥呢？这明明是不科学的，明明是浪费人力资源呀！你骑在别人肩膀上觉得很好玩吗？不会吧，你总得考虑朋友累不累吧？你们两个到底是什么关系？这里面究竟有什么名堂？我向你讨教，讨教！

这时候米小强就自动开拔了，向后转，开步走，径直离开办公室。我扭头挥手：拜拜了您哪，此地不留爷，自有留爷处！许多单位等着我应聘呢……

苏厂长还真恋恋不舍，追到门外喊：哎哎，我们再探讨一下嘛，怎么说走就走呢？我还是第一次，第一次遇到你们这种情况哩！

活活叫他气死！回到家，我们躺倒在床上，半天说不出一句话。屋子全黑了，也没心情吃饭，正好省钱省粮。

我说：老米啊，看来让社会接受我们，还真是不容易呢！别人没有心理准备，都把我们看作怪物，怎么还肯安排工作呢？我停顿一下，侧脸望望米小强。那个苏厂长讲的也有点道理，你自己出去找工，恐怕要容易一些……

老米睁开眼睛：什么意思？又要说分手的话？

不是，我只想开拓一下思路……

那一夜我无法入眠。生存的门缝越来越窄，仿佛要把我挤扁。我一遍遍祈求上苍，给我留一条生路。前所未有的虔诚，前所未有的投入，我甚至流着眼泪祷告——给我一份好工作吧，让我糊口，让我独立，为此我情愿赌上自己的性命！老天你有眼吗？如果有，就求你睁开一只眼睛看看我吧！

冥冥中触动了什么，命运向我投来惊鸿一瞥。

5

现在，我要讲讲我们发迹的故事。故事从一张钢丝床说起。

我爱看书，也很爱惜书，从小到大积累了许多图书。我在胡同口拉开钢丝床，摆上所有的书，开始书商生涯。说句心里话，卖掉这些宝贝我非常心疼，但为了生存我没有选择。意外的是这条路走得很顺，无本生意，卖一本赚一点。街坊邻居都同情我，很照顾我的生意。有点本钱，我又低价收购别人家的旧书，扩充货源。积累了一定的经验，我再到大书商那里批发一些新书来卖。

生意看起来神秘，其实就像哥伦布竖鸡蛋一样，你啪的往桌子上一敲，那鸡蛋就站起来了！做买卖就跟做任何事情一样，只要你去做，慢慢就上手了。当然，悟性很重要，任何商业都有其模式，秘密就藏在模式里。我干久了，熟悉了模式，渐渐得心应手。从一张钢丝床到一间铁皮小屋，我有了自己的书店，起名为"星星书屋"。

靠一间铁皮棚子卖书，根本赚不到几个钱。星星书屋只是联络点，生意要到外面做，去远方赚大钱——批发、总发行，这才是图书行业的高端盈利模式！摸清了门道，我就把父亲遗留下来的存款全部投入进去。我们闯荡江湖，发书进货资本像滚雪球似的，超乎想象地积累起来。可以这么说，三年之后我们就告别了生存困境，挖到人生第一桶金。

我们卖书赚了钱，似乎也赢得做男人的资格，婚姻问题便日益凸显。媒人们络绎不绝地出现在我们周围，开始是小瞎胡同的大嫂大娘，后来范围逐渐扩大，书商朋友、老同学、远近亲戚，个个怀着满腔热情，试图把某一位姑娘引入我们的生活。附近比较活跃的女孩们尤其主动，常常来星星书屋泡着，假装翻书，嘴里叽叽喳喳说个不停，竭力引起我们的注意。彩蝶翻飞，炫人眼目，形势一片大好啊！

不过，是米小强形势大好，与我无关。所有人都是冲着他来的，这一点我心中有数。谁会跟一个瘫子谈婚论嫁？这场游戏根本没我的份。若是纯讲爱情，我的口才还派得上用场，可惜婚姻与爱情完全是两码事。一大筐现实问题摆在面前，把仅存的浪漫气息一点一点消灭干净！我早说过了，爱情像雪花，在空中飘舞时轻盈而美丽，落到地下与泥土结合，就变成雪泥，污浊而肮脏——这就是婚姻的本质。

我这样怨恨婚姻是有道理的，因为它排斥我。当我强作微笑，和形形色色的女人谈判时（这项工作仍由我负责），分明感觉到她们没把我当人，尤其没把我当作一个男人。真的，她们根本不把头脑放在眼里，只对身体感兴趣。嘴上莺声燕语和我周旋，眼梢却瞄着我的下半部分。干吗呀？心里总惦记床上那些事情？女人与庸俗是一对宝贝，连等号也无须画！所以，谈对象的过程，也是我受伤害的过程，一场约会下来，我的心就像被小刀划得伤痕累累。

老米很高兴，他喜欢女人。这家伙身手敏捷，不哼不哈，一逮着机会就下手，赚足了女朋友的便宜。常常发生这样的情况：我还在百般挑剔女方的缺点，或是一点点剥去她的伪装，使其暴露出对金钱贪婪的真实嘴脸，米小强就在桌子底下摸人家大腿。姑娘在我犀利目光的逼视下正陷入被动、紧张、慌乱，甚至狼狈，忽然就扑哧一声笑了。我问：笑什么呢——你？姑娘挺挺高耸的胸脯，瞟来一媚眼：笑你能装呗，我还以为真遇上不吃鱼的猫儿呢！

但是，老米始终坚守着底线。论起婚姻来，他就毫不含糊地摆明自己的前提：要嫁给我，就得嫁给我的头！谈到这个地步，米小强就露面了，因为双方条件都比较靠谱，由他最后拍板。女方不理解，小心翼翼地探问：那么头，他也入洞房吗？老米的回答明确而肯定：那当然，我到哪儿头到哪儿。女方进一步问道：我们睡觉时……他就在旁边躺着吗？老米话里显露出嘲讽的意味：废话，为了和女人睡觉，我还能扔了脑袋？连我都不好意思了，在一旁妥协道：也不一定睡一张床，旁边摆一张小床就行……米小强一拍桌子：不，必须睡一张床！

几乎所有的女人扭头就走，受到污辱似的满脸愤愤。我是一个休止符号，只要谈到我，《婚礼进行曲》就此结束！

最接近成功的一次，是和林大东的表妹棉花谈恋爱。那时我的老对头已经做了书商，我们在长沙发书时遇上了。林大东刚入行，啥都不懂，处处央我提携。他为表妹单独开一个房间，就在我们隔壁，我一眼看穿这小子耍美人计。那棉花人如其名，绵绵软软，黏黏糊糊，整天泡在我们屋里。她有点像我们初中时代的体育委员，大奶子大屁股，走路一扭一扭，总有一股腥膻之气隐隐发散。老米可乐坏了，棉花正是他自幼梦寐以求的那种类型。

不顾我再三劝告，对林大东显而易见的阴谋置若罔闻，米小强与棉花打得火热，迅速滚作一团。

发书这件事情挺有意思，我得仔细说说。中国出版界有一怪现象，盛行合作书号。个体书商可以自行出版图书，但你得让国家出版社审稿，并花一笔可观的钞票合作书号。理论上这些书是出版社出版的，属于公家；实际上书商盈亏自负，所出的图书属于私有。出版社拿一笔钱就啥也不管了。这叫双轨制。只要闪开一条缝隙，个体户就格外活跃，如野草，如春笋，立马造出一番声势来。有的大书商渐渐成了气候，每年出版数量可观的图书。他们手中掌握着联络图，一旦新书出版，就打电话召集全国中小书商到某一城市、某一宾馆拿货，快速批发。往往有几个大书商、十几本新书同时发行，所以书商云集，规模浩大，把整家宾馆都包下来。我们所住的蓝天宾馆就是书商窝点，常年不断地发书。在宾馆旁边，有一条黄泥街，窄仄破烂恰如其名。可它在全国书商圈里大名鼎鼎，谁不知道这条图书批发一条街，就甭吃这碗饭了。

书商们喜欢把进货说成开会，仿佛自己成了干部。张口闭口"我们书刊界呀"，如何如何，总觉得从事有关书的生意，便与众不同了。他们基本上比较年轻，有点文化，自认为属于知识分子行列。你踏进蓝天宾馆，就可以看见这群快乐的家伙，大声喧哗，吵吵闹闹，手里挥舞着新书封面，一脸张扬、得意的神情。林大东虚荣心一向很重，混迹于其中，自然是如鱼得水。他不知从哪里招来一小姐，浓妆艳抹地跟在身后，逢人就介绍：这是我女秘书，刚从英国回来。相熟的书商就骂：英国你妈个逼，上星期她还跟我睡觉呢！书商们喜欢找小姐，弄得蓝天宾馆乌烟瘴气的。

正当米小强和棉花爱得死去活来时，林大东找我说话了。一天，他领着女秘书来到我们房间，开门见山道：棉花嫁给米小强了，就这么定了！我笑：嘿，你是谁的爹？老林瞪大眼睛：怎么？不想认账？老毛，你也太大胆了，敢把我妹妹当小姐玩？女秘书立即踢踢他。我说：这事得由他们自己做主，咱俩不能包办婚姻呀。林大东一拍巴掌：好，那就让谈判进入实质性阶段，今天必须搞定！

跟以往一样，一涉及婚姻，米小强就打出他那张无理王牌。棉花一听还要搭上我这么一个脑袋，且厮混一辈子，当然不干！林大东倒十分耐心，努力为二人做调解工作。棉花妹子让了一步，同意协助米小强侍候我，但坚决不让我入洞房！

老米遗憾地摊开双手：我总不能为一个女人牺牲自己的头吧？

林大东急了：谁叫你牺牲头了？只不过让你们睡觉时，把头放到另一个房间去，懂吗？

老米梗着脖子，说出一生中最精彩的言论：头又不是帽子，怎么能随便乱扔呢？你和你老婆睡觉时，也把自己脑袋放在另一个房间吗？

我在一旁听得哈哈大笑，这段婚事又黄了！

事后林大东跟我说了实话：项庄舞剑，意在沛公啊……我问：什么意思？他晃了晃酒瓶子，带着醉意道：把老米嫁出去了，也就把你嫁出去了。你嫁给了棉花，就不用惦记着雨妹了。不怕贼偷，就怕贼惦记！我笑得很开心：兄弟，真把我当回事啊？行，只有你还把我看成一个爷们儿！我从他手中抓过酒瓶，咕咚灌了一大口。林大东两只巴掌狠搓脸，搓了一阵，发出一声长叹：杨雨妹跟我分手了，吹了！我怀疑过你，又觉得不太可能。还是我自己作的……我一口喝干瓶中酒，把空瓶扔到林大东脚下，骂：就是你作的！整天领个女秘书晃来晃去，对得起雨妹吗？我看着都心疼！他往沙发上一歪，手指老远点着我：你，你人还在，心不死呀……我早就知道！我说：那当然，我忘不了你当众跟我打的赌，还押上自己一对眼珠呢！我等着，看你到时候怎么收场……

那天我们都喝醉了。林大东赶走女秘书，在沙发上蹴了一夜。

6

现在你能看出来了，真正和我生命纠缠在一起的女人，是杨雨妹。当然，也包括身体米小强。我们仨——这就是事情全部的复杂性。

这段凤缘还要从小学说起。坦白地说，我从十岁开始就暗恋她。那时候我们读三年级，雨妹和我是班上学习最出色的学生。她是少先队中队长，思想进步，心地善良，经常帮助我。说来惭愧，我却对她想入非非。脑子发达自然就不安分，时时转着坏念头。奇怪的是，我闻到她身上的气味就脸红心跳。我无法形容那是什么样的气味，好像是青草发酵，又像是酒缸开封散发出的令人陶醉的气息。半夜醒来，我回想到这种气味，就辗转反侧，无法入眠。那时，我竟产生了写诗的冲动，可见诗歌与爱情联系得紧密。怎么说呢，我的整个少年时代，就在杨雨妹身体散发出的香味中苦苦挣扎。

一个出色的脑袋，在此情况下难免诡计多端。那时候兴学习小组，每天放学，我们都上杨雨妹家做作业。我总是最先完成作业，然后就以各种理由闹腾。我最拿手的把戏是犯头痛病，疼得呀，睁不开眼睛，脑袋快要爆炸了！杨雨妹就叫米小强把我抱到她的小床上，让我睡一觉。我把脸使劲贴着她的枕巾，美妙的幽香直渗我的心扉。我还在她床上不断翻滚，企图蘸白糖一样沾满她的气味，带回家去慢慢享用……

过一会儿，头不疼了，心又疼。我眼泪汪汪，唉声叹气，搞得杨雨妹心慌意乱。她不知如何安慰我才好，坐在我身旁，像小妈妈一样用一块手帕为我擦眼泪。她还给我讲童话，那些故事美得让人心碎。我更难受了，哭得更加厉害，终于把她也惹哭了。我的泪水和她的泪水在那块小手帕上混合在一起……

那时，我就有一种感觉：我能控制她！

与别的男孩一样，我在少年时代的烦恼根源也是爱情。谁都有青春骚动期，脑袋也不例外。这个问题挺让人迷惑：爱情究竟发之于什么地方——情感？思维？还是纯粹荷尔蒙分泌？换句话说，头和身体究竟谁是爱情的主宰？你若问我，我会毫不犹豫地回答：脑袋是爱情的发动机！而且，我还可以告诉你，头脑的恋爱对象与身体的恋爱对象绝然不同！我与米小强因此产生种种矛盾，说起来令人啼笑皆非。

米小强十三岁时，也开始追求爱情。他所谓的爱情，完全是性冲动，丝毫不带精神内容。我记得，那年八月十五夜晚，我被大床一阵激烈晃动所惊醒。我以为地震了，想喊，却看见一幅惊人图景：米小强全身赤裸，一炮冲天，正做着那个年龄男孩子经常做的游戏。月光如水，浸润着他小熊般健壮的身体。我作为局外人，默默地观看了整个过程。

当他筋疲力尽，浑身松软下来时，我就开始发问：你在想谁？

他不好意思说，吭哧半天，就不肯吐露他的性偶像。我细细盘问，紧追不舍，真正是灵魂拷问肉体。他终于说出一个名字，却使我大失所望。那女孩是我们班上的体育委员，人高马大，过早地长了一脸粉刺。我问老米：你究竟喜欢她什么？他很快就回答：大奶子，大屁股！

我差点呕吐。

为了树立米小强同志正确的爱情观，我可是处心积虑，费尽口舌。我教他如何辨别女人的气味。比如杨雨妹，她身上那种难言的、令人心醉的香气，男人久闻，简直可以长生不老。而那个体育委员，我毫不客气地指出，浑身一股腥膻之气，就像一头刚刚开膛的猪！

老米终于被我说动了，从此把杨雨妹看作天仙。这是必然结果，我是脑袋，容不得他乱拜偶像。

以后，又发生了林大东欺负人、杨雨妹救驾的事情，我和她微妙的感情更加深一层。当然，她自己对此并不清楚，直到我露骨地表明内心企图。

中学时代，我发动了追求杨雨妹的战役。我天天给她写情书，让老米送给她。老米不敢。我说你不要怕，瞅个机会往她课本里一夹就行。老米说：被她抓到怎么办？我说：抓到也不怕，有哪个姑娘会反对小伙子给她送情书呢？

那时我已经看了大量爱情小说，对爱情心理学自有一番心得。我写的第一封情书只有一个字：爱。以后每天加一个字：爱你、我爱你、我狂爱你……每天一封，句子就越来越长，越来越疯狂！然而，老米这个笨蛋没容我发挥才华，第五天就被杨雨妹抓住了。情书篇幅仅限于五个字，除了犯傻，能起什么作用？

此时的杨雨妹，已是我们班的团支部书记，一身正气，端庄美丽，几乎没有男生敢想她。老米怕她怕得要死，出了这事恨不得扒个地缝钻进去。她倒没发作，只是发出严正警告：下不为例，别再做这种无聊事情了！我脸皮厚，相信滴水穿石，继续让老米往她课本里夹情书——总得让我把话说完，尽情发挥一番吧？杨雨妹忍耐、烦恼、气愤，终于采取了断然措施！她把那些越写越长、越写越无耻的字条一并交给了班主任，要求老师伸张正义！这一下老米惨了，班主任严厉训斥他，并召开班会批判他。老米成了过街老鼠，人人喊打！

米小强的表现可真不怎么样。这里又引出一个问题：电影中那些革命烈士经受严刑拷打，坚决不肯透露组织秘密，究竟是脑袋起作用，还是身体起作用？米小强同志给了我们一个很好的回答：仅仅就身体而言，人是不堪一击的！班会刚召开，班主任叫老米站起来，他就像叛徒甫志高一样，伸出颤抖的手指向我：是他，那些纸条都、都是他写的……

真是五雷轰顶！我两耳嗡的一响，差点把脑袋撞到水泥地上。老师也许是照顾残疾人，这场批斗会草草收场。心中的秘密暴露在光天化日之下，让我羞愧得无地自容。同学们用一种惊奇的眼光看着我，我完全明白其中的含意：一个瘫子，竟敢对团支部书记杨雨妹想入非非，实在是癞蛤蟆想吃天鹅肉啊！林大东专门跑到班上找我，当众下了战书：搞了半天，我的情敌原来是你啊！那么好吧，咱俩正式开始较量，看谁这一辈子能娶杨雨妹做老婆！我还愿意押赌注，如果我输了，你要什么我给什么——要一对眼珠我也给！

说真的，如果不是一个人的眼神支撑着我，我肯定活不到今天。我会选择死亡。在同学们的嘲笑声中，我会毫不犹豫地朝教室中央那根柱子撞去，撞个头破血流！但是那眼神时时刻刻阻拦我，带着安慰，带着温情，甚至带着那样一种信息：请原谅，我不知道这些情书是你写的……

无须多说，杨雨妹的眼神给我带来了希望。她甚至使我产生那么一种信心：和林大东的较量我不一定会输！我不知道未来的路怎么走，也不知道仅剩下一颗脑袋的我，如何才能与杨雨妹结合？只凭那萤火虫一般闪闪烁烁的希望，我活了下来，并长大成人。

7

现在，杨雨妹和我们生活在一起，是星星书屋的成员。

她的性格发生很大变化，这与她遭遇到一连串不幸有关。少女时代，她父亲忽然离家出走，一年多没音信。妈妈急疯了，托了公安局的朋友全国查找，最后在深圳找到了。可他已经与当地一个女人同居，死活不肯回家。没办法，只得离婚。这一打击杨雨妹无论如何难以接受！她从小和父亲最亲，一直以为父亲死了，被坏人谋害了，夜里不知偷偷哭过多少回，却没料等到这样一个结果。雨妹不止一次对我说：他为什么没死呢？如果死了该多好啊……说话时一对大眼睛充满迷茫，使我感觉面前站着一个梦游者。

我确信，她从此恨透天下的男人！

祸不单行。高考那一年，她母亲被检查出白血病，泼水似的花费很快使家庭陷入困境。一向被视为学习尖子的杨雨妹，毅然放弃高考，进了一家国营工厂当工人。她加班加点，积攒每一分钱挽救母亲生命。可是拖了两年，伤心绝望的妈妈还是走了。安葬完亲人骨灰，雨妹就变得抑郁沉默。我怀疑她得了忧郁症，一再劝她去医院检查。雨妹苦笑着摇头：不是病，是命。

只有在热心帮助别人时，杨雨妹的活力才被激发出来。街坊邻居谁家有事，总能看见她忙碌的身影。瞎子、老人过马路，她会搀着人家胳膊送过去。外地人问路，她常常会亲自带人家走几条街。做这些事情，杨雨妹脸庞红润眼睛闪亮，仿佛吃过兴奋剂。有人笑她傻，背地里叫她"傻大姐"；有人夸她高尚，是当代活雷锋——这些评价都不准确。在我看来，雨妹的行为属于病态，是宣泄内心深处痛苦的一种方式。美丽端庄、精明干练的团支书已经远去，现在的杨雨妹成了一个病人，只是别人难以觉察罢了。

但，这丝毫不影响我对她的感情。相比团支书，病人杨雨妹与我更加接近，可谓同病相怜。她在精神上非常依赖我，藏在心里的话只肯对我说。当她消沉抑郁的时候，我总有办法将她唤醒，使她脸上绽放笑容。我们只需交流一个眼神，就能把彼此的心思说透。她喜欢为我梳理头发，纤细的手指一遍遍在我发间滑行。无须语言，万千情愫就在细微的动作中沟通了。这样的融洽，这样的温馨，即使夫妻之间也很少有。

她的形象也与少女时代大不相同，所有特点聚焦于一个"瘦"字。她双眼深陷，眸子黑亮，颧骨微凸，很像越南姑娘。锁骨耀眼，是男人最想亲吻的地方。腰细，行动起来如一缕轻烟。丰满的女人容易引起肉欲，骨相女人则别有韵味，使人联想到国画中的竹或兰。杨雨妹现在的形象更合我意。

早先，我们拉开钢丝床摆书摊，雨妹可帮了大忙！她把自己的藏书全部贡献出来，还动员同学、朋友把看过的图书送给我。小瞎胡同的青少年都被她搜来买书，我的生意几乎变成一场募捐运动。这还不算，她一有时间就守在书摊旁，搬书，吆喝买卖，算账，累得汗流满颊，嗓音嘶哑。罗锅姥爷来喊她吃饭，总要翻出偌大的眼白狠狠瞪我。我过意不去，想分钱给她，杨雨妹立刻恼了：你把我看成什么人了？我喜欢这样做事，你还不了解吗？是的，她的傻大姐精神总归要发挥出来，没有书摊，她会去找别的事情做。但我宁愿换一个角度想问题，私下对老米说：看见了吧？雨妹把咱们买卖当成自己家的事办呢！

有句老话很不中听：好人没好报。落在杨雨妹身上，这话还真应验了。她就业的工厂生产啤酒瓶，本来效益挺好，忽然要搞改制，三改两改，就被上游啤酒厂的外国老板收购去了。其中当然有不少猫腻，原来的国营厂长摇身一变，成了外资代表，个人得到相当份额的股权。工人们可就惨了，拿一点点补偿，统统下岗重聘。多数工人被淘汰，雨妹就在其中。年纪轻轻便失业了，谁的心中不会蒙上一层阴影？杨雨妹从此愈加闷闷不乐。

我竭力安慰她：坏事变好事嘛，现在你可以跟我一起创业了。如今谁还指望铁饭碗呢？有志者，匹马单枪闯天下！

杨雨妹就成了星星书屋的新成员。恰好我刚买下铁皮棚，装门面，摆柜台，一派欣欣向荣景象。我暗自高兴，人生目标越来越近，成功机会似乎就在眼前了！然而雨妹的热情并不高，倒不如做义务工起劲呢。她经常心不在焉，眼睛望着马路上穿梭往来的车辆走神。我能感觉到，她正为一件重大事情犹豫不决。

真相很快显露出来。林大东走父亲的门路，给雨妹在设计院找了一份打杂的活。虽然不是正式工，但在那样的单位待久了，总会有出路的。罗锅姥爷避开雨妹来找我，央求我千万别耽误外孙女的前程。我心里很难受，但又没理由拒绝，只能堆出一脸笑容向罗锅姥爷保证：尽快让雨妹离开星星书屋。

和杨雨妹谈这件事情时，天正下雨，没有顾客光临书屋。雨点敲打着铁皮屋顶，叮咚作响，时缓时急，使小棚变成一个音乐盒子。我刚说个开头，她就打断了：别往下说了！本来我就想找你……知道吗？林大东一直在追我，接受了这份工作，我就要，就要……

我们都沉默了。雨下得更大，街面上溅起水花。对面红旗楼在雨雾中变得模糊不清，过去的记忆隐隐涌上我心头。

我低声问一句：你愿意跟他在一起吗？

雨妹瞅我一眼，嫌我此刻还提这样的傻问题。她深陷的眼睛闪烁着果敢的光亮，显示她决心已定，要把关键的一层窗户纸捅穿。

好多话憋在心里，多少年了，实在不能憋下去了！假如今天还不把话说开、说透，我们恐怕就没机会了！

我有点晕，知道摊牌的时刻到了。暗恋一个姑娘那么久，忽然面临最后结局，谁的心不忽悠一下荡起来呢？

除了你，我心里从没装过别的男人！这可能是缘分，也可能是天意吧？可是我想知道，你怎么安排我们的未来？毕竟不同于普通男女，我们还面临一些障碍。你是男人，有一颗聪明的脑袋，肯定早就有了计划。我一直在猜想，你准备了什么锦囊妙计呢？

我怔了一下。应该承认，我并没做好心理准备，哪里拿得出锦囊妙计？我脑海里翻腾着无数念头：跟雨妹结婚？怎么睡觉？从此让她背着我？老米呢？他在我们的生活中扮演什么角色？……

老米不安地扭动起来。一般来说，米小强不参与对话，我常常忘记他的存在。但到了关键时刻，他就会以自己的方式表明态度。他使我站起身，两只脚焦躁地倒腾，仿佛跳一种神经质舞蹈。

我环顾左右而言他，说起老米关于头和帽子的笑话，说起曾经介绍给老米的形形色色的姑娘。现成的方案也不能说没有——别的姑娘嫌弃我，不让进洞房，杨雨妹既然爱我，这矛盾不就解决了吗？当然，新郎不是我，而是米小强！

杨雨妹一点不笑，目光如锥紧紧盯住我。一只小蛾在她眼前飞来飞去，也不能干扰她的视线。忽然，我停下来，要紧的话一句也说不出口。我明白，按这个思路说下去，恐怕会伤害杨雨妹。

你是说，让我嫁给米小强，对吗？你把我和那些姑娘放在一起，只是我肯接受你，因此比较理想，对吗？雨妹一字一句地问我，让我产生无地自容的感觉。

你知道，知道我俩的关系，我是头，老米是身子，根本就是一个人！你跟我结婚，就是跟他结婚；你跟他结婚，也是跟我结婚！这种特殊、特殊、特殊情况你比谁都清楚！

雨越下越大，砸得铁皮屋顶乒乒乒乒响。我不得不提高嗓音，情绪更加激动，好像跟整个世界吵架。杨雨妹却愈发冷静，窗缝渗雨，她拿了一块抹布去擦，脸上没有任何表情。然后是静场，无人说话。除了单调的雨声，书屋久久沉寂着。

我的心一直吊在嗓子眼，呼吸都屏住了。杨雨妹洗抹布，铝盆里的水变黑，她开门泼水，转回身来又擦。这个女人呀，我们的命运就像抹布，掌握在你的手中呢。你究竟打算怎么办？赶快说话啊！

我的身体忽然开腔，连我都感到意外——结婚证上可以写你们的名字，我无所谓！这话听上去有点傻，却是老米的重要表态。只要事情能成，婚姻的主体可以是我。

雨妹苦笑：那么，按照你们的原则，身体也该入洞房啰？

我听得出她话里的讽刺意味，明确说：是老米跟你结婚，他肯定要入洞房。结婚证写谁的名字都行，那不过是一张纸，一种形式。

杨雨妹把抹布放在盆里，正视我身旁的空椅子，仿佛那儿坐着一个人。米小强啊，你是好人，咱们从小在一起，我比谁都知道你的好！可是爱情不能勉强，我对你没有这方面的感觉，答应嫁给你就是欺骗你。说你们是一个人，头和身体，那不过打比方。真要在一起生活，结婚成家，你还是你，他还是他。要我把你们混为一体，我办不到。

至于你——她转移目光，乌黑的眸子手电似的照着我，却说不出话来。最后她叹了一口气，摇摇头，再摇摇头。

我垂下眼帘，低声道：我让你失望了，真对不起……

杨雨妹说了一句令我心碎的话：既然你要我嫁给别的男人，我就遂了林大东的愿吧！

她一甩披肩长发，开门冲出铁皮棚子，消失在风雨中。

我追出去。一兜冷雨浇醒了我。仰头看看，漫天飘扬的雨丝，却勾勒出虚幻的女人形象。我笑了，向她挥手致意。

8

杨雨妹跟随林大东没多久，又回到星星书屋。这是必然的，受过父母离异刺激的她，怎能忍受那个英国女秘书？为了生存，她只能回来。

我面临一个严峻问题：如何与杨雨妹结合？头总不能钻进她的

身体，而男人女人必须融为一体，才能组成家庭。说实话，我不能忍受她再离开，定要想个办法，一劳永逸地解决这个问题。

我家住在胡同口，离星星书屋几步远。这也算得天独厚，老屋当书库，构成前店后仓的模式。但家就不像个家样了，到处堆满了书，转身都困难。装书的编织袋一直摞到天花板，我们在书山中挖几个洞，放床，放桌，放橱柜，搞得跟打地道战似的。我和老米睡觉的洞洞靠北墙根，有一扇小窗；南面留一个洞给杨雨妹，有时她在这儿午休。应该说，这样的环境留下某种机会。

一个大胆的念头在我心中形成，我自己也被这念头吓得一哆嗦！如果趁杨雨妹午睡时，让米小强霸王硬上弓，把生米煮成熟饭，她不就入洞房了吗？

我随即抽了自己一嘴巴：犯罪！流氓！这样做太不道德，绝对不行。可我转念又想，既然老米是我身体，他代替我与雨妹结合，又有什么不可以？连我自己都克服不了心理障碍，又怎么能说服杨雨妹呢？

行动，只有行动才能解决问题！我不能让别的男人占有她，既然她爱我，我就有权用自己的身体占有她！

我咬着耳朵对老米说了。老米当时正在摆弄一个钥匙环，手一抖，钥匙环就掉在地下。他瞪大眼睛问：你说什么？动手，什么叫动手？

我严正地说：你代表我，亲她，摸她，跟她睡觉！

不，不！老米连连摆手：要我对杨雨妹动手，打死我也不敢！她是团支部书记，把我告了，我我我就完了……

忘掉团支部书记，你脑子里只想着林大东的棉花妹子。她来了，午睡了，你找个机会，果断动手！

她喊怎么办？老米还是犹豫，再说，我干不了这缺德的事情。

她不会喊。我咳嗽一声，把话说得有板有眼：我问你，我们是一个人，高人，对不对？雨妹爱高人，高人也爱雨妹，对不对？我们要结婚，要成立家庭，在一起睡觉，缺什么德？老米啊，我们的未来在此一举，身体必须服从头的指挥！

老米终于理解我的意思，慢慢握紧双拳，与我的拳头用力碰一下。

话虽这么说，我心里仍然忐忑不安。还有隐约的疼痛感，仿佛我要毁掉珍藏在心底的宝物。可除此之外还有什么办法呢？在痛苦与战栗中，我终于等来杨雨妹的午睡时刻。

我和米小强躺在北洞床上，屋内寂静无声。我踢踢老米，他翻身下地，野兽一般钻出山洞。我的身体开始行动，一切无可挽回！

我不想描述事情经过，那是可怕的经历。我闭着眼睛，把头顶在墙上，磨，磨，磨……

老米很好地发挥了身体的功能，那一块块健硕的肌肉起到了应有的作用。另一个山洞里，正在进行一场无声的打斗，持续了相当长一段时间。最后，我听见雨妹压低嗓音叫我的名字：毛大吾，毛大吾！毛……

我流下了眼泪。泪水像冲破峡谷的洪水，顺着脸庞奔腾，打湿了半条枕巾。锋利的小刀把我的心切成无数碎片。只有这时，我才明白自己有多么爱杨雨妹。这爱简直能致命！

我恨自己卑鄙，无耻。为了赢得婚姻，竟如此不择手段！

杨雨妹走了。她经过我身旁时，忽然俯下身，在我脖子上狠狠咬了一口……

9

有必要揭露书摊背后的黑幕了，你且听我慢慢道来。

我的鼻子一向很灵，这在我上小学时善辨女同学的气味就显现出来了。卖书，靠的也是鼻子。说来你也许不信，面对铺天盖地的各种书刊，我不是用眼睛看，而是用鼻子嗅。做这种生意，进货是关键，进了好书好杂志，卖起来就像发牌一样，很快就发完了。进错货你可就惨了，那书刊堆积如山，不能吃，不能穿，烧火也不是好柴火，你真是欲哭无泪！那么，啥是好书好杂志呢？我的鼻子就在关键时刻发挥作用：进货时，我拿起书来就闻，闻到一股臊乎乎、腥刺刺的味道，我就大量买进。真的，根本不用眼睛看。我的眼睛不行，被那些庸俗不堪、污秽肮脏的文字一刺激，立刻就昏花生疼，搞不好就盲了！所以，我闭着眼睛，由老米把书报杂志的封面递到面前。我嗅来嗅去，像一条猎犬。每当我摇头，他就把书扔了，再换一本；我点点头，他就把书留下。也真神，经过我鼻子挑选的书刊，买回来准畅销！看来，广大读者的嗅觉有点问题，他们可帮我发了财。

我甚至亲自出版书刊。那也是很容易的事情：首先，购买一部散发着臊味的手稿，要强要猛，嗅一嗅就能看见一只老公羊迎头撞来！你若肯开高稿费，很多文人愿意写作此类文字。再到出版社合作书号，也是一个"钱"字，有钱能使鬼推磨嘛。最后找一家印刷厂开印，事情就成了！聚集在黄泥街蓝天宾馆的书商们都知道，我的鼻子威力强大，选出的书稿部部畅销。

但是，这样干风险也很大，万一被政府扫黄扫着了，可够我喝一壶的。有天夜里做噩梦，一支黑色枪口顶在我的后脑勺上，醒来吓出一身冷汗！我必须退出，常在河边走，哪有不湿鞋？

越怕越来事，我最后一次去长沙，险些回不了家！事情是这样的：我跟湖南书商合作发一本反腐败的书，揭露某贪官包养多名情妇、生活糜烂的内幕。种种细节令人咂舌。我光闻到浓烈的臊味，却忽视了此书稿的政治倾向——更何况作者写的竟是真人真事，所谓贪官仍在台上。这下坏了！湖南同伙刚戴上手铐，立马将我供了出来。

出事那天我恰巧感冒，米小强出去买药，我独自躺在床上昏昏欲睡。门忽然打开，闯进几个警察提起我就走。进了局子，见一位长官正在擦枪，满屋凶气。他瞥我一眼皱起了眉头：这就是高人？我怎么看见个残疾人？我鼓起勇气：我是头，有事冲我说吧。他把枪往桌子上一拍：有种！听说你的鼻子很灵，闻闻这是什么味道？我把鼻尖贴近冰冷的枪管：一股死亡之气……他笑：聪明！那就老实交代问题，谁是你的幕后主使？我略一迟疑，痛快回答：钱。他怔了一下：什么？我把声调提高八度——钞票！

审讯。纠缠。他们能拿一个瘫子怎么办？最后罚款，狠狠罚了一笔！

　　我没受折磨，老米却惨了！买药回来发现我失踪，他发疯一样在宾馆每个房间乱窜。据书商们描绘，当时米小强两眼僵直，双手呈环状举过头顶，好像擎着什么贵重器物，见人就问：看见我的头吗？我的头在哪里？不明内情的客人被他吓得魂飞魄散！

　　等他得知公安将我带走，费尽周折找到关我的地方，已经是下半夜了。米小强朝紧闭的漆黑的铁门撒野，用脚踢，用肩撞，甚至用脑袋在铁板上死磕！他像一只野狼拖长声音嗥叫：还我头来——还我头来——撕心裂肺的声音划破长沙夜空，搅得四周居民楼的窗户都亮起灯来。

　　如果说局子里的老大们对我还算客气，老米可就没那么幸运了。同案犯自投罗网，又给机关造成如此恶劣的影响，还不往死里整他？况且该犯体壮如牛，天生的拳击靶子。总之，待我俩劫后重逢，米小强头脸肿如笆斗，我瞅了半天不敢认他！气死我了！不叫老米拦着，我非得打一场行政官司，一直打到中南海！

　　别啦，找回脑袋比什么都强！他边说边把我牢牢捆在背上，生怕他的头得而复失。

　　经过这场灾难，我决心金盆洗手，退出江湖。

　　可是，今后的路怎么走？我肩负着生活的重担呢，老米，雨妹，都指望我拿主意，保障一家人过上衣食无忧的日子——经过洞房事件，我们已是一个家庭了，而我是家长。手上有点钱，但不能坐吃山空。没有牢固的经济基础，家，就如一座白蚁蛀空的旧房子，随时都可能坍塌！我苦思冥想，眼观六路耳听八方，寻找属于自己的机会。

书商朋友送给我一张名片，让我碰碰运气。金运投资咨询公司？我翻弄着名片久久思忖。

"投资"这个词有一股磁力，深深吸引着我。我拿出手机，拨通名片上的号码。电话铃响了许久，终于有人接听。一名刚刚从梦中醒来的女子，打着哈欠说：你好，金运投资欢迎您。我气势磅礴地冒充大老板，口口声声要投资。那姑娘来了精神，话音清脆快速，像清晨树林里一只黄雀。她约我马上来公司开户，现在行情火爆，正是投资的大好时光！

我叫露西，露——西——我决定亲自做你的经纪人！知道吗？公司里的人都叫我金牌露西，我可以让你投入的资金一个月里就翻番！

等等，你们投资什么？怎么能这样快赚钱？

这只名叫露西的小鸟撒欢儿唱道：黄金、白银、铜、铝、铅、锌、小麦、大豆、咖啡、可可、加币、英镑、欧元、日元……

我一阵头晕：你们究竟是什么公司？这乱七八糟的算什么业务？

我们是期货公司，是香港总公司派来大陆的分支机构。全世界的商品期货，在我们这里都能炒。我告诉你，能做外盘期货的公司，中国独此一家！

可是，可是你能解释一下吗？什么叫期货？

露西小姐咯咯地笑起来，接着就撒娇：你过来嘛，过来看看就知道了。在电话里，人家怎么讲得清楚啊？

我得承认，这一刻我已经难以自拔了。不是因为露西的娇声，而是那丰富多彩、神秘莫测的投资把我灵魂勾去了。

金牌露西接待我们。我瞪大眼睛不敢相信——面前这个五十岁左右、嘴角叼着香烟的老女人，就是在电话里发出黄雀啼鸣的露西小姐！我脱口而出：没搞错吧？她明白我的意思：没搞错！如果你要投资，找我就算找对人了。她干练地向我们介绍期货交易的种种规则，给我们上了一堂启蒙课。

我立马划款开户，成了金运公司的新客户。对于这种形而上的生意，我无比痴迷，就像与一位寻觅已久的姑娘不期而遇。期货采取保证金交易方式，你买一百万元的东西，只要交一万元保证金就行了。获得资金杠杆，你就可以以小博大，有了一夜暴富的可能性。这太刺激了！我对此类生意天生缺乏免疫力，恰如海洛因，只吸一次就上瘾。

客户第一次下单，由我操作！露西喷着烟圈，双手熟练地敲打键盘。再过五分钟，美国公布采购经理人指数，外汇市场肯定大动荡。我帮你捞一网鱼！

我屏住呼吸，看着电脑上闪闪烁烁的外汇图表。我感觉自己身处手术间，正准备接受开颅治疗。露西忽然尖叫：来啦！来啦！快空英镑……她在我的账户打下几个数字，猛一敲回车键——我一晕，颅骨被敲开一道裂缝。荧屏上串串数码飞快跳跃，露西耸着双肩，老鹰似的盯着它们。烟卷早已熄灭，她也浑然不知，拖着老长一截烟灰竟然没掉。我昏昏沉沉，直至手术结束……

好了！露西拍我一下肩膀，我猛一晃，惊醒过来。买入平仓，交易结束。她说着，把带一截烟灰的烟蒂小心翼翼扔进痰盂，又重新点燃一支。漂亮，真他妈的漂亮！知道你赢了多少钱吗？五手英镑，每手十二点，总共赚了六十个点！

我舔舔发干的嘴唇：什么，什么意思？

外盘期货以美元结账。一个点十美元，六十点六百美元，折合人民币四千五百块，这是你刚刚获得的利润！

真的？

傻大个，你以为我只会用小姑娘声音勾引客户吗？金牌露西，决非浪得虚名！她也斜着眼瞅我，得意扬扬地吐出一个烟圈。

我几乎发疯！墙上的挂钟表明，刚才那场开颅手术总共进行了二十五分钟，我竟然懵懵懂懂赚进了四千五百元！这是什么生意？天下怎么会有这种生意？

露西走近来拍拍我的脸颊：你怎么了？干吗老翻白眼？

还有一个人与我同样深受震撼——我的身体米小强。他可不翻死鱼眼珠，而是以一种更为激情洋溢的方式表达自己的感情。俺的亲娘！他在我胸部发出一声低沉的吼叫，伸出双手紧紧抱住老露西的小腰。

这回轮到露西晕厥了。面前这位高人怎么忽然长出三头六臂？任她如何聪明也猜不着谜底。不过金牌露西毕竟久经风浪，她只惊得哆嗦一下，把嘴角叼着的香烟掉在地毯上，马上冷冰冰地道：放手。我也大声呵斥：老米，放手！米小强手臂刚松开，露西就一个趔趄跌坐在沙发上。地毯冒起一缕青烟，我急忙拿过茶杯将火头泼灭。

一场虚惊过去，我概略地叙述了头和身体的故事。因为露西刚刚为我们挣了一笔钱，也因为害怕失去面前这张金牌（如以往应聘的经历一样），我的叙述投入格外充沛的情感，讲到后来，竟把自己感动得热泪涟涟。露西倾听，脸上渐渐浮现圣母一般的表情。她招招手，示意我靠近些。我俯身上前，她伸出手掌按住我头顶，用《圣经》上的口吻说了一句话——

小子，你得救了。

我无法描绘此刻的心情，谋生的艰辛如一组镜头在脑际缓缓摇过。现在一切都过去了，我得救了！我只要敲敲键盘，买卖英镑什么的，几千几万的大钞就会稀里哗啦从天而降。我像快乐的阿里巴巴，偷窥了大盗们的秘密山洞，从此以后一声断喝：芝麻开门——无数宝藏就会显露在我的面前！

当然，今后的成功还得靠你自己努力。按照公司规定，我只能为新开户的顾客下第一单，赢得头彩图个吉利……

一盆凉水浇在我头上：只做一单？你，你以后就不管我了？

哪能不管，我会教你期货知识，及时提供投资建议。但是，投资风险由你自负，这是行业的规矩。她停顿一下，掐灭烟蒂，眼睛流露出深深的同情：刚才听了你的故事，我就想，只要有一分力气，我也会使在你身上。我要像这位兄弟一样，永远背着你！

我鼻子一酸，险些流下泪来。

我把星星书屋卖给林大东，彻底退出书刊界。命运的转折由此开始，找到金运投资公司，遇见金牌露西，一步顺，步步顺。杨雨妹与我办了结婚证，费尽周折，终于建立起我们的三人家庭。

10

雨妹把镜子摆在我面前。

镜子里的头凝视着我。苍白的面容，深邃而忧郁的眼睛，头发天然卷曲，整颗脑袋格外硕大。这就是我吗？一种陌生感油然而生。

你原谅我了，对吗？

杨雨妹用行动作答。她为我洗头，就像洗一件无价之宝，小心翼翼，温柔细腻。她用手，用海绵，用毛巾，洗了一遍又一遍，耳朵、眼睛、鼻子每一处都洗得干干净净。她用香膏涂抹我，我的整个脑袋香气四溢。

洗到脖子时，她轻轻抚摸那道疤痕，说：当时，我真想一口咬死你！

你现在也可以咬死我。但我不能失去你，懂吗？

雨妹沉默了，十指抓挠我的头发。她的乳峰在我眼前颤动，很美。我们之间有很深的情愫，像白雾像棉絮牵扯不清。邻居阳台传来一阵笛声，清亮悠扬，如溪水在我们心上流淌……

你知道，我爱的是你。而你，却要我接受别的男人的身体，活生生撕裂我的灵与肉。这是多么残酷啊！这样的日子，你让我怎么过下去？

雨妹的泪水打湿我的脸庞。我仰起头，轻轻吻她眼睛。

我明白你的感受。从我懂事起，就一直处于灵与肉的分裂状态，没办法。再往深处看，世界本来就是一面摔碎的镜子，完美只存在于瞬间。你想，生命美好，却有死亡追踪；爱情纯洁，却难敌俗世污染。你爱的人未必爱你，爱你的人你又未必中意。理想如流星，最终坠落于现实……我们能做什么？只能适应分裂，只能弯腰捡起碎片，为自己拼凑一个完整世界。

我的话打动了她，然而她哭得更加伤心。边哭，边用毛巾擦干我的头发，自己却满脸泪珠仿佛淋了一场大雨。

我的声音变得激昂：我们必须拼凑——我和老米拼凑成一个完整的人，你和我再加上他，拼凑成一个完整的家庭。这是绝望的勇气，有了它我们才能生存下去！你明白吗？

杨雨妹擦净眼泪，平静地望着我。吻我，她说：你亲亲我！

我在她额上吻了一下，很轻。她仍闭着眼睛，一层红晕从她洁白的脖颈泛起，渐渐覆盖姣美的脸庞。我又亲了她的嘴唇，蜻蜓点水似的那么一蹭。她显然不满足，还微闭双眼等待着。

我的吻没有肉欲，因为我不具备性功能。面对雨妹的期待，我迟疑着，不知如何去做。雨妹张开双臂环绕我的脖颈，主动吻我。她把舌尖探入我的嘴里，使我大吃一惊！那是热辣辣的吻，有一种不要命的感觉。她在我口腔中掀起一阵风暴，席卷整个大脑。我晕晕乎乎，直飞九霄云外！

她喘息着在我耳边喃喃：我听你的话……我，我要拼凑一个丈夫！

夜晚，我们同室共寝。老米和雨妹睡大床，我独卧窗前一张小床。窗帘没拉严，一缕月光呈现在缝隙间，我久久凝视这美丽的碎片。

　　他们在做爱。我灵敏的耳朵捕捉着细微声音，大床上所发生的一切我当然清楚。雨妹很投入，她把与我接吻的热情带到老米那里去了。这样很好，她终于成功地拼凑起一个丈夫。可是我却无法控制自己，陷入茫茫黑夜一般的无尽悲哀。正如我所说，绝望的勇气——她把勇气带走了，留给我的却只有绝望。

　　我在黑暗中瞪大眼睛，望着破碎的月亮，望着破碎的我。

11

　　我每天夜里泡在交易大厅一角，眼睛死死盯住电脑荧屏，眼珠仿佛生出长长的根须一直扎入电脑深部。咱这里黑夜深沉，人家那边日在中天，正是干活的大好时光。没办法，做了这一行才明白哪里是世界的中心！

　　晚上九点半，纽约期货交易所开盘，我迅即买入五手黄金期货。从那时起，我就像守株待兔的傻瓜农夫一样，等待黄金在电脑荧屏上一跳一跳地上涨。电脑后边那根电线连接着香港，全球信息如潮水哗的涌现在我的眼前。

　　路透社财经快讯传来一条消息：阿拉伯某国王子动用巨额石油美元，大量囤积黄金。我灵机一动：跟着阿拉伯王子走，还怕找不到宝藏？于是，我果断买入五手黄金。我没把这宝贵的信息告诉左边的陈放，也没向右边的赌鬼阿钟透露。我悄悄地下单，好像独吞了一笔财富。

黄金果然上扬，我快乐之极。

几天下来，我已经沉溺于期货世界之中。我得承认：吸毒上瘾，炒期货也上瘾。每当我在电脑跟前坐下，看着荧屏上闪闪烁烁的数码，我的血脉就会唰地通过一股电流，变作"热得快"那类东西。我会抛弃一切烦恼，进入忘我的境地。痴迷，陶醉，疯狂……你用这类词怎样形容都不过分。这简直是一个童话世界，现实变得缥缥缈缈，所有的东西亦真亦幻，犹如精灵在我面前跳跃舞蹈！

金运投资公司是港商与军队某机构合资组建的，背景深远，根底牢固。所以我们能够绕开国家有关规定，参与国际上一切期货交易。客户们在公司盘房下单，报单小姐立即往香港挂电话，单子就下到香港老板开的期货公司里。这样，我们人虽在内地，投资行为却已融入全球金融体系。我可以跟着阿拉伯王子买黄金，也可以跟着索罗斯沽空英镑。这一点最令我着迷。

我打开电脑，就好像打开通往世界的窗口。屏幕上一排一排地显示着各种商品的报价，天下万物，尽收眼底：铜、铝、铅、锌、白金、石油、大豆、小麦、玉米、棉花、咖啡、可可、木材、橡胶……甚至还有活猪、牛腩、乳酪！面对大千世界，我兴奋而又惶惑，总有一种老虎啃天无处下口的感觉。地球上还有什么东西不能买卖呢？只需敲敲键盘，就能炒作整个世界！

作为一个期货投资者，首先要下功夫研究各国的政治、经济、军事等情况，来不得半点马虎。中东炸弹一响，石油马上涨价。有人朝美国总统开枪，不管伤没伤着，马克、英镑、日元准会一阵狂舞。国际财经对时事变化特别敏感，你想干这一行，还真得家事国事天下事，事事关心。于是，我完全进入一种大人物状态：双眉紧锁，面色凝重，终日为军国大事忧心忡忡。我觉得自己挺崇高，甚至有点伟大。这种自我陶醉起到催眠作用，以至于我输了钱也不觉得特别心疼。

金运公司的客户是一群古怪的家伙，每个人脸上挂着一丝神秘兮兮的表情。他们输得手烂脚烂，却都保持自信，仿佛掌握着世界的命运。他们开口说话，总要显示出一种惊人的高度。我与他们交谈，常常会吓一跳！

比如那个赌鬼阿钟，竟眨巴着眼睛问我：下个星期美国联邦储备委员会开例会，格林斯潘会不会下决心降息？我无法作答。陈放是东北某乐团指挥，长发飘飘颇有艺术家风度。有一次老米把我放在马桶上方便，他也挤进厕所，一边解皮带一边大声宣告：智利铜矿工人大罢工，你赶快买铜！我一紧张，尿不出尿来了。

我喜欢这些人。我们心中都激荡着一股豪情。看看我们的眼睛吧，尽管已经夜深，却贼亮贼亮，好似一群蹲在树枝上的猫头鹰。毫不夸张地说，给我们一个坚固的支点，给我们足够长的杠杆，我们就能把地球撬起来！

期货是我所遇见的最古怪精灵的东西，它使我陷入一种夸张、变形的生活。期货犹如一面哈哈镜，精准地概括出我们这个世界的荒诞性。

黎明将至，天空黑得更厉害。纽约期货交易所快要收盘了，黄金沉沉下跌。我所期盼的金价上扬并没持续，那位阿拉伯王子可能又改变了主意。一夜的守候泡汤，不过不要紧，还有明天。

露西经常来看我，但没有再为我做单。她教我一些技术分析，交易常识，最后拍拍我头道：小子，授人以鱼，不如授人以渔，懂吗？说完飘然离去。

12

我们的家庭，表面平静，暗中却波涛汹涌。

雨妹和老米爆发激烈争吵，原因是他偷了公司三只烟灰缸。当他从口袋里掏出那几个脏兮兮的东西，还沾沾自喜呢！雨妹顿时变了脸色，要他马上送回公司。老米不干，把雨妹都气哭了。

我批评他：家里没人抽烟，你拿烟灰缸回来有什么用？

雨妹抢过话头：就算有用也不能偷啊！过去没在一起生活，真不知道他还有这样的毛病。让公司晓得，可丢死人了！

米小强显得厚颜无耻：所以，我就更不能往回送了。

雨妹气极，从屋角落翻出许多乱七八糟的东西，丢我面前。你看看，这都是什么？毛巾一堆，拖鞋无数，还有这些碗、碟、酒杯、打火机……干吗呀？捡破烂吗？我嫁给你，就做一个贼婆娘吗？

我也面红耳赤了：你干吗冲我嚷嚷？又不是我干的……

你是头，你得负责！难道让我跟身子论理，有用吗？

我哑口无言。

杨雨妹出门去，临走下了最后通牒：你们——她特别强调——

你们不把这毛病改了，我就不回家！

这下麻烦大了。

我知道，这不是道德层面的问题。老米有病，原因复杂。作为身体，老米似乎总被欲望支配着，而欲望往往乔装打扮，变作一些莫名其妙的行为。偷窃，是他最近一个时期的突出表现。我们去饭店吃饭，老米会把酒杯、饭碗揣在怀里，捂着肚子回家。住旅店，他又把毛巾、拖鞋偷偷塞进包里。甚至，他上厕所也要顺手牵羊，把一卷手纸带回来……

我无法控制他的一切行为，就如头脑控制不了身体的下意识动作一样。我为此忧心忡忡，头和身子的分裂，总有一些难以预料的后果。

我说：老米啊，你为什么要偷呢？咱们的经济条件，买啥买不起呀？

他道：老毛啊，我也不知道，就是手痒痒。见到东西，它就变成一块吸铁石，见啥吸啥，甩都甩不掉！我实在没办法控制这双手呀！

你不知道自己在干什么，就像精神病人发病时一样。老米，这病不治好，咱们的日子可就过不下去了。你瞧，老婆也走了……

他不服，偏着脑袋说：过去你也没怎么管我，就因为雨妹，你现在非得治我？

我脸一板：怎么不听话啦？我还是不是你的头？

老米当然听话。只得背上我，拿着烟灰缸去公司。

　　我的治疗方案很简单：把老米所有偷来的东西，一样一样送回去，并当面向人家赔礼道歉。这可是艰难的过程，我们要忍受羞辱和难堪，要粉碎自己的自尊心。米小强在我指挥下走上痛苦的还赃之路。

　　当他面红耳赤地把三只烟灰缸放在露西面前时，露西哈哈大笑：真幽默！你们是寻我开心吧？

　　我诚恳检讨：不，这是不该发生的事情，主要责任在我……

　　老米低着头，羞愧而坚决地抢过话头：是我偷的，跟头没关系！

　　露西有点不高兴了：这是考验我的智力呢！我还不至于蠢到把客户当成贼吧？哼，就为几只破烟灰缸！

　　老米很难过。背着我在路上走，他不住擤鼻涕。我明白，他哭了。

　　到底为什么呢？我轻声问道。我们总得找找病根啊！你回想一下，把那些破东西往口袋里揣，心里究竟是什么感觉？

　　我不知道，什么也不知道……老米烦躁地跺脚，使我无法问下去。

　　还赃真不容易。遇到露西还算好的，我们把碗送到小饭店，那老板娘干脆破口大骂：怪不得饭碗越来越少，原来有贼！这么大的汉子，连碗都偷，还要不要脸了？

　　如果能做个大面罩，我们真想永远罩着脸。

　　经过一系列的强刺激，我相信老米不会再犯顺手牵羊的错误了。但我对他仍不放心，找不到根源，没准又会爆发新问题。我扮演弗洛伊德角色，努力挖掘他的潜意识。

凡事总有原因。你可能在某件事上受到压抑，就用偷的方式发泄出来。好好想一想，你心里究竟藏着什么疙瘩？

米小强坐在我对面，眼神婴儿般的纯洁。没有，我没受压抑。他说，你快饶了我吧，再偷砍掉我的手！

我说：咱们长在一起了，你的病就是我的病。身体发生变化，脑袋能不管吗？来吧，说说你最近做什么梦？

我从不做梦。他似乎抓住我的把柄，开心地笑起来：做梦是头的事情，对不对？

就在我准备放弃的时候，老米忽然挺直身子，把手伸到半空中：等一等！有一个声音，在我肚子里说话……

我眯缝起眼睛：哦，你肚子里长头了？它说了些什么？

老米低头，下巴抵在胸脯上，仔细倾听肚子里的声音。

明白了，他说，是杨雨妹。自从她进入我们的生活，我的手就犯贱发痒，总想抓住什么东西……

我瞠目。

13

我慢慢明白了，期货公司其实是一架绞肉机，客户进来少则几天，多则几月，资金就成了肉渣渣。没钱了，走人，所以流动性特别大。我见到的大都是新面孔，熟人站不住。比如陈放，我挺喜欢那位长发飘飘的艺术家，可惜交往没多久，一夜大豆暴跌，到天亮他就挥泪斩仓，黯然离去。

也有例外，比如赌鬼阿钟，他像一只不倒翁晃晃悠悠老站着。这是一个不可救药的赌鬼，输掉房屋财产，输掉老婆孩子，带着最后一笔钱扎进期货世界。他把电脑当赌博机，在各种商品上押注，大呼过瘾。奇怪的是，他竟有赢有输，比玩牌掷骰子强多了。

你知道吗？电脑不会出老千，公平，所以我能赢。金银铜铝，豆麦糖油，都是最好的赌具！他摇头晃脑地对我说。

我呢，也是一个例外。作为头，我对抽象的商品世界具有某种特异禀赋。很短时间，我就适应了急速波动的市场，那闪闪烁烁的数字仿佛是我的老朋友，时时向我透露出神秘信息。我出色的战绩引起露西关注，有一天她请我到办公室喝咖啡，专门询问我的秘诀。

成功的投资家都有一套交易模式，你主要使用哪种技术指标？露西点燃香烟，低声问道：黄金交叉？布林轨道？ MACD ？

不，那些东西我只是随便看看，做个参考吧。

那你靠什么获利？

感觉。

露西惊讶地扬起眉毛：真的？靠感觉就能取得这样的战绩？那你真是传说中的天才了！

还不是跟你学的？你一出手就把我镇住了，二十五分钟赚了四千五百元，你是我真正的老师。我诚恳地说。

露西掐灭香烟，坐直身体：知道我为什么只给客户下一单吗？我怕输。今天对你说实话吧，我干这一行半辈子了，胜率只能达到百分之六十；而你现在已经超过百分之八十了！我知道投资界有奇人，没想到就坐在我眼前。你才是我的老师！

这番谈话给了我极大的信心，当晚我就召开家庭会议，主题是：将来钱多了怎么办？

我说，我掌握了一颗原子弹，它的爆炸威力超过我们想象，冲击波必将影响未来生活！现在就要做好准备。

杨雨妹将信将疑地瞅着我，待她终于缓过劲来，便和我展开热烈的讨论。买房子，买一套大公寓。这老房子整个是图书仓库，哪还能住人？买轿车，大奔就算了，买个普桑，让雨妹开着买菜买东西。还有，出国旅游……我做书商并没有发过大财，憧憬暴富的未来，真有腾云驾雾的感觉。

雨妹红着脸，提出略显过分的要求：你那原子弹真的管用，我想开个孤儿院，把没爹没妈的孩子都接来，我养着……

我严肃点头：我看可以。并且，我还要像比尔·盖茨一样设立基金，帮助全世界的穷人！

米小强一直没发言。他仰躺在大床上，反复做一个古怪动作——双手擎在空中，画一个方框。画完了放到一边，又画更大的方框。最后，他画的框框就和装满书的蛇皮袋一样大小了。

我问：你在干什么？

他答：装钱。停了停又补充道：以后把书扔掉，换上一捆捆百元大钞。我们屋里的墙、床、桌、凳子都用钱袋子摞起来！

我哈哈大笑：那么，你打算怎样用钱？

不用，先这么摞着。我要在钱上打滚。滚着滚着，我就会想出花钱的法子，让你们吓一跳！老米兴奋了，翻身下床，双脚跳跃着，一副跃跃欲试的模样。

我望着他，心里隐隐产生不祥的预感。

没等梦想成真，米小强就出问题了。

首先要怪我。这些日子里我赚钱赚疯了，双眼死盯电脑屏幕，忽而买进忽而卖出，像个渔夫手忙脚乱地一网一网捞鱼。干这活用不着身体，老米就把我安放在圈椅里，自己在一旁侍立着。这就带来了问题——我整夜忙活，头和身子长时间分离了。不知啥时老米失踪，我找他总也叫不应。渐渐地，他伸手向我要钱，并越要越多。钱不是事儿，我的账户洪水猛涨，找露西签字就能成捆领出钱来。但他拿钱买名牌西服、钻戒手表，甚至染了一头时尚的黄毛！某一天，我的眼睛脱离虚拟世界，忽然发现老米的巨变，不由暗惊：作为身体，他有必要这样吗？

老米，跟我说实话，最近你在干吗？

他像老鼠偷嘴似的一脸鬼祟表情，不自在地笑笑：既然你问了，我就带你去一个好地方。

我们所在的国际大厦，是Y市最牛的高楼。所有大公司都在其中占有一席之地，以显示自己身份。楼高三十八层，顶层是一旋转餐厅。底楼有威威大酒店、曼菲舞厅、杰克吧……我不厌其烦地介绍这些地方，因为那都是圈内人熟知的色情场所。一个城市的精英在哪里，小姐就如蚊子追到哪里。而米小强同志近来的神秘失踪，也和这些灯红酒绿的去处有关系。

我们来到了旋转餐厅。深夜生意清淡，没什么客人。但有一大群打扮得花枝招展的小姐散落在餐桌旁，她们不吃不喝，专心等待猎物出现。当我们走进餐厅，所有女人的目光犹如探照灯，唰的一下射来。那目光仿佛有质感，舔得我脸上火辣辣的。老米把我放在靠窗的座位，要了两杯咖啡。几个姑娘立即像泥鳅一样滑了过来。显然，她们和老米很熟悉，口口声声叫着"强哥"，要他多点一杯咖啡。其他女人都朝这边看，脸上浮现出母狼般的微笑。

我从没见过这种场面，心里发慌。小姐！我想，这就是小姐。我想催老米快走，又想再看看，心里有一种怪怪的感觉。正在犹豫之间，一个长得五大三粗、很有些年纪的老女人，一把将我抱入怀里。我惊得差点儿叫出声来！

小弟弟，你脑袋长得真漂亮，招人心疼！她抚摸着我的头发说。

让我抱抱，让我抱抱！

另外几位小姐也叫嚷着，轮番把我搂入怀中。各种各样的乳房堵着我的脸，几乎使我窒息。浓香、汗味以及无法形容的腥膻刺激得我直想呕吐。

得到一点儿空隙，我拨露出脑袋大叫：老米，快撤！

老米想把我从女人们手中夺回，可她们嬉笑着把我传来传去，好像传一只篮球。有个调皮的小姐竟抱着我在旋转餐厅飞奔，嘴里说：跟姐姐回家！跟姐姐回家！老米扑上来，她灵巧地一转身，差点把他晃倒。再一扑，再一晃。姑娘不停地灵活转圈儿，像跳舞，又像斗牛……

老米急了，吼道：谁再敢动我的头，我就跟她玩命啦！

年长的女人把我交回老米手中，笑道：别急，我们不稀罕大头。还是谈生意吧！

老米背上我，急匆匆逃离旋转餐厅。

我真是痛心疾首！堕落啊，米小强同志，有钱就嫖娼？你就那么点出息？

他的回答更令我吃惊：不是嫖娼，我找到了真正的爱情！

那个抱着我转圈的小姐就是他的心上人，名叫梨花，来自安徽大别山区。老米正苦苦追求她，甚至要娶她。梨花却只跟他玩耍，不肯嫁给他。

你疯了！我喊，你已经结过婚了，忘记了吗？

米小强挺直腰板：你结过婚，杨雨妹是你的老婆。

我急得捶桌子：那好，你说你爱她什么？只要有一条摆得上桌面的理由，我就承认你没胡闹。

你知道吗？杨雨妹从不肯和我亲嘴。我夜里亲她，她死命把我往床下踢。梨花不一样，她喜欢跟我——老米放慢语速，斟词酌句——接吻，甜甜蜜蜜地接吻！

我顿时明白，真正的麻烦开始了。

14

我试图劝说雨妹。为什么不让老米亲吻？你们睡在一张床上，好歹他也是你的丈夫嘛。

杨雨妹的回答斩钉截铁：我只和头接吻，不跟身子接吻。这是我自己定下的原则！

我迟疑地试探：这么绝对，有必要吗？究竟为什么？

舌尖连着心啊！你难道不懂？她眼睛蒙上泪花，说：把丈夫的头和身子分开，多么难啊！我先要把自己切成两半，一半给你，一半给他。这样很痛，可我又有什么办法呢？

我无语。这一切都是我自己造成的。如今怎样挽救呢？

雨妹看透我的心思，拉开抽屉，把一包东西丢在我面前。我定睛一瞧：是避孕套！什么都别说了，老米的行为她全知道。

难为你了，苦苦拼凑一份爱情，苦苦拼凑一个家。她温柔地抚弄我头发，叹息道：为了你这片苦心，我接受你的安排。可是，拼凑的世界你能维持多久呢？

我神情恍惚：危机说来就来，为什么？我哪里做错了……

杨雨妹的回答出人意料：原子弹！我看得很清楚，你的原子弹早晚把头和身子炸开。

你说啥？我和老米分开？不不！我们已经长到一块儿了……

雨妹的话平静而深刻：头和身体只是一个比喻。把你们连在一起的是那根牛皮带，还有很多看不见的东西：感情、习惯、缘分，等等。你想过没有？贫穷也是连接头和身子的纽带，它比皮带更结实——为了生存，你们谁也离不开谁。你那原子弹带来的生活巨变，首先是炸断贫穷这根纽带，接下来会发生什么，你心里还没有数吗？

我歇斯底里吼叫：别说了！我不信，不信——

从此，恐惧和悲伤像两匹恶狼，紧紧追逐我。它们暂时没咬到我，但我已经感到伤口撕裂的剧疼！漫漫长夜，我甚至不敢朝窗外看一眼,恶狼们随时会向我扑来。我只能把目光聚集在电脑荧屏,钻入跳跃的数字里躲藏。

此时此刻,期货成了我的吗啡,我的镇静剂,须臾不可或缺。赢钱的刺激使我忘记烦恼,不断胜利让我觉得自己战无不胜。是的,我渐渐进入一种癫狂状态,见神灭神,见佛灭佛。在险象环生的市场风浪中,我自由穿行。行情只要一动,我就知道它往哪里发展,一网下去准能捞到大鱼!整个公司轰动起来,人人称我"神奇小子"。可是谁又知道神奇小子心底在流血呢?

我坐在露西面前,申请提款。我要提两百万,露西惊得眉毛往太阳穴跳窜:出什么事情了?你得告诉姐姐。我正需要靠得住的倾诉对象,就把米小强的变化,淤积在胸中的苦恼,讲给露西听。

我要用两百万赎回我的身体,梨花,那个小姐,拿到钱也许会走的……

露西抱着双肩在办公室走来走去。你的思路不错,你能赚钱,利用自己长处解决问题。可你想过没有?金钱要用得巧妙,巧妙使用才有效果。贫穷的纽带既然被炸开了,用钱能弥补吗?我怕你使错了劲,适得其反。

我的声音充满绝望:总得试一试吧,我不能眼睁睁看着自己身体跟别人走了!

可以试,可以谈。你最好跟那姑娘单独见面,不过……她脸上的表情并不乐观,她话锋一转:你先把提款手续办好。我告诉你,按照公司规定,这样一笔巨款必须老板亲自批准。杨生——我的老板常住香港,月底才能过来,你恐怕要等几天。

分手时，露西说出真实想法。她把我安放在圈椅上，拍拍我的脸颊：有一句老话，天涯何处无芳草？你怎么就苦恋一个人，哦，一个身体呢？你的事业正兴旺，今天的两百万，明天可能翻成一个亿。成了亿万富翁，找十个一百个身体又有什么难处？你现在把两百万，未来的种子，送给一个小姐，值吗？听着孩子，米小强只是你的一段记忆，随着生活发展、时间流逝，这段记忆总会淡化，化为一堆碎片……

我尖叫起来，声音锐利吓得露西连连后退：不！绝不——

15

我拒绝接受任何人的劝说，双手拼命推开黑暗。但一切归于徒劳，摊牌的时刻终于来到。

老米主动邀请我去一间酒吧，这样的邀请是他生平第一次。邀请者并不止他一人，还有梨花；就是说，那个小姐今天以女主人的身份出现在我面前。

天下小雨，窗外雾蒙蒙。一个卖花的小女孩跑到窗前，对着我用力摇晃手中的红玫瑰。她的花格子外衣被雨水润透了，略微发黄的毛发也湿漉漉地粘在脸颊上。她把脸贴在玻璃上使劲一挤，鼻子、嘴唇都挤扁了，活像一头小猪。小猪瞪着两只乌亮的眼睛，继续摇晃手中的红玫瑰。米小强跑出去，转眼将一枝沾满水珠的玫瑰递给梨花。她把头一偏，靠在老米宽阔的肩膀上，深深嗅着花香。

我低下头，独自饮酒。

老米咳嗽一声，切入主题：这个，今天请你，是要宣布一个好消息，我们，我和梨花马上就要结婚了。

梨花把玫瑰移到右手，向我扬起无名指，亮出一枚漂亮的婚戒。

我控制着震惊，将一杯啤酒灌入喉咙。很好，我把这话当故事听。不过我要提醒你，雨妹听到这故事，会把耳光打到我的脸上。因为我是头，女人只会找头算账。这一点你是知道的。

米小强涨红了脸：我已经说过了，是你和杨雨妹结婚，不是我！

这么说就没意思了，你自己心里有数。谁和她每天在一张床上睡觉？我吗？

我，是我……可我只是身体，听脑袋的指挥，你叫我睡我只能睡，不情愿也得睡……我讲不清楚，跳进黄河也洗不清……

老米语无伦次了，他哪是我的对手。但我发现了新情况——另一颗脑袋正在指挥他。梨花捅捅他腰眼，悄声提醒：证据，证据。

米小强急忙掏出结婚证，摊开在桌上：对，这就是证据！上面写着谁的名字？瞧，毛大吾，杨雨妹——

叛徒！我怒火中烧，你真是叛徒，为讨好别的女人，把家中最宝贵的东西往外拿……老米，你几时变成这样的？我都不敢认你了！

米小强赶快收起结婚证，喃喃道：我只是想证明自己清白……

小妖精又一次从我脚下铲球。她把红玫瑰插在老米脖颈上，拍着小手喊：我相信你清白，你就是我的白马王子！别人教坏你，改了就好。谁没犯过错呀，我不会怪你的！

只要这轻佻女子在身边，我对老米的影响力就大打折扣。我冷冷盯住她，决定使出杀手锏。

干吗呀，不就为了钱吗？好，现在我跟你谈判。开个价吧，你要多少钱才肯离开？

你的头太好玩了，想收买我哩。他以为做小姐的只晓得钱，不懂爱情呢！梨花笑得前翻后仰，抱住老米乱晃，插在领口的花枝左右摇曳。这么好的老公上哪找？多少钱我也不卖！

两百万。我从牙缝里挤出这个数字，声音很低，很冷，却很清晰。

一瞬间，场面寂静，仿佛射来一枚冰弹，将空气凝固起来。梨花睁圆眼睛，瞳仁猫一样竖立着，深吸一口气，屏住——再说一遍？

两百万元人民币，现金。我歪着脑袋，欣赏资本原子弹的威力。

我得承认，我从没见过这么多钱，连想都没想过。她慢慢站起来，身材像小白杨似的挺拔。米小强有些惊慌，拽住她衣角轻唤：梨花，梨花……她甩开他，继续说话：你肯定瞧不起我们。可我要告诉你，即便是一个小姐，也有自己的理想！我从大别山一个小破村走出来，到了你们这座漂亮的海滨城市，我就发誓要在这里安一个家。我虽然贱，但永远不会放弃这个理想！米小强不嫌弃我，从此我们摆摊蹬三轮捡破烂，过自己的日子。你就是把金山银山堆在我面前，我也不换！

我脸庞一阵火辣，感觉自己成了卑鄙小人。梨花亭亭玉立，通体环绕着神圣的光晕。但我不能放弃身体，还得苦苦抗争。没等我想出新对策，真正的打击轰然而至。梨花款款坐下，像老板娘似的一挥手：分家。

我瞪大眼睛：你说什么？

她转向米小强：当家的，下面的话该你来说了。

老米忽然成熟了，像一个陌生男人，不，一个陌生的当家男人，他向我摊开双手：好吧，口不好张也得张。今天找你，除了结婚的好消息，我们还想和你商量分家的事情。咱俩都长大了，各自成家了，日子不能再像过去那样绑在一起过。这些年我们共同奋斗，你动脑我动腿，积累了不少财富，公平分开应该可以的。对吧？哥，你说句话，怎么分，分多少，全听你的。

你能想象我的感觉，我整个儿崩溃了！打死我也没料到，老米是来跟我分家的——头和身子分家，这也太荒诞、太残酷了吧？我实在无法接受！听听他说了些什么？日子不能绑在一起过了，公平分开，怎么分，分多少……我仿佛听见多年牢固的纽带嘣一声断开，脑袋和身体从此天各一方。我什么话也说不出来，泪水慢慢浸润眼眶。

梨花更显示出精明强干：分家得有账，我和老公去公司财务那里调查过了，到昨天为止，你的账户连本带利一共有五百三十万元。根据平分原则，你应该给我们二百六十五万——她一停，略带嘲讽地扫我一眼，而不是你刚才说的两百万！

我真要晕厥，他们竟去调查我的账户！我只知道炒单赚钱，自己也搞不清账上究竟有多少现金。他们真是煞费苦心，有备而来啊!

我凝视米小强。那已不是我熟悉的脸,眼神里藏着一丝丝狡诈,显露出义无反顾的坚定,竟与梨花有了几分夫妻相。天啊,人怎么变得这样快呢!

他们不停地说,两张嘴嗫啵嗫啵急速开合,水中游鱼似的。可我听不见他们说了些什么,米小强的脸也渐渐模糊,幻化出一组叠影:他背着我在操场上跑步,我像一只布口袋东倒西歪;林大东骑马打仗欺负我们,老米铁腿横扫,踢得他们人仰马翻;大堂经理没当成,一群保安抬着我们扔出酒店玻璃门,可怜的高人在石台阶下断成两截;苏经理鬼笑着抠我们伤疤:到底算你们一个人工资还是两个人工资?老米梗着脖子朝林大东发表妙论:头又不是帽子,怎么能随便乱扔呢?你和你老婆睡觉时,也把自己脑袋放在另一个房间吗?最让我揪心的是长沙惊魂之夜,米小强在公安局铁门外发疯,用脚踢,用肩撞,用脑袋在铁板上死磕!他像一只野狼拖长声音嗥叫:还我头来——还我头来——

喂喂!你怎么了?说话呀,到底同不同意分家?米小强隔着桌子推我。

幻觉消失了,当啷啷跌在地下,化作一摊碎片。

真是梦醒时分。我望着隔桌那对猴急的男女,无力地点点头:好吧,分家,就按你们说的方案分。

16

月底，老板杨生从香港回来，这也是我们分家的日子。

公司走廊挂着一排大彩照，我让老米慢点走，仔细看看。彩照的主角是一位麻秆一样细瘦的香港佬，戴着一副金丝眼镜。另一位则是将军，威风凛凛，气度非凡。我注意到香港佬和将军还与公司全体员工合影，像红太阳一样坐在一群白领青年中间。据说，金运投资公司有军方背景，我对将军行了个军礼。

开酒店的梅嫂奔到我们面前，带来一个惊人消息：贝司令被公安局逮捕了，他就在我洪兴酒店被抓的！梅嫂比比画画地诉说事情经过：开始我看他面熟，就是想不起来在哪儿见过。他一身民工打扮，要了一碗打卤面，吃得狼吞虎咽！你们说，我能把他和照片上那位将军联系起来吗？一会儿冲进几个公安，把他按倒在地，戴上手铐，拖死狗一样拖走了……

这是一个职业骗子，冒充司令全国行骗，终于落网了。但是，我们的命运会怎么样呢？

人们一窝蜂拥向香港老板杨生的办公室。门紧锁着，老板根本没来。金牌露西主持公司日常事务，她要给个说法！大家又冲进露西办公室，人去楼空，一片狼藉。现在明白了，她为什么千方百计阻挠我出金。上当了！受骗了！这就是摆在所有人面前的事实。

老米解开皮带，把我往窗台上随便一放，跟着梨花到处乱窜。

找人商量对策，报警，指天跺地，破口大骂。幡然醒悟的人们你一言我一语，剖析着事情真相：原来，贝司令只是一个小骗子，真正做局的是香港老板。甚至，那个杨生也不过是幌子，叼着香烟的露西才是主谋！赌鬼阿钟最熟悉赌场黑幕，他的说法令人信服而心惊：我们做的单子根本没下到市场，电话线的另一端是老板卧室。露西在跟我们对赌，她料定我们输多赢少，什么英镑马克咖啡小麦，统统让杨生塞进女人被窝里去了……

命运诡异，最后总要露出真相。我并不为失去的财富痛心，因为我彻悟了，这一切本来就是命运安排下的圈套！瞧着面前这群疯子，我笑了。

真静。和煦的阳光笼罩着我，一群鸽子从窗外飞过。我拉开铝合金窗，微风扑面，吹得我格外清醒。远眺海景，月亮湾犹如嵌入陆地的一块翡翠，青山环抱，小岛星落。海浪吐着白沫扑向岸边，撞上乌黑的礁石绽放出大捧雪花。雾气在海湾流荡，如纱如棉如乳，将大海装饰得亦真亦幻……真是美好的早晨！这样的时刻，适合我对人生做一个了断。我想：孤零零一颗脑袋还有必要存在吗？若是纵身一跃，我岂不抛弃所有烦恼，融入窗外的美景中去了吗？我摇啊摇，摇啊摇，身后仿佛有一股强大引力，引我坠入万丈深渊……

窗台离我工作的电脑不远，纽约期货交易所电子盘已开，红色的数字跳动闪烁，像一群小鬼朝我眨着眼睛。我曾以为自己找到一把金钥匙，喊一声芝麻开门，就能赢得整个世界。我还以为自己真是天才，终于寻到属于脑袋的表演舞台。哪知南柯一梦，醒来时发现我早已身陷骗局！快速累积的巨额利润化为乌有，就连我辛苦卖书攒下的本钱也打了水漂。疯狂的世道，疯狂的人，进行着一场充满讽刺意味的游戏！哪里有真实？瞧，我整天买卖的大豆小麦黄金白银，它们都在哪里？我连毛也没摸到一根！实物变成符号，商品化为合约，华尔街用这一切虚构出投资世界，使我之类投机者陷入虚无缥缈、不着边际的梦境。真相是颠倒的，所以你永远看不见真相。这样的人间还有什么可以留恋？

最对不起杨雨妹。昨夜她还安慰我，米小强走了不要紧，她来背我，一辈子背着我！可我能答应吗？身体走了，头也走，作为女人她还有希望重新安排生活。让她背我到老，不得耽误人家一生吗？本来就是受了我这颗脑袋的诱惑，雨妹才陷入一段尴尬的婚姻，现在该让她解脱了。

原谅我，雨妹，我不是有意害你，我自己也受到迷惑。我是怎么说的？从懂事起，我就一直处于灵与肉的分裂状态。世界本来就是一面摔碎的镜子，完美只存在于瞬间。我们能做什么？只有适应分裂，只有弯腰捡起碎片，为自己拼凑一个完整世界。我和老米拼凑成一个完整的人，你和我再加上他，拼凑成一个完整的家庭。我还以为真能做到这一点，可是老米走了，镜子又摔碎了，无可弥补地、彻底地碎了……

老米老米，我的兄弟，我的肢体，我不怪你。你有权选择人生，有权选择爱情，因为你是一个独立的人，而不是我的身体！可对我来说，明白这一点太晚了，失去你我已经无法在世上生存。我曾为高人自豪，我们长在一起，作为一个完整的人活着。我们的篮球打得多好啊，谁也不是对手。我们闯荡江湖，高高在上，走到哪里都引来一片赞叹。高人，由碎片拼出的完美图案，消解了我与生俱来的不幸，诠释着一种很牛逼的哲学——我就靠它活着。如今，你的离去摧毁哲学基础，一下子抽掉我的脊梁骨，使我再也站立不住。我倒下了，就像儿时妈妈病逝，我躺在床上脸向墙壁一动不动，觉得自己将烂在床上。是你背起我，走向学校，走进阳光！可现在你还肯背我吗？不会了，你长大了，要走自己的路。最叫我痛心是你离去的理由：钱，为了钱跟我分家！当你把话说出口，我的心鲜血飞溅，致命的伤口永难愈合！现在我已做出决定：结束痛苦，结束生命。老米，如果知道这样的结局，那些话你还说得出口吗？钱没了，头没了，只剩你一具躯体赤条条四下游荡。我为你悲哀，兄弟。高人毁了，我们都毁了！

米小强似乎听到我的心声，在人堆里蓦地回头，朝我投来惊恐的一瞥。毕竟多年心息相通，最后时刻他还是有了感应。他用力拨开身旁的人，朝我冲来。他喊：头！头！你不要晃，我害怕啊——声音悲催绝望，在交易大厅回荡。

我微笑，目光满是悲悯。我要走了，你照顾好自己。想我时，对月亮湾的海鸥说几句话，我听得见……

你去哪里？带上我，别把我丢下！头和身子长在一起啊！老米脸色煞白，嘴唇哆嗦，慢慢靠近窗台。

我一直在寻找一种活法，你知道的。我失败了，也就活不下去了。再见老米！

我眼中留下最后的镜头——米小强双腿一软，跪下：求你饶恕我，求求你了……

按照预想，我猛地往后一仰，整个人跌出窗口。老米跳起来，向前一扑，却扑了一个空！我听见他凄厉的叫声：我的头没啦——我的头没啦——

失去身体羁绊的脑袋，自由往下坠落。我清楚，几秒钟后一声巨响，将结束我与这个破碎世界的一切纠葛。我在飞翔，飞的感觉真好！人原来可以这样轻松，身轻如羽，在天空飘荡……

忽然，我停住了。高人的长披风制造意外，被窗台下一铁钩钩住，阻止了我的坠落。这就滑稽了，我在空中晃来晃去，像一只吊着的皮球！所有的设想都落空了，怎么办？这就是头的结局吗？孤悬窗外，随风飘荡，上不够天下不着地，狼狈不堪，荒诞之极！金灿灿的阳光照得我晕眩，我只得闭上眼睛。

谁来拯救脑袋？

命运玩笑

一、水面上浮来个大红球

大阿福是爬洪水来到惶向老街的，所以人们的印象特别深刻。那天，大雨倾缸而下，雨束粗如小指，地面顿时洪水滔滔。老人都说，多少年没见过如此大雨，老街的混账下水系统无法承受偌大负荷，各家的房屋恐怕难保了。果然，傍晚时分老街变成一片汪洋大海，临街的房屋底层一概被淹没。人们坐在二楼窗口，一边注视着洪水，一边咒骂城建局光收钱不办实事。

这时，人们看见一只红色大球从水面漂浮过来。大阿福人很胖，穿一件红色汗衫，大半截身体泡在水里，所以看上去像一只红球。他贴着街边的房屋走，水太深就扒拉着胳膊游两下，一边还探头探脑往屋里看。这样，他渐渐来到美罗家。

美罗的父亲强发叔有一股与天斗其乐无穷的精神。别人家一楼淹了就淹了，他却不肯，用装尿素的尼龙袋填满泥土，在大门口筑起一道围堰。他还奋力把房间里的水泼到门外，展开一幅抗洪图。美罗很开心，在一旁蹦蹦跳跳，为父亲加油打气，并不插手帮忙。大阿福从门前经过时，强发叔把最后一桶脏水扫拢来，朝外一泼，恰好泼了大阿福一头一脸。美罗笑得前翻后仰。强发叔一边向人赔礼道歉，一边用眼色制止女儿。

大阿福却不恼，趁此机会轻轻一跳，跃入围堰。

大阿福笑眯眯地说：不错，不错，这家人家干净，我就想找这样的人家。

强发叔还怀着歉意，命女儿拿毛巾给客人擦脸。他有些好奇：这样的大水，你来老街干吗？

大阿福说：我想租一间房。人都说惶向老街的房子最便宜，我来看看房子。

美罗绞了一把热毛巾出来，听了这话，就甩着毛巾笑起来：这人脑筋有毛病，看房子哪天看不好，偏要爬着大水来，还让人泼了一头污水！

强发叔瞪了女儿一眼，但对面前这个胖乎乎的、满脸堆笑的男人智力也产生了怀疑。大阿福赶忙解释：我清早才到惶向，不找个地方安顿下来，晚上就没处睡觉。住旅馆太贵，我又不是老板……

美罗插嘴：你一脸福相，看上去还真像大老板。

大阿福谦虚地说：谢谢。不过，我现在急需一个窝，老伯，我能不能租你家一间房间？我一眼就看中了你们家。

强发叔谨慎地审视这个胖子。美罗就开心地叫起来：好的好的，你住楼下，可以替我们看门。

大阿福说：这位小妹妹真爽气，直接认我做看门狗了。

强发叔见他俩一唱一和倒挺合拍，也只得点头答应了。

当时，他心底闪过一个想法：说不定这胖子是未来女婿。美罗的母亲早就去世，他一直为女儿的婚事操心。虽然美罗长得白白净净，但强发叔心中有数，他的女儿有点缺心眼，就像邻居们闲话所说：十二点加一点——是个十三点。这个胖小伙子与美罗说得来，人也富富态态，一副老板相，若是有缘，倒也不错。他便模棱两可地答应下来。

在房租上面他也没吃亏，厨房隔壁一间朝西的小屋，一个月就收大阿福二百块钱。一切都好，正如美罗所说，这胖子还能起到看门狗或者保安的作用。惶向治安不好，有这样一个胖子把门，睡觉也踏实。

强发叔以他的精明做成一笔交易，从几个方面来看他都满意。从此，美罗家有了一个房客。惶向老街都是二三层小楼，住着本地农民，他们都希望招到房客，得一份收入。但有钱人都住在新城区，肯在这里租房的都是打工仔，因此房租收入也有限。见强发叔收了一个老板模样的房客，邻居都好生羡慕。他们纷纷打听房客的姓名，做什么生意？强发叔含糊其词，不肯泄露。

他只说出自己最深刻的印象：这人福相，日后必发达。姓名也排场，叫作皇甫福祥，看吧，多么吉祥！

二、瞎道人的预言

强发叔很快就后悔了。他的判断发生重大失误。

俗话说：人不可貌相，这话用在大阿福身上再恰当不过了，只要把传统含义反过来理解。这家伙是个倒霉鬼，一身晦气无与伦比——贩猪猪贵，贩羊羊贵。咸盐里招蛆，放屁也砸脚后跟。他简直就是个灾星！谁的命运都有起起伏伏，而大阿福一路倒霉，从无喘息机会。

这一切，都是皇甫福祥（多么富丽堂皇的名字啊！）亲口跟强发父女说的。他倒是一个坦率的人，毫不掩饰自己内心的痛苦，就像天真无邪的孩子诉说自己哪里磕碰擦伤一般，对房东父女吐露出他那长长的倒霉史。那天晚上，洪水刚刚退尽，美罗炒了几个菜，让父亲陪客人喝她酿制的米酒。那酒极香醇，强发叔最爱喝，阿福却不胜酒力，很快就脸红脖子粗，絮絮叨叨讲述自己的不幸。爹死娘病、半途休学、求职不利之类事情不必说了，单单瞎子算命所做的预言，就使强发叔心惊肉跳！

大阿福出生于山东蓬莱，七岁那年有个老瞎子坐在蓬莱阁下为游客算命，极为灵验。他父亲领他去算算，希望老瞎子说出儿子有光辉前程。不料，老瞎子一摸阿福的小手，脸上就浮现大惊失色的表情。此人原是蓬莱阁老道，擅长揣骨，"文革"被赶走，便凭这手艺混口饭吃。他一双枯手把福祥浑身骨头摸了个遍，不停摇头，最终黯然挥手，连钱也不收他们的。父亲急问详情，道士说：给你打一个比方吧，这孩子命中有一道宽三丈三的瀑布，越不过去，事事走背字，灾祸连连；跃过去了，他所有的福气都攒着，必定大富大贵。三十岁那年，鲤鱼跃龙门，生死全在这一跳啦！父亲急问：那么，他到底能不能跳过去呢？老道士闭目叹息：我只看见他腾空一跃，只看见一线蓝光闪闪……能不能过去我却算不出来，就看这孩子命根硬不硬了。

算过命没几天，他父亲出海打鱼遇到风暴，葬身大海。

强发叔内心的惊吓可想而知。他小心翼翼地问：你今年多大岁数？

大阿福笑容可掬：正好三十。

美罗大惊小怪道：哇，正是跳瀑布的年龄哎！三丈三阔的瀑布，你一跃而过，好酷哎！

她父亲冷冷地说：要是跳不过去，跌在瀑布里，还酷什么酷？

大阿福一拍大腿：就是，跌进瀑布还不淹死了？老道士说得明明白白！我就是害怕今年过不去啊……

美罗为他斟酒，说：这是迷信，你还当真呀？怕，怕个鬼，我看你的脑筋真的有毛病！

大阿福愁眉苦脸地说：可我真是那么倒霉，走到哪儿晦气跟到哪儿，搅得大家都不太平。

仿佛为了证明大阿福的话，屋里的电灯突然灭了，一股焦煳味从他住的小房间冒出来。

强发叔喊一声：不得了，房子要烧掉了！

配电盘就在大阿福住的小屋。他摸到手电筒，进里屋查看，发现保险丝烧掉了。奇怪，新买的空气开关应该自动跳闸啊，怎么就没发挥作用呢？强发叔一边骂，一边修理。由于家中没有保险丝，折腾半天也没法子。

大阿福倒很懂事，赶快站起来说：叔叔你等一下，我去电料行买保险丝。

父女俩在黑暗中坐着，久久沉默。强发叔终于开口说：这人留不得，赶快叫他走。

美罗对付父亲一点儿也不缺心眼。她知道父亲最怕官府，就说：你和人家签了合同，又要赶他走，他要是拿了合同跟你打官司，你就不怕法院来传你？

父亲焦急地说：这么一个倒霉鬼，谁敢沾他？

美罗嚷：迷信迷信迷信……

大阿福拿着保险丝回来了，屋里出现光明。他抱歉地说：对不起，对不起！

美罗瞪他一眼：电表不好，怎么能怪你？不要遇事就往自己身上揽。

大阿福很有把握地说：肯定是我。这种事情以后经常会发生，我有数。

强发叔哼了一声，酒也不喝了，独自上楼睡觉。

三、灾星

如果说倒霉是一种才能，大阿福无疑是一位天才！他的霉运简直是一种特异功能，凡是沾着他边的人很快就会遭殃。大阿福在惶向老街住下，不长一段日子，他的这种天才或者是特异功能便闻名遐迩。

最先遭殃的是一帮皮小孩。他们结识了这位和蔼可亲的、总是穿着红衬衣的胖子，就吊着他的膀子，揪住他的头发，往他身上乱爬。胖子哎哟哎哟地叫唤，一边笑一边求饶。每天见面都要厮闹一阵子。然而，这帮顽皮孩子的灾难接踵而至——作弊被发现，打闹被抓着。回家偷两个小钱玩游戏机，刚坐下，就被母亲揪着耳朵回家。父亲的老拳更是因这样那样的原因，雨点似的落在他们头上。这帮皮孩子鼻青眼肿地凑在一起，稍加分析就找到灾难的根源：沾着那个红衣胖子，这一天准倒霉！他们再也不敢和他疯闹，更不敢往他身上爬。

大阿福不明原因，见到小孩子就嬉皮笑脸往上凑。小孩们一哄跑散，口中高呼：灾星来了！灾星来了！

大阿福笑容在脸上僵住，仿佛被人点了死穴，脸色渐渐变得灰白。从此，灾星成了他固定的绰号。

惶向是一座新崛起的城市，不久前仅是海边一小镇。整个城市分为新城老街两个世界。老街都住着本地农民、外地打工仔，是一条穷街，穷人的世界。新城区则住着老板、小姐，是有钱人的天堂。大阿福灾星的名声尚未传到新城，所以他很快找到一份送快餐的工作。他圆头圆脸、肥头大耳的福相，再一次具有讽刺意味地帮了他的忙。

当他跨进鸿运大酒店，老板邓铁树一眼就相中他。邓老板回头对女秘书说：我们就要这样的人。快餐业讲究形象，你派长得像瘦猴似的业务员去送饭，顾客一看就恶心，谁还吃你的盒饭？像这位，红光满面，营养充足，为我们的盒饭无形中打出广告。你，叫什么名字？大阿福庄重地回答：皇甫福祥。邓老板说：好！多么富丽堂皇的名字。比我邓铁树好。铁树虽然万古长青，但太硬。用你这样的马仔，我命中八字一定得到滋润！

大阿福当场被录用，并获得一份不菲的工资。他换了行头，穿一套酒店统一制作的蓝色制服。蹬着三轮为各家公司、企业送盒饭。这下好了，就像传播病菌一样，他把霉运送往四面八方。

我们不能把所有的不幸事件都归罪于大阿福，但许多现象确实难以解释。大阿福走到哪里，不出几天那地方准会出事。比方说，大阿福第一天为一家房地产公司送饭，送去了烧鹅饭、叉烧饭、咸鸡饭，还有一大桶汤，一切都平平常常。飞云房地产公司的老板职员对大阿福印象很好，他慈眉善眼的，就是有人缘。送一次饭，就与大家交下了朋友。可是谁能想到，当天晚上飞云房地产公司遭到一伙飞贼盗窃，而保险箱里恰恰放着十来万元房款。这笔款子是老板一位朋友送来的，时间太晚，银行已经下班，老板就把它锁在保险柜里。结果，保险柜被撬开，这笔巨款不翼而飞。此时，惶向房地产正陷入低潮，收一笔房款何等不容易啊！第二天一早，老板急急赶到公司，看见敞开的保险柜，一屁股坐在地上，放声大哭……

当然，没有人把这一事件归结到大阿福身上。大阿福自己心虚，从此不敢再去这家公司送饭。可是，他那该死的特异功能继续发挥作用，没过多久，他给美眉发廊送饭，这家发廊又遭到匪徒打劫。发廊里的小姐都喜欢大阿福，管他叫"肥哥"，每次去送饭，她们都把他按在椅子上，免费为他按摩一阵。大阿福怕痒，小姐们纤纤玉手一捏他膀子，他就咯咯咯地笑，人扭作一团。懂事的小姐便说：怕痒的男人怕老婆，谁有福气嫁给肥哥，准能得一个好老公。大阿福虽然对这些暗地从事色情勾当的小姐抱有警惕，但她们那份热情还是叫大阿福心中温暖，如春风吹过。就是这样一群小姐，在一个风高月黑的夜晚，被三个歹徒摸进发廊，一个个裸身缚住，像捆了一串赤膊鸡。发廊被掠得一分钱不剩，小姐们的金银首饰也被扫荡一空。第二天中午，大阿福去送午餐，拼命敲门也敲不开，还是他亲自报警，才发现这一劫案。当小姐们嘴里塞着的袜子、裤头被扯出来，她们一起朝着大阿福放声号哭：肥哥，肥哥，你怎么才来救我……

大阿福不胜惶恐，无比心酸，陪着美眉们以泪洗面。不过，他做贼心虚，知道这事件冥冥中与自己有着脱不了的干系。所以他趁乱溜走，从此再也不敢去美眉发廊。

阿福心中充满绝望。夜里，他独自在惶向老街漫步。这里的街道很有名，缓缓旋转如海螺，迷魂阵一样令外人迷失方向。据说，这是古人留下来的，隐藏着难解的奥秘。现在，外地到惶向的游客，必来老街转转，体验一下自我迷失的感觉。大阿福没这份闲心，他觉得自己的人生就是一座迷魂阵，自他懂事起，就已经迷失在其中了。这是怎么一回事情呢？上帝给他这样一种怪诞的命运，究竟是想证明什么呢？

大阿福转来转去，钻入螺蛳壳的中央，就是长着一棵古榕树的红土广场上，实在走不动了。他在裸露出地面的树根坐下，背靠皲裂的树干睡着了。

他梦见无尽的黑暗。梦见远处一撮跳跃的火光。他向火光爬去，却怎么也不能缩短与火光的距离。

据说，在古榕树下睡着的人，都会做同一个梦。

四、美罗：你还怕地塌了吗？

美罗对大阿福的看法，与所有的人都不一样。

以她在暗中说的话表达，这个胖男人真是太好了，太好了！从她第一眼见到他，就是父亲把一桶污水泼在他身上的一刹那，美罗就喜欢上他了。她也不知道为什么，见到这红衣胖子，心中就充满甜蜜的喜悦，真想亲亲他。别人都说美罗傻，美罗却认为自己比谁都清醒。特别在爱情方面，她一直持有与众不同的择偶标准。这标准既复杂又简单，复杂方面你分析三天三夜也说不清，而简单地说，她就是要找大阿福这样一位丈夫！可以这么理解，长这么大她一直在等他。当大阿福面带温和的笑容出现在她面前时，心底里就有一个声音喊：你终于来了！

但是，大阿福是一个真正的傻瓜！他竟然毫不体察美罗的一番心意。美罗悄悄地把他脏衣裤洗掉，晾干后又叠整齐放在他床头，大阿福却没有反应，抓起衣服往头上一套，仿佛那衣服从来就是干净的。大阿福饭量大，美罗常常在桌上留些好吃的，给他当宵夜。为了躲避父亲的眼睛，她甚至把粽子、叉烧包、鸡蛋之类的吃食端进大阿福的小房间，放在茶几上。这家伙真像猪八戒，饿了就吃，也不问问这些好东西是谁给他送来的。对于这一切，大阿福连谢谢都没对美罗说过。

美罗生气了。她决心让大阿福表态。

有天晚上，父亲在外面吃酒，吃到很晚才回来。父亲醉了，躺在自己的床上鼾声如雷。美罗就下楼来，敲开大阿福的房门。大阿福穿着三角裤，上身赤裸，露出一身肥嘟嘟的肉块。他一见美罗，慌忙拿衣服往头上套。美罗噘着嘴说：你不用忙，我问你一句话就走。大阿福拿着那件红短衫，问：什么？美罗说：你是不是觉得屋里有个仙女？老天爷派她来照顾你，你就应该白吃白喝白享受？大阿福一脸迷惑：没有啊，哪里来的仙女？美罗的眼泪就一串串滚落下来：那你的衣服是谁洗的？每天晚上你吃宵夜，是谁做的？大阿福挠挠脑袋，憨笨地说：是啊，我也纳闷，谁在学雷锋呢？……

美罗跳到他胸前，两只小拳头擂鼓一样擂他身上的肥肉，一边哭一边笑：你这没心没肺的猪八戒，人家不是要学雷锋，是要做仙女，做你的仙女……

接下来的事情就顺理成章了。大阿福以有力的拥抱感谢美罗，美罗则以温柔的亲吻回答大阿福，

他们相拥上床。美罗关闭电灯，却让门敞着。大阿福不解，美罗很有心计地指指楼梯：你听！楼上传来我爸的呼噜声，这声音只要不断，我们就可以放心了。大阿福笑道：你是真心要做我

老婆啊！

当事情进展到一定的深度时，大阿福忽然住手，猛地坐起来。不行不行！他摇头说道：我不能害你，一定不能……

美罗在黑暗中问：怎么了？你不高兴？

大阿福说：不……我是灾星。你这样美，这样好，我怎么能把灾难带给你……

美罗坐起来，钻入大阿福怀里，伸出柔软的双臂环抱住他的脖颈，娇喘微微地说：我是福星，我旺夫！来吧，有我在什么灾祸都解了……

从来没有人如此深刻地安慰过大阿福，他的感动压倒了一切。两手蒙住脸呜呜地哭起来。他说：我这一辈子，直到今天才像个人。

美罗自信地说：有我，你当然是人，一个最棒的男人！她以如火的热情吻干大阿福的眼泪，并使他欲火如炽，重振男人雄风……

这一对热恋中的男女，实在胆大，过于乐观，竟在床上向命运发起了挑战！命运也真不含糊，马上做出反应。当他们进入高潮时，从未有过的幸福席卷他们的身心，大阿福那张小床忽然发出一声巨响：轰！这对恩爱鸳鸯重重地跌在地板上。

床板断了！简直不可思议！

大阿福搂着美罗躺在水泥地上，一动不敢动。楼上的鼾声停了，寂静中黑暗仿佛有了重量，紧紧压在他们的身上。这是命运的警告？幸而，强发叔的鼾声渐渐响起，重又压倒一切……

美罗欲兴犹在，贴着大阿福的耳朵说：再来，别怕！

大阿福惶恐地说：可是，床塌了……

美罗坚定地说：就在地上干。你还怕地塌了吗？

五、仙阿婆

强发叔不是傻瓜，女儿的细微变化他都看在眼里。洪水退后，他开了个烟杂店，让美罗看铺面，这丫头整天乐呵呵地唱歌，引得一条街的小青年都来买烟。强发叔心里明白，女儿可不是热爱这份工作以至于此，她目光时时随着大阿福肥胖的身影转，已将自己的心思暴露无遗。

这个倒霉蛋早晚是祸害。强发叔暗想。但他苦于抓不到把柄，又怕挑破了美罗翻脸，只好暂忍着。但他脑子里无时无刻不在想办法赶走大阿福。

美罗哪里晓得父亲的心事？她正幸福得要命呢！她撒了个小谎，把铺面丢给老爸看着，自己让大阿福陪着逛街。大阿福不想请假，推推诿诿的。美罗一瞪眼睛：我陪你跳瀑布去呢，你还不赶快走？大阿福立马向邓老板请了一下午假。

他们去了新世界，惶向市的大商场都集中在那里。炒地皮的高潮已经过去，老板们的钞票都套在一块块荒芜的土地上。这座新兴城市出现了明显的萧条现象。车少了，人少了，像新世界这样的购物中心也变得冷冷清清。

美罗在商场里蹦蹦跳跳，娇憨无比。她要大阿福买这样那样的东西，仿佛自己是一位什么公主。大阿福很紧张，因为他口袋里只有十块钱。售货员小姐们再一次犯了错误，认为这样一位肥头大耳、面相富态的大老板肯定出手不凡，一个个笑脸相迎，殷勤巴结。美罗一套一套换试着最时髦的时装，一双脚套着两种品牌的名贵皮鞋。项链手链丁零当啷往脖颈手腕上套，甚至为纤纤十指套满各色各样的钻石戒指……哇，好过瘾！结果当然是什么都没看中，这地方的东西档次太低，没法和香港比。最后，美罗依偎在大阿福臂弯中，扬长而去。

大阿福推推美罗，道：都出来了，你怎么还不睁开眼睛？

美罗说：别说话！闭着眼睛，那些漂亮衣服就还穿在我的身上，金银珠宝也还戴在我的手上……真美啊！

大阿福深受感动，发誓道：总有一天我会发达，我要叫你睁开眼睛在大街上走，让你自己、让行人都看见你一身珠光宝气！

他们走过证券公司，大阿福就站住脚，伸长脖颈看电子盘上闪闪烁烁的股票行情。美罗问：干吗？你也炒股票？大阿福连忙摇头，喃喃道：我哪里有钱炒股票？不过，我有这方面的爱好……美罗双脚一跳拍拍手掌：了不起，你还懂股票！我有指望了，炒股票发财耶！大阿福面红耳赤，倒有些自知之明：我哪行，两手晦气，碰哪只股票哪只股票准跌……美罗信心满满：不怕，有我哩！用我的运气，用你的脑袋，我们肯定天下无敌！

美罗拉大阿福逛了半天街，就是不提跳瀑布的事。大阿福有些沉不住气了，小心翼翼地问：我们不是还有一个重要目标吗？美罗手指前方：到啦！

她引他走进一条小巷，七拐八拐来到一座美丽小院。主人仙阿婆是惶向的神界领袖，不知道多大年纪，如今仍白发红颜，精神矍铄。年轻时她可是一位美丽的巫婆，擅长算卦占相，跳神治病最拿手。惶向人有了大事，都要溜进这座小院求问仙阿婆。美罗和大阿福跨进院门，仙阿婆正拿着喷壶浇花。她斜眼瞅瞅两个年轻人，就兀自笑起来。

她说：来了怪人，今天又拿不到香火钱了。原来仙阿婆有条规矩：为命运奇特的人看相，一概不收费用。美罗与仙阿婆熟悉，凑上前去问：阿婆说我是怪人吧？仙阿婆说：去，去，你是强发家的妹子，怪什么怪？别调皮。美罗将大阿福推到老人面前，央要求道：阿婆，我要嫁给这个胖子！你好好给看看，这男人嫁得嫁不得？

仙阿婆放下水壶，不知从哪里摸出一根过滤嘴香烟，大阿福忙为她点着火。仙阿婆吐出浓浓一团烟雾，隔着烟雾说：他刚进门我就看过了，三丈三的水面就看他跳不跳得过。

一听这话，大阿福和美罗都吃了一惊。美罗抱着老太太的胳膊直晃：怎么跳？啊？阿婆指条道，到底怎么跳？仙阿婆摇摇头：天机不可泄露。两个年轻人失望地叹息一声。

不过……仙阿婆似乎过意不去，特地透露一点信息。她眯起眼睛，伸出修长的指甲在大阿福眉心一带画了一个圈，道：妹子你看，他在这地方积攒了多大一块福气呀！它熬、熬，熬成一块宝了。有朝一日爆发起来，赛过一颗原子弹！

老巫婆颇具现代感的语言，大大鼓舞了美罗，她喊：我就要嫁给原子弹！

仙阿婆笑：可你先得赌一把。

美罗挥挥小拳头：不就是那三丈三的水面吗？牙一咬，眼一闭，也就跳过去了！

大阿福有些底气不足：只怕没那么简单吧？

美罗一偏脑袋：没出息，人生还不得靠自己？神仙菩萨说到底都是封建迷信，是骗人的把戏……

大阿福急捂她嘴，已经来不及了。仙阿婆淡然一笑，拿起喷壶浇花：话都被你们说绝了，我还是闭嘴吧。

六、命运在诡笑

美罗像一针强心剂，或者像一支海洛因，使大阿福彻底兴奋起来，以前所未有的勇气与自己的命运做斗争。他早晨起来跑步，晚上做俯卧撑，努力减肥，让自己的外貌变得精明强干。他说话挺着胸脯，底气十足，处处显露自信。有一次，他看见两个烂仔抢一个女人的手袋，竟然挺身而出，挥起钵头大的拳头打得烂仔抱头鼠窜——要知道在惶向见义勇为，可得准备付出生命的代价啊！大阿福不在乎，他处处按照美罗的要求做。美罗从没把这些要求说出来，但他知道得一清二楚。大阿福在战斗，他要通过战斗塑造一个崭新的自我。

命运极狡猾，它像毒蛇一样盘踞在阴暗角落里，静静地看热闹，看大阿福尽情表演。有一段时间，日子风平浪静，灾难似乎真的离他远去。美罗总是碰碰大阿福胳膊，说：是吧是吧，我说过没事的。什么命运，什么三丈三瀑布，都是鬼话，命运就掌握在人自己手里！大阿福举起拳头，慷慨激昂地说：人定胜天！

命运在诡笑。它调兵遣将，把对大阿福不利的因素点点滴滴地汇集起来。比如，邻居桂花嫂把关于美罗与胖子关系的风言风语透露给强发叔，并劝他及早采取强硬措施。鸿运大酒店管人事的副经理长得竹竿一样瘦长，天生是大阿福的对头。他搞了一份统计，呈递给老板邓铁树，一一指出大阿福送饭与某些遭受灾难的公司、企业之间的相关性。邓老板挠挠光头，心底深处某种忌讳被触动了……就这样，阴云悄悄压来，而大阿福全然不知。

事还是出在送饭上，这一次大阿福可真冤枉！他给新港玩具厂送去快餐，因为量多，酒店里的小伙计栾生跟他一块儿去了。恰巧美罗往酒店打电话，说家中有急事，约大阿福在希望大道花坛碰头。栾生对大阿福说：我去送饭，你去约会。大阿福不太放心栾生，蹬着三轮把饭菜一直送新港玩具厂门口才离去。那小鬼还向他讨了两块钱小费。大阿福跑到希望大道那著名的花坛，却不见美罗的踪影。这时，他就产生一种不祥的预感，多日来建立起来的信心就像白雪堆积的大厦，被火一烤，迅速融化。

等了一会儿，他的右眼又跳起来。左眼跳财，右眼跳灾，这俗话他从小就记得，并且一辈子总是右眼跳。大阿福心想：坏了，栾生那边别再出什么事情。他顾不得等美罗，拔腿往玩具厂跑。

越怕鬼，鬼越敲门。大阿福跑了一阵，一抬头，就发现新港玩具厂上方黑烟滚滚，身旁有消防车呼啸而过。糟了，玩具厂着火了！可怜的大阿福，脸色顿时吓得惨白，两条腿一软一软的再也跑不动了，一身肥肉往下坠，似乎要强迫他瘫倒在地……他不住摇头，就像摇拨浪鼓一样，口中向冥冥中的审判者申辩：不不，不是我！我连玩具厂的大门也没进，怎么能怪我呢？……

大阿福完全被击垮了。他不需要申辩，也没有人听他申辩。新港玩具厂的火灾是由于一个工人乱扔烟头引起的，原因很快就查清楚了，与大阿福没有丝毫关系。但是，依照惯例，依照某种奇特的逻辑，也不能说完全与大阿福无关。因为那个工人正是急着用午餐，才匆匆忙忙把烟屁股扔在一堆废料里。而这顿午餐恰恰又是大阿福送的。大阿福惴惴不安，生怕别人也能看透其间的因果关系。

噩运早就暗暗布下另一颗棋子——长着一双毒眼的竹竿经理。他俯在老板邓铁树的耳边絮絮叨叨，添油加醋，终于把老板心里的火堆拨旺了。邓铁树找来栾生，让他讲讲大阿福送饭的情景。那小鬼害怕，就把自己送饭进厂的情节隐去，倒绘声绘色地描述大阿福如何分饭舀汤。

邓老板摸着光头，喟然长叹：皇甫福祥啊皇甫福祥，你不是一只吉祥鸟啊！

邓老板还算一个仗义之士，他约大阿福到菲菲酒吧喝咖啡。还备了厚厚一个红包，算给大阿福的遣散费。他说话也直率，就把竹竿经理所做的统计一条一条向大阿福指出。大阿福低垂着胖脑袋，基本认罪。只是听到玩具厂失火这一条，栾生小鬼证明是他把饭菜送进了厂门，他不由抬起头来，两眼顿时涌出泪水，说：邓老板，这可是冤枉，冤枉！那天我，我，我……他说不下去了。邓老板注视着他，意味深长地一笑：瞧，不是你干的，都记在你账上，那不是更说明你倒霉到极点了吗？大阿福怔了一会儿，彻底服了：是，是。

邓铁树选菲菲酒吧遣散大阿福，是怕大阿福把最后的晦气留在鸿运大酒店。他这一招颇有心计，也颇有道理。因为在分手的最后一刻，大阿福又一次地显示了他的特异功能般的晦气。邓老板与他握手告别，说：人生何处不相逢，等你时来运转，我一定重用你。这份薄礼，算是我一片心意，你就收下吧——他忽然住口，两只眼睛瞪得电灯泡一样，惊叫道：钱包，我的钱包呢？

不知道什么时候，扒手悄悄地光顾他，把他的钱包和那装着五百块钱的红包一并窃走了！幸亏邓铁树与菲菲酒吧的老板熟悉，否则结不了咖啡账，人也走不脱。他对大阿福说：你行，我真服你了！大阿福憨笑道：这钱，就算给过我了。

邓老板像躲避瘟疫一样，急急忙忙逃出酒吧。晦气却紧追不舍，他出门时被门槛绊了一下，整个人长拖拖地跌在人行道上，引起行人一片惊叫！

大阿福捂住双眼，不忍看自己的前主人被害到如此地步。

七、私奔

傍晚时分，大阿福回到自己住处。进门，他就看见自己的行李捆扎停当，堆在门前。强发叔坐在他家唯一一把红木太师椅上，身边立着几位本家弟兄，正横眉竖眼地瞪着他。阿福不知出了什么事情，心跳得厉害。

他一张口就犯错误。提了一个最不应该问的问题：美罗呢？美罗哪里去了？

强发叔咬牙切齿道：你还有脸问美罗？你干的好事！

阿福发蒙：我没，没干什么坏事呀……

强发叔说：我好心收留你，你倒来算计我女儿。你做那些畜生不如的坏事，美罗都对我说了！你赶快走，走慢了，我把你捆起来揍一顿，再送到公安局去！

那几条汉子齐吼：滚！

大阿福浑身颤抖，慌不迭地捡起行李，连滚带爬出门。他有些不甘心，回过头哭丧着脸问：我能不能再见美罗最后一面？

强发叔一边关大门一边说：她后悔了，到她姑姑家去了。临走让我告诉你，她不想再看见你了！

大阿福觉得天旋地转，站立不稳。离开美罗，对他来说无疑是致命一击！他人生最后一点希望破灭了，除了美罗，这个残酷的世界还有什么意义呢？他趔趔趄趄地在街上走，仿佛一个醉汉，不知不觉中他来到希望大道的街心花坛。美罗约他在这里碰头，是要告诉他一个突然变故。大阿福不相信美罗会变心，但究竟发生了什么事情，他却一点儿也猜不出来。现在，大阿福只有一个愿望，再见美罗最后一面，让她亲口告诉他这一切是怎么发生的。

大阿福一直傻坐在花坛水泥台阶上，到了半夜，他迷迷糊糊睡着了。他没有地方去，几乎身无分文，他只能守约在花坛等待美罗。虽然约会已经失去时效，但除了守约大阿福还有什么办法呢？

就像发生了奇迹，黎明时分，大阿福被人推醒了。他抬头一看，美罗宛如仙女站在他的面前。大阿福揉揉眼睛说：我不是在做梦吧？美罗抱着他头说：我就知道你会在这里傻等，总算见到你了……她搂住大阿福就哭，两人哭作一团。

这一天的遭遇，美罗比大阿福好不了多少。她胳膊上腿上有一道道紫红杠杠，是父亲用藤条抽的。从早上起，父亲发动突然袭击，强逼美罗与大阿福断绝关系。美罗激烈反抗，父亲找来本家兄弟，要把她捆起来送到乡下，找个主儿嫁人。美罗一看硬扛不行，也就假装顺从，答应了父亲所有条件。大阿福被赶走时，她就被锁在楼上房间，哭得死去活来。晚上，父亲请本家叔叔喝酒，感谢他们帮忙把那扫帚星赶走。放松了警惕，父亲又喝醉，美罗才有机会逃出来。

天色已经大亮。美罗怕被人看见，拽着大阿福就走。大阿福问她到哪里去，她也不回答，一径奔往小东门长途汽车站。

到了候车厅，两人找了个僻静角落站定，美罗宣布了她的重大决定：你跟我私奔！大阿福睁圆眼睛：私奔？往哪儿奔？

美罗告诉他，她有一个姑姑住在罗浮山区，自小疼爱她。他们先结婚，再让姑姑做工作，父亲早晚会接纳他们。美罗说：只要我们俩铁心在一起，我爸拿斧头也劈不开！

大阿福却犹豫了。他抱着头蹲在地下，说：美罗，我只是想见你一面，怎么敢私奔呢？现在见面了，我心里踏实了。你还是自己走吧，回家也行，到你姑姑家住一段也行。总之，我们就在这里分手……

美罗惊呆了：什么？你不肯跟我走？你不肯跟我结婚？难道你

一直在骗我?

大阿福眼眶里就汪起泪水:不是,我实在不敢再沾你,再连累你。我这样一个倒霉鬼,没有资格和你结婚。我没有信心了,我跳不过那三丈三的水面……

美罗用力揪大阿福的耳朵:你站起来,你这个猪八戒,给我站起来!大阿福龇牙咧嘴地站了起来。美罗双手又腰道:我告诉你,我就要嫁给你这倒霉蛋,嫁定了!倒一辈子霉我也不怕,我愿意倒霉!我就不信这个邪,让鬼或者神把你身上的晦气都转移到我身上来吧!我扛着,我不怕!皇甫福祥,你听清楚了没有?她又一挥手,像电影里的女游击队长一样果断,大声说:走,私奔!

他们买了两张中巴车票,往罗浮山方向前进。

八、墨菲定律

孙悟空翻跟头,翻来翻去翻不出如来佛的手掌,那猴子的心情肯定很沮丧。大阿福和美罗一对恋人,情况也和那位反叛英雄差不多。噩运紧追着他们,像一条恶狼,既无法理喻,又无法摆脱。私奔路上,他们甜蜜而紧张,只怕再发生什么意外。

据说洋人相信一种"墨菲定律",其定义为:如果一件事情有可能往坏的方向发展,那就肯定会往最坏的结果发展。糟糕的事情总是接踵而来,比如,一只蛋糕掉下桌,你越怕它奶油朝下,它就偏偏奶油摔在地毯上。大阿福现在也被这怪圈罩住了,心中惶惶不安。如果让他猜猜下一次灾难是什么,他肯定会指指屁股底下的中巴。是的，这辆车太破了，四面漏风，浑身颤抖，几乎快散架了。大阿福右眼老跳，只得用手捂紧。

破中巴驶入山区，像老牛一样不停喘粗气。美罗见大阿福老捂着眼睛，关切地问：你眼怎么了？大阿福说：没什么，吹进点灰尘。美罗扒他的眼，要给他吹吹。就在这时候，那辆破中巴不知怎么脱离了盘山公路，一头钻进河沟里！

尖叫。旋转。碰撞。当一切都过去后，大阿福醒来，发现自己躺在医院里。他一骨碌爬起来，大喊：美罗！美罗！护士进来制止他，并告诉他美罗在隔壁病房，伤势很重。大阿福倒没事，只是头部有些擦伤，裹着一头白纱布。

大阿福心中的悔恨无法用语言形容。他最明白，所谓灾星有一重要特点，那就是他总能给别人带来灾难，自己却往往没事。因此毫无疑问，美罗是被他害了。

大阿福下床，想去看看美罗。在走廊上，他遇见哭得泪人儿似的强发叔。两人一照面，老人家就要给他下跪，大阿福扶也扶不起。

他说：求求你，别去看她，别去碰她。你就不肯饶了我们一家吗？我造了什么孽，老天爷要这样惩罚我？求求你快走，要不我就跪着不起来！

大阿福满面羞惭，说：老伯，你起来吧。我只要看美罗一眼，从此不在你跟前露面。我说话不算话，就是畜生！

他在强发叔引领下，终于看见昏迷中的美罗。他站在病房门口，手扭着衣角，嘴里喃喃不知说些什么。最后，大阿福挥泪而去。

外面下大雨，与他来时一样，惶向老街又要发洪水了。大阿福仰望漆黑的天空，喊出憋在心中的话：你要逼死我啊！好，来吧，我死给你看，这就去死！

喊够了，大阿福感到无比轻松。他知道自己应该到哪里去，其实他一直无处栖身，只在人间漫无目标地游荡。他不想再做挣扎，也不想进行无谓的跳跃，只想躺下，永远地躺下……

一辆轿车顺着希望大道急驶而来。大阿福几乎没有思量，奔到马路中央蹲下。轿车直向他撞来。这样的雨天很难看清前方，幸亏大阿福穿着那件红衬衫，像一个红色大球蜷缩在地下。司机急忙踩刹车，雨天路滑，轿车仍撞在大阿福身上。这只大红球滚动起来，缓慢地滚着，滚到路边停下。

大阿福坐起来，扭头冲着司机喊：干吗不用点力？寻死也得花钱吗？

司机跑到他面前，一迭声说：对不起，对不起！

灾星就是灾星。大阿福没事，轿车却坏了。那可是辆昂贵的宝马车，撞了大阿福一下，不知什么地方出了毛病，司机再也无法将它发动起来。车后坐着一位大老板，他让司机先去救人，自己打电话再招一辆车。司机打着伞，把大阿福扶到车上。

大阿福不停地哀叹：世界上怎么会有我这样的倒霉鬼？想死也死不成，还把别人的车撞坏了……先生你说，一个人晦气到家，究竟怎么处理他呢？我实在是没辙了！

老板给他一瓶矿泉水喝，颇感兴趣地说：我们等车，就听你讲讲倒霉的故事吧。

大阿福摇头：太多了，时间不够用。喘口气，我还要去寻死呢！

大老板说：倒霉鬼也得负责任吧？你撞坏了我的车，总不见得拍拍屁股就走人，是不是？

大阿福叹息：明明是你的车撞了我，还得我负责。罢罢，我就用倒霉故事做赔偿吧！

于是，在这样一个雨天，在熄了火的高级轿车里，大阿福讲述了他命中那三丈三的瀑布以及一系列不可思议的遭遇……

大老板听得眼睛发亮，闪出绿荧荧的光芒。

九、山本龙太郎

我不信神，我要改变这个人的命运。大老板说道，他伸出一根手指，轻巧地勾着：实力悬殊的两个人，强者改变弱者的命运，只消动动小手指头就可以办到。所以我要看一看，我的干预，会对这个倒霉鬼产生什么影响。

大老板是在装修豪华、仿白宫的椭圆形办公室里说这番话的。他虽然不是中国人，但普通话说得比惶向本地人流利百倍。那铿锵有力的声音在大阿福脑海里嗡嗡回荡。大老板当着他在中国的代理人宣布：大阿福正式被聘为公司高级职员，头衔为投资经理。后边的丁香别墅供他居住，吃喝玩乐只要有单据，都可拿到公司报销。工资是年薪，暂定一百万，根据业绩年底至少有翻倍的奖金……

　　一项项有关大阿福待遇的指示，使得在场的人目瞪口呆，更别说他本人了。大老板戴着一顶小圆帽。此时他取下帽子，露出一颗刮得精光的脑袋，因灯光照耀，头皮闪着刺眼的光亮。在大阿福眼中，这闪亮的圆球可是他生命中的大救星啊！

　　大老板的做模特儿出身的中国妻子，公司总经理冷艳，点燃一支细长的香烟，声音轻柔地问：他的具体工作是什么？

　　你不是掌管着公司在股市的投资吗？交给他，今后买卖股票由他全权负责。大老板对艳美而冷若冰霜的妻子说。

　　大阿福一阵激动，有些忘乎所以地说：我就喜欢炒股票！

　　冷艳冷冷地问：你炒过股票吗？

　　大阿福摇头：从来没有。

　　副总经理丁浩从北京来，是大老板的侄子，一口京片子带着冲劲儿：我就奇了怪了，没带金刚钻他怎么敢揽瓷器活？叔，对这位新来的投资经理，必须确定工作目标，咱总不能听他用嘴胡侃吧？

　　大阿福一脸真诚：是，我需要目标！

　　大老板脸上浮现高深莫测的笑容，轻轻吐出两个字：赔钱。

　　冷艳幽幽地道：好，如果这是目标，他准能完成任务。

　　丁浩说：我耳朵没听差吧？他的工作目标是……是赔钱？

　　大老板脸一板，果断地说：我就是要他赔钱！只许赔，不许赚，赔得越多越好！你们听明白了吗？

　　不等众人回答，大老板就迈着颇具军人气概的步伐走出椭圆形办公室，笃笃的皮鞋声仿佛甩下一串问号。

　　大阿福如同腾云驾雾，迷迷糊糊地被送入丁香别墅。赔钱，嘿嘿，我找到的工作是赔钱，真他妈的物尽其用啊！大阿福反复咕噜着，度过难眠的一夜。

不久，大阿福知道了有关大老板的一切。他是日本人，有一个很长的日本名字：山本龙太郎。山本有四分之一的中国血统，他祖父是中国人，早年东渡日本做生意，娶了日本老婆安家立业。山本一直把中国视为第二故乡，等他长大成人，继承了丰厚的家产，就到惶向这片热土来投资。可以说，他是惶向投资最多的一位日本商人。这个山本有些不务正业，把公司丢给妻子、侄子管理，自己常常到香港、澳门去赌钱。也许他真正的长处在于赌博，因为他是常胜将军，过一段时间就满载而归，皮箱里总是满满地塞着现金。那个名叫吉野的投资公司却经营得很不理想，买的地皮，盖的别墅，随着房地产低潮全被套住。他又想入非非投资中国股市，用他中国妻子的名义开了户，也是屡战屡败，一套再套。他似乎还嫌赔得不够，竟把大阿福这颗灾星请来，似乎要加速灭亡。

按照山本大老板的指示，公司以皇甫福祥的名字重新开户，所有的股票投资就在这个账户运作。大阿福无权提现金，但是买进卖出的指令非得由他一个人下。他要单独设置密码，公司其他人无权下单。换句话说，冷艳总经理也被排斥在外，大阿福一跃成为公司举足轻重的人物。

无论山本大老板的想法有多么古怪，一个卑微的小人物的命运就是改变了。大阿福决心好好干，报答老板的知遇之恩。同时，他打算挣到一笔钱（比如领了年薪），混出个人样子再去找美罗。

大阿福脑子里不时闪过一个念头：那三丈三的瀑布，莫非已经跳过去了?

有天晚上，冷艳幽灵一样来到丁香别墅。此刻的冷美人使大阿福感到恐惧。她围着他转圈，上下左右反复打量大阿福。她问了大阿福一串问题，想知道他与山本龙太郎是否早有关系，此番来公司怀有什么目的。大阿福憨头憨脑，说话驴唇不对马嘴，冷艳实在找不到破绽。

她牙缝里抽着冷气：奇怪，就因为你是个倒霉蛋，他就收留你？他在你身上看中了什么？

大阿福说：是啊，他看中我什么？我身上能有什么？实在不明白啊!

冷艳说：我们都是中国人，今后要常常打交道。其他事情不明白倒也罢了，谁是真正的主人你心里可一定要清楚!

大阿福满腹狐疑。冷艳姗姗离去。

十、灾星炒股

阿福第一次走进大户室，激动的心情无法形容。他早就梦想炒股票。在他看来，这是一种游戏，你做着游戏就能发财，是何等惬意的事情？他以敬畏的心情抚摸电脑，那闪烁跳跃的数字，那蜿蜒伸展的曲线，使他感到神秘而激动。他按键盘时手指颤抖，久久不敢用力……他的新生就在这个环境里开始了!

公司里一帮老客户消息灵通，猴精马怪。他们见新来的胖子一脸福相，又打听到他开户就入金三百万，不由肃然起敬。追风杨最爱跟风，老在大阿福身后转悠，看他买什么股票，自己好跟进。可是大阿福两眼盯着屏幕，老不动手。周师爷摇头晃脑地评价：沉着。冷静。稳。一看就是高手。花狐狸宁翠花立刻黏了上去，扭动着腰肢为大阿福斟水泡茶。大阿福受宠若惊，起身道谢，险些把茶杯碰翻了……

惶向炒地风潮一度风靡全国。这些人都是炒地皮的老手，现在地皮套牢了，他们把剩下的钱拿来炒股票。大阿福很快和他们混熟了。他们各自感叹何处何处有一块地套着，假如能出手，这些资金杀入股市抄底，定能一举翻身……当然，这都是白日梦。可投机者哪个不做白日梦呢？

议论之际，追风杨趁机探问：这位老板，你买了哪里的地？

大阿福摇头：我不是老板。我刚来惶向，也没有钱买地……

花狐狸尖声笑起来：不买地你到惶向来干吗？全国的老板都来炒地皮，你不见得是来讨老婆吧？

大阿福想到美罗，红着脸道：我还真是想来讨老婆的……

周师爷推推老花镜：高手！在惶向安营扎寨，娶妻生子，一边炒股票，一边等着地皮往下跌。跌到我们受不了，都割肉了，这位老板才抄底买进。现在，他手里当然没有地皮，他等着买便宜货呢！

大阿福对这些高论似懂非懂，不知如何作答，只说：不敢当，不敢当。

大家以为他谦虚，更加高看他。

大阿福一旦动手买股票，大户室的人又傻了。他挑来挑去，挑了一只 ST 股票，大把买进。这只名叫福祥纺织的股票，连年亏损，官司缠身，欠了一屁股债吓死人！据说，这股票今年年底就要被摘牌，从此彻底消失。ST 福祥可算是股市里最烂的货色，人们都像躲避瘟神一样躲避它，因此股价不断下跌，跌到两元一股，几乎是最便宜的股票。

大阿福选中 ST 福祥，可是下了很深的功夫。他仔细研究这家公司的情况，为它一连串不幸遭遇而难过。他用拳头揉揉眼睛，喃喃道：我就不信咸鱼不能翻身！它跟我一样，一定会渡过难关的……

接着，他咬咬牙，化悲痛为力量，大笔大笔地买入福祥的股票。

追风杨眼珠子都快瞪出来了：有没有搞错？这只烂股你也敢碰？

他这次无论如何不敢跟风。这帮人都是股市老手，每只股票的家底他们都知道得一清二楚。但是，他们又不禁疑惑：这位相貌堂堂的大老板，一来就猛买 ST 福祥，莫不是得了什么内幕消息？

周师爷是上海人，当过小学校长，早期炒股票发了大财，到惶向来投资房地产，又被套牢，成为长期居民。他一向矜持，这时也忍不住踱着方步来到大阿福身边，不耻下问地弯下腰：请教，请教。这位先生你买股票是依据技术指标？或是依据基本面？如此大手笔地买进 ST 福祥，你的依据究竟是什么？

大阿福傻乎乎地问：你在说什么？我怎么听不懂啊？

周师爷绕到桌子另一面，说：我们共处一室，也算有缘，希望能分享你的高见。追风杨、花狐狸一迭声地响应：是啊，你就向我们透点儿风，为什么要买这只股票？

大阿福似乎有点羞怯，说道：我叫皇甫福祥，这只股票也叫福祥，我们同名，又一样倒霉，所以我一眼就看中它⋯⋯

众人差点被噎得背过气去！

你真幽默。周师爷说了一句，就愤愤回到靠窗口自己的座位上。

ST福祥成交稀落。大阿福连续买进，使那股票的曲线昂起头，走势图变得漂亮起来。追风杨沉不住气，心想：这胖子装疯卖傻，肯定有内幕消息。我且跟进，不久就会见分晓！他以年轻人的鲁莽与魄力，满仓追进ST福祥。

花狐狸宁翠花也不甘落后，急急忙忙追买ST福祥。她暗自打着主意：只要把这胖男人花倒，早晚能掏出他一肚子秘密。花狐狸炒股票屡战屡败，对付男人可从没失手过。

经验老到的周师爷当然不会跟发财机会赌气。股市里掌握内幕消息的人都是这样，虚虚实实不会给你说一句真话。越这样，越说明这家伙真有料！一贯强调"谨慎"二字的周师爷，终于走出一步险棋，将固守多日的资金全部投入ST福祥。

灾星降临这家证券公司。像以往一样，沾着他的人无不大倒其霉。ST福祥爆出猛料的消息一传十、十传百，散户大厅的人们也纷纷跟进，一时间这只即将谢世的垃圾股成了明星，像模像样地拉出一根根漂亮的阳线。但是不久，一阵抛盘将它砸回原形。

什么消息也没有，烂股票就是烂股票。接着它又加速下跌，竟封到跌停板上。周师爷、追风杨等人慌忙割肉，短短几天功夫损失惨重。

他们朝大阿福翻白眼，恨不得在他肥壮的胳膊上咬两口！

十一、印堂，的确鼓起来了

美罗拄着双拐，在证券公司走廊上找到了大阿福，哇的哭出声来。

她张口就骂：你这丧尽天良的猪八戒，把我扔在医院一走了之，也不管我死活……你还躲着不见我，害我拄着拐杖大街小巷到处找你！

大阿福脸色大变，连人带拐抱住她：你的腿怎么了？还能不能好？你别吓着我，咱们还得过日子呀！

误会很快就消除了。大阿福把自己的奇遇告诉美罗，他发达了，再也不是过去那个大阿福了！但他绝没有变心，差不多每天夜里都会梦见美罗。他打算领到第一笔工资（高得惊人！），就买上各种礼物到美罗家正式求婚。他认为去早了没用，徒然招强发叔生气。待条件成熟，水到渠成，强发叔会接受他这个女婿的。大阿福说话时充满自信，面上润着一层红光。

美罗也知道了父亲以下跪的方法赶走大阿福的情节。不过，父亲当时对她说大阿福害怕，独自溜了。美罗当然不相信。她找他找得好苦啊，最后是从一位炒股票的邻居口中得知大阿福的消息，才找到这里来的。她告诉大阿福，那次车祸，造成她两条小腿粉碎性骨折，打了石膏才拄得起双拐。不过不要紧，医生说拆了石膏腿就好了。两个人说不尽的关切，恨不得把心都掏出来赠予对方。

大阿福领美罗参观大户室。美罗见他坐在电脑前敲打键盘，佩服得不行，差点儿要亲他一口。她说：我早知道你会有今天的！美罗拄着双拐在大户室走来走去，热情地向每个人打招呼。她问：大阿福棒吧？你们也觉得他很棒，是不是？

周师爷、追风杨、花狐狸气得鼻子也歪了。

周师爷用上海普通话说：你老公棒是棒，就是名字起得不好，起码不太准确。他怎么能叫大阿福？叫晦气星还差不多！

大阿福并不生气，笑哈哈地向众人告辞。

他带美罗去丁香别墅。丁香别墅位于马连洲，面对鸥歌湾海域，风景极美。那是有钱人住的地方，在惶向投资的外商、老板都集中在海边别墅区里。大阿福很有气派地招了一辆出租车，把美罗扶了上去。不一会儿，出租车就驶进漂亮的童话般的别墅群。

美罗看得眼睛都直了，她小声说：不会吧，你不会住在这里吧？我以后再怎么见你呢？

大阿福把美罗抱下出租车。就这么抱在臂弯上，直接走进他所住的那栋别墅。别墅内的大厅、旋转楼梯、带卫生间的充满阳光的卧室，无一不叫美罗发出惊叹。精美的装潢，华贵的家具，墙上的油画，各种古玩更使美罗张大嘴巴，不停地吸气。哇！这都是外国电影里才能看得到呀！美罗惊叹道。大阿福把她放在席梦思床上，深深地吻她。美罗眼睛里涌出泪水，哗哗地流淌。

大阿福问：你怎么了？看我住别墅你就激动到这样？

美罗轻轻摇头：不，我不是为别墅流泪。我是因为你终于……

终于跳过来了！大阿福心中一阵激动，紧紧抱住美罗，在她嘴唇上吻了又吻。

山本龙太郎突然来了。他刚从澳门回来，脸上还带着通宵不眠的疲倦。冷美人、丁峰跟在他后面。他用异样的目光打量着两个年轻人。大阿福对美罗说：就是这位大老板改变了我的命运。

山本听大阿福介绍美罗的情况，点点头，说：既然是你的未婚妻，就让她搬来同住吧。他往客厅真皮沙发上一坐，摘去灰色小圆帽，露出锃光闪亮的秃头。美罗见这大秃头不由心惊肉跳。

山本龙太郎让大阿福与他并排坐下，询问股票投资情况。大阿福狼狈起来，口中呜咽，将他买 ST 福祥的经过诉说一番。大老板问：套住了？大阿福说：套住了。大老板又问：三百万元资金全用完了？大阿福点点头：全用完了。大老板一回头，对丁峰下达指示：明天往他账户再划五百万元，明白吗？丁峰迟疑一下，马上说：明白。

山本龙太郎，这个谜一样的日本人又转过头，操着流利的京片子对大阿福说：很好，你的任务完成得很出色。你甭怕，只管往里赔，赔得越多越好，越赔我越高兴！

大阿福迷迷蒙蒙地说：好吧，那我就尽量，尽量多赔钱……

美罗嘴快，忍不住追问：什么？你赔钱？这样干活，对得起你的老板吗？

山本大老板很有礼貌地对美罗点点头：是的，他的工作就是赔钱。为此，我要发给他一笔奖金。你可能不理解，但我肚子里自有一本生意经！

接着，他又问起大阿福几次算命的故事。当他听到仙阿婆说，大阿福的运气攒在眉心间，几乎成了一颗原子弹时，这位大老板忽然站起来，冲大阿福鞠一躬，伸出手指小心翼翼地触摸他额头。良久，他喃喃道：印堂，的确鼓起来了！

山本大老板一行人走后，美罗对大阿福说：快走！这工不能打了。我怎么老觉得不对劲？

大阿福问：为什么？美罗说：他让你赔钱，天下哪有这种事情？哪天你把他赔急了，这日本人会一刀砍了你！大阿福说：不可能。他说过要改变我的命运，还说他喜欢这样做。人家当大老板，思想深远着呢。你没看他那颗光头，里面装满智慧！

美罗在厅里转了两个圈儿，摇头道：就是不对劲，我看见他那光头就心惊肉跳……我觉得，那是魔鬼的脑袋！

大阿福把美罗抱起来，一边吻一边说：魔鬼我也不管了，等拿到年薪奖金，先娶了你再说……

大阿福一路亲吻着，把美罗抱到楼上卧室。

十二、赌神

山本龙太郎宽敞的书房里到处堆放着书籍，闲暇时，他躺在一张造型奇特的躺椅上，一边摇晃一边看书。读完一本随手一扔，抓起另一本再读。他读的书大都属于博弈论，涉及数学、经济、游戏、哲学，是一种神秘深奥的理论。世界各地出版的有关博弈理论的研究，他都搜罗来放在这间书房里。他精通许多国家的文字，读书的态度既随便又认真，几分像学者，几分像文士。读到兴奋处，他就从躺椅跳起来，用力拍打精光闪亮的脑袋，在书房里来回踱步……

冷美人从来不明白丈夫那颗光头里装着什么。以她的理解，博弈论也就是关于赌博的理论。这世界好荒唐，居然从赌博中抽象出一门学问！山本龙太郎肯定获益匪浅，才能在赌场赢回大把的钞票。冷美人对丈夫的学问没多大兴趣，但她对这个日本人深藏的城府却怀着一份警惕。她担心大阿福的突然出现，是丈夫从她手中夺回掌管公司权力的一个步骤。在此之前，吉野投资公司基本是由她和丁峰掌控，而丁峰对她唯命是从。

冷艳结束模特儿生涯，在惶向开了一家小公司。公司即将倒闭，山本龙太郎出现在她面前。她委身下嫁，那家小公司也发展成今日的吉野投资公司。说到底，这家公司是她的，是她以青春、以肉体换来的。所以，她必须提防一切外来入侵者，当然也得提防着丈夫那颗深不可测的、水晶球一般的光头。

冷美人来到山本龙太郎跟前，为他沏上一杯香浓的巴西咖啡，放在红木茶几上。她俯身向前，似乎在看丈夫手中的书，一对高耸的乳峰紧紧贴在他光秃秃的脑袋上。山本龙太郎把书按在胸前，闭着眼睛沉思。

他口中自言自语：赢时加码胜率高？还是输时加码胜率高？这可是永恒的难题啊……冷艳说：好容易休息一天，你就别费脑筋了。我相信你永远是大赢家！山本仍然闭着眼睛，独自咕噜：概率、概率，概率……概率是真正的魔鬼！

丁峰夹着几张报纸进来，一脸惊慌失措的神情。山本叔叔，他叫道，ST福祥又出事了！公司董事长、总经理因贪污被逮捕，整个公司都被他们掏空了！证券报刚刚公布这消息，股市开盘ST福祥就封在跌停板上。昨天划入大阿福账号的五百万元，又给统统套死了……

山本龙太郎忽地坐起来，嘿嘿一笑：这个大阿福真能干，赔钱速度比我预想的还快！

冷艳说：灾星降临，我们的公司十分危险。这场游戏应该停止了！

不，山本龙太郎一摆手，坚定地说：再划给他七百万！让他赔，让他发挥所有的能量，使劲儿赔！

冷艳眼睛里冒出火星，再也无法保持冷漠的态度。她喊道：不！我们没有钱了，再也赔不起了！我们的地皮、房产全被套住，银行整天逼债，现金流已经枯竭，吉野公司面临破产……这些情况你还不知道吗？

山本很冷静：知道。我所做的一切，就是让公司迅速摆脱危机。

冷艳神经质地大笑：迅速摆脱危机？就凭大阿福？哈哈！我就不明白，在这样的时刻你让一个白痴去炒股票，还要拿出钱来一个劲儿让他赔，究竟有什么目的？

山本大老板站起来，冷冷地看了妻子一眼，却不回答。他一边挠着光头，一边在书房里转圈，声音清晰地对丁峰下达指示：我会打电话，马上让香港汇丰银行汇七百万元到公司，你把钱兑换成人民币，立即划入大阿福股票账号。一刻也不得耽误，明白吗？

丁峰迟疑地看了冷艳一眼，点点头：明白了！

丁峰转身离去。冷艳紧逼老公：我再也无法忍耐了，今天你必须给我一个答案！

山本龙太郎狠狠抽了妻子一个耳光：八嘎！这个公司，还有你这个人，都属于我的，明白吗？

山本龙太郎回到躺椅躺下，又抓起一本博弈论。

冷美人含着眼泪说：你好冷酷……你正在押赌注！我不知道你又要赌什么，可你这个人骨子里就是赌徒！

山本大老板把书放在胸口，纠正一句：不是赌徒，是赌神！

十三、情敌的图谋

山本大老板以强有力的臂膀接去所有的灾难，落在大阿福身上的当然就只有幸福了。

他口袋里装满钞票，买好各种礼物，就去探望强发叔。而美罗早已把大阿福发达的奇迹告诉父亲，她甚至领父亲到丁香别墅转了一圈。眼见着女儿从丑小鸭变为白天鹅，强发叔还有什么话说？今日大阿福进门，他怎么看未来的女婿就怎么像一个大老板，不免诚惶诚恐。他为自己过去的言行羞愧，想表示点儿歉意，又张不开口，吭吭哧哧憋得满脸通红。大阿福张口叫阿爸，表明了要娶美罗为妻的决心，感动得老人差点儿流下泪来。他抚摸着女婿肥硕壮实的身躯，喃喃道：我好福气呀，后半生就靠你享福了……

美罗就要张罗结婚。大阿福说：你别着急，等股票涨起来，我向大老板有了交代，他肯定会给我一大笔奖金。到那时，我们再排排场场举行婚礼！

美罗说：你买那只股票老是跌，它若涨不起来，我们还能一辈子不结婚？

大阿福有些不高兴：乌鸦嘴！谁说它涨不起来？我皇甫福祥已经翻身了，ST 福祥翻身的日子还会远吗？它一定会涨，涨上天！

美罗喜欢看未婚夫信心满满的样子，就不再和他争辩。

大阿福在大户室的表现，更令周师爷那帮人头晕目眩。他明明选错了股票，却毫不担心，整天乐乐呵呵的。ST 福祥坏消息不断，跌了再跌，似乎一直要跌到地狱里去；大阿福则买呀买呀，无论跌到哪里，他都只管买进。仿佛有天兵天将助他，资金源源不断注入他的账户。大家都纳闷，难道这胖家伙开了个银行？

当第三笔资金，七百万元巨款划入他账户时，大户室里的人都震惊了——大阿福已经超过了所有的人，成为惶向证券公司头号大户！他们对大阿福的判断又动摇了。追风杨说：不得了，这可不是一般的老板，是个亨啊！周师爷不得不点头：看来，他背后有整整一个大财团支持着。别瞧他装得像白痴，他比我们谁都聪明，装疯卖傻在耍我们呢！

ST 福祥破产退市几乎已成定局，若不是大阿福不停地买进，股价早已跌穿两元。大阿福坐在电脑前，熟练地敲打键盘，一边哼哼小曲，一边成千上万股地买进。他神气活现地嘀咕：老子有的是子弹！他一点也不害怕，心态极佳。他甚至满心喜悦，见人就想道谢，却又不知道谢谁。与此同时。他头上的光环越来越大，人人看他神奇，当他那肥硕的身躯从营业大厅穿过，散户们都会产生一阵骚动。大阿福成了真正的明星！

花狐狸骨头缝里都痒痒，使尽浑身解数勾引大阿福。无奈大阿福无动于衷，一副曾经沧海难为水的样子，根本不把花狐狸放在眼中。花狐狸磨磨细牙，恨恨地说：别太得意，走着瞧……

美罗以女人的敏感，当然注意到花狐狸的存在。不过，她没太把这骚娘们儿放在眼里。做情敌她还不配！倒是大阿福的顶头上司冷艳冷总经理，使美罗隐隐感到不安。

美罗后来才知道，整个丁香别墅小区都是吉野公司投资开发的。起初别墅卖得很好，香港人都乘船过来买。惶向房地产陷入低潮，丁香别墅也就卖不动了。剩下东一栋，西一栋，吉野公司的管理人员自己住。丁峰住5号楼，冷艳与大老板住豪华型8号楼。大阿福也有幸住进简易型3号楼。由于不景气，业主都离开惶向，整个小区冷冷清清。在花园小径晃来晃去的，多是吉野公司的人。

美罗喜欢在花园小区散步，她早已扔掉拐杖，双腿就像小鹿腿那样灵巧。弯曲的小径连接一个个精巧花园，美罗一边跑一边看，总也看不够。有姣美奇特的花朵特别引人喜欢，她就会跨过低矮的围栏，偷偷穿过草坪，把那花掐到手，一边闻一边溜走。有时恰逢业主在屋内看见，她就红着脸，像小偷一样飞也似的逃跑……

如果不是那个冷美人存在，美罗差不多认为这里就是天堂了。

可是，冷美人经常提醒她注意，谁是丁香别墅的主人。美罗非常亲热地叫她"大姐"，冷艳则冷冰冰地纠正她：冷总，你要叫我冷总。美罗好容易才改过口来，叫一声"冷总"心中就冰凉冰凉的。

这位冷总，随时随地闯进他们所住的3号楼，直奔卧室。在小两口睡觉的床前，她笔直站立，整得他们很狼狈。冷总却板着脸，对大阿福下达命令：你，到8号楼来一下，公司有一个重要会议！大阿福马上跟着冷美人走了，屁股一撅一撅像条哈巴狗似的。美罗恨恨地把枕头扔到墙角落。

老是重要会议。要不就是商量工作。有时候，大阿福半夜才从8号楼回来。这个女人对大阿福越抓越紧，似乎有什么企图。她那个日本男人总不在家，据说他在天上飞来飞去，到世界各地参加赌博。美罗很奇怪，难道赌博也像举行重大国际会议一样？总之，大老板很忙，惶向这个小小的公司他根本不放在心上。

大阿福得意扬扬地说：大老板把现金都给了我，让我炒股票。丁香别墅这么缺资金，山本都不肯追加投资。整个公司的钱都在我手里！

美罗撇撇嘴，说：你别臭美，人家与你非亲非故，为什么这样抬举你？我看里面有文章。

大阿福说：当然有文章。可是山本那颗大光头里想些什么，谁也不知道。这不，冷总绕着弯儿在我这里探听秘密，仿佛我和大老板有什么私下交易似的。嘿，我能有什么秘密？真见鬼。

美罗有些放心了，搂着日益显耀的未婚夫说：别理她，咱们也别想那么多，享一天福是一天。睡觉！

　　然而，冷美人的目的似乎更为复杂。美罗隐隐觉察到，她的注视大阿福的目光有些异样。晚上找他去商量工作的时候也越来越多，时间越来越长。周末，她还开着宝马车，单独拉大阿福去豪华酒楼用餐。美罗闻到未婚夫口中的酒气，就愤愤地责问：这也是商量工作吗？大阿福倒在宽大的席梦思床上，沉沉睡去，鼾声如雷。

　　美罗告诫自己：男人有钱就变坏，女人变坏就有钱。瞪起你的眼睛，别让那女人把你嘴边的肥肉叼走了！但是，美罗无法控制事态发展，形势日益严峻。

　　有一天，冷总开车把大阿福带到绿心岛去玩，绿心岛处于鸥歌湾中央，风景优美，地势独特。岛上开着许多度假村、桑拿城，是惶向著名的地下色情场所。游客在海中游泳，在沙滩晒太阳，就有穿着泳装的小姐像蚊子一样成群飞来，陪伴他们，诱他们堕落。大阿福打来电话，高兴地嚷嚷：我现在躺在沙滩上，舒服极了！你真应该到绿心岛上玩玩，天下会有这样美的地方……听他的声音，肯定喝多酒了。大阿福酒量不行，喝一杯就脸红，喝三杯准醉。现在他恐怕十杯八杯也喝了，要不不会打这个电话。

　　美罗闭上眼睛，就看到一幅图景：大阿福穿着小小的游泳裤，肉球似的赤身裸体躺在沙滩上，冷总当然也是袒胸露脯，像一条美人鱼，紧紧挨他躺着。哟，她可真美！叫她冷美人，这会儿也不冷了，借着酒劲与大阿福嬉笑疯闹！哦，她为什么让大阿福打这个电话？分明她把自己的手机借给大阿福，这是要把这幅图景传送过来，刺激美罗的神经！这女人太狠毒！

美罗决定向冷美人摊牌。

她趁大阿福去证券公司上班之际，独自来到丁香别墅 8 号楼。她站在冷美人面前。冷美人正在涂指甲油，涂着一种透明的指甲油，涂上后几乎看不出来，长长的指甲透出一种肉色。冷美人瞥了美罗一眼，不动声色，继续涂她的指甲。美罗一开口，就显得很没有水平。她数落总经理老是借工作之名，把老公从她身边夺走。昨天竟把大阿福带到绿心岛，在那种地方还能干出什么好事？为了表示愤怒，美罗很想拍一下桌子，但她把小拳头举得老高，终于没敢乱拍。她只是发狠道：你休想打我老公的主意！你知道女人为了男人有时候也会拼命的！

冷艳一直摆弄着她的指甲，精心细致，一丝不苟。美罗讲完了所有的话，她把十指擎在空中，仍在欣赏自己的指甲。冷场。过了许久，她才缓缓地道：咱们合作吧。美罗一怔：合作？我和你合作？笑话！冷美人从办公桌抽屉里摸出一盒细长的摩尔香烟，自己点上一支，吐出一连串的烟圈。美罗不甘示弱，也抽出一支烟叼着，但不会点火，她摆弄不开打火机。

冷美人说：是的，我们合作。我对你老公本人不感兴趣，但我希望他卖掉股票。干脆对你说吧，公司里所有的钱都在你老公的股票账户里。我有权提钱，他有权买卖股票。我们合作，他把股票卖掉，我把钱提出来，事情就成功了。你帮我做他工作，只要他把股票卖掉，我就会给你们五十万元奖金。那时候你们远走高飞，到某个城市开个店，建设你们的小家庭，岂不过上幸福生活了？

美罗明白了，这女人原来另有图谋。她有点动心，感觉到一个好机会就摆在自己面前。

冷美人打着火机，为美罗点上烟。她语重心长地说：怎么样？既拿到钱，又除掉情敌，这可是两全其美呀！

好吧，我们合作。美罗吸了一口烟，呛得剧烈咳嗽起来。

十四、绑架

美罗活泼的声音在证券公司大户室里回荡。她搬把椅子坐在电脑跟前看大阿福工作。其实，她是来督阵的，经过一夜的纠缠，大阿福终于让步。现在，他哭丧着一张肉嘟嘟的脸，开始卖出 ST 福祥股票。他小笔小笔地挂着卖单，就像不肯吃饭的孩子故意不把嘴巴张大一样。

大阿福脑子里放电影似的回放着昨晚的镜头——

美罗揪着他的耳朵说：你听我一次，就听一次！赶快卖股票！

胖子从床上跳下来，努力挣脱耳朵：士为知己者死，我不能做这种事情！

美罗说：你别傻，那日本鬼子不是什么好东西！哪有拿自己钱让别人去赔的？他肯定在搞啥鬼名堂！咱们拿了钱，赶快脱身。就像老人常说的：三十六计，那个，溜之大吉……

大阿福揉着耳朵，恨恨地说：冷总没安好心，真是一个叛徒！

美罗连忙道：对呀，人家连自己的老公都叛，你有什么不能叛的？山本龙太郎又不是你爹！

大阿福眼圈红了：我忘不了那个大雨直下的夜晚，我想死，是山本大老板救了我。救命之恩还没报，我怎么能，怎么能出卖他……

美罗又来软的，她把大阿福拉上床，一边吻他一边说：你别难受，我知道你是好人。可是你运气不好，一买股票就套。你已经让你的恩人赔了那么多钱！还要继续赔下去吗？再赔，你负得起责任吗？我和冷总的意思一样，是要你悬崖勒马！是为你好……

大阿福一拧脖子：它马上就会涨起来的！

美罗不愿和他争辩，斩钉截铁地说：你要爱我，明天就去抛股票。你要不爱，我现在就起身，咱俩拜拜！

大阿福软了。他为爱情出卖了自己的主人。

他慢腾腾地、极不情愿地卖出 ST 福祥。福祥股价无人照应，沉沉下跌。大阿福心里明白，他一撤退，这只股票不知要跌到哪里才能止住。最近，债主连连将它告上法庭，董事长总经理携款逃跑，至今没能逮捕归案。现在，大阿福突然出货，在它背后加上一刀，这只破船肯定要沉底了……

阿福心疼它，只希望它沉得慢一些，慢一些……他是在葬送自己的老朋友啊！

美罗坐不住，电脑荧屏上鬼脸一般闪闪烁烁的数字，一会儿功夫就使她头晕目眩。她满屋子溜溜达达，很快和周师爷一班人熟悉了。花狐狸是唯一女性，美罗就和她格外热络，三句话一说就以姐妹相称。花狐狸说：妹妹你好福气呀，嫁个老公又疼你又会赚钱。美罗谦虚地说：傻人有傻福呗，我也是瞎猫碰上了死老鼠。花狐狸道：哪能这样说……喂，你老公好像在出货？美罗大大咧咧地说：是啊，赚一点算了，炒股票没什么意思。花狐狸问：那么多资金，从股市里撤出来，往哪里投资？美罗说：开一家厂吧，对，开一家皮鞋厂。我叔公在香港，就要我们生产大陆的皮鞋，还是开厂保险。

美罗在那边与花狐狸胡扯，大阿福忽然改变方向，大笔大笔买进 ST 福祥。他炒了这么些日子的股票，对福祥的股性深有了解。今天上午的盘面不对头，大阿福发现有一只无形的手，把他抛出的股票都捡了去，他卖出的越多，买盘越强劲，股价不仅不跌，反而缓缓上涨。过去可不是这样，ST 福祥交易冷清，要不是大阿福给托着，几千股抛单就能把它往跌停板上砸。今天出现的新情况，分明有人在大笔买进 ST 福祥！

这说明什么？有主力机构看中这只倒霉股票，它咸鱼翻身的日子快到了！

大阿福热血冲动，不肯让别人抢去胜利果实，反手大笔买进，与对方抢夺筹码。他两眼霍霍放光，额头冒出一层汗珠，脸颊火烧似的通红。买进！买进！一会儿功夫，他就把子弹打完了——满仓持有 ST 福祥！

美罗走了过来。她伸出小手摸摸大阿福脸颊，惊讶地问：你怎么了？发烧？大阿福摇头：没什么，有点累。

美罗怜惜地说：炒股也好辛苦啊，回家我煲一锅好汤，给你补补。她又把脸凑近屏幕，问：卖得怎么样？

大阿福说道：正在卖呢，这事不能急……

美罗左看右看也看不懂，伏在他耳边说：快点卖，卖完早早回家！

大阿福把心提到嗓子眼上，他第一次对美罗说谎。

一连两天，大阿福吃不下饭，睡不着觉，时刻盼望奇迹出现。他相信，有一条大鳄鱼游进股市，ST 福祥马上要涨起来了！大阿福不是傻瓜，他选这只倒霉蛋股票时怀着一种信心，国家不会扔下一家国有控股公司不管，不会扔下广大股民不管，所以问题再多总能得到解决。利空出尽是利好，咸鱼总有翻身日。大阿福认准这只与他同名的、最烂也是最便宜的股票，咬定青山不放松，一直熬到云开日出。

关键时刻到了！这天上午，ST 福祥发疯似的，股价大幅振荡，成交量急剧放大。大阿福明白，这是庄家翻江倒海，呼风唤雨！他心脏狂跳，血压升高，整个人快要爆炸了！不，是印堂要爆炸，他感到眉心处胀得难受，真像有颗原子弹进入倒计时，随时会腾空起爆！

大阿福上街吃午饭。他沿着证券公司后门的小巷走，低头疾步，只想吃碗牛腩粉快快回去。

美罗天天询问出货情况，他天天撒谎。他在等待一个最理想的结局：ST 福祥大幅上扬，他前期被套的股票，盈利解套，来一个胜利大逃亡！那时候，他向恩人山本龙太郎就有了交代，不必偷偷摸摸听冷艳的指挥。并且他相信，由于他的出色表现，老板会给他一笔不菲的奖金！大阿福渴望胜利。虽然，山本大老板明言，他的任务是赔钱，赔得越多越好。但他始终认为，那是老板的用人策略，让他减轻压力，调整心态，以便在股市取得更大的胜利。

大阿福从来没有打算赔钱，一分钱也不能赔！因而，他不能接受美罗的建议。不管冷美人出于什么目的，让他割肉卖掉股票，然后拿着五十万元昧心钱，像小偷一样逃之夭夭，实在是耻辱，不可想象！大老板去英国赌马，还有两天回来。这两天之内，股票能涨起来，他顺利平仓出局，就可以画上一个圆满的句号了⋯⋯

大阿福走到小巷口，迎面来了两个人。他低头沉思，并没在意。忽然，那两人挤住他，腹部就有一把匕首刺来，刀尖触到肌肤停下。

两个人一高一矮，高个子持刀，矮个子提问：这是什么？大阿福吓出一身冷汗：刀。他点点头：刀，捅在什么地方？大阿福老实作答：肚⋯⋯肚皮。小个子严厉地说：错，是肝部！肝部懂吗？一刀捅进去，你马上大出血，上医院也来不及。老实听话，跟我们上车！

大阿福这才看见，巷子口停着一辆白色面包车，门敞开着，正等着他呢。

大阿福被蒙上眼睛。面包车兜了几个圈子，跑了许久，使他完全丧失方位感，终于在一座盖了半截子的大楼跟前停下。他们推着大阿福上楼。

惶向房地产不景气，到处都是这种烂尾楼。无门牌，无标识，无人居住，警察也很难找到。大阿福被推到一间无门无窗的房间，按倒在草垫子上。小矮个子说：肥佬，你就躺在这儿享福吧。你老婆一天不送钱来，就一天别吃饭。

大阿福手脚被尼龙绳捆绑，眼睛仍蒙着黑布，只能哼哼着哀求：你搞错了兄弟，我还没结婚，哪来老婆？我也没钱，我是给人打工的，我的老板是日本人……

矮个子冷笑：骗鬼去吧！你的股票账户有一千多万元，股票刚刚抛掉，想开个皮鞋厂，是不是？别小气，拿出三百万给弟兄们花花，保你没事！

那高个的匪徒用透明胶粘住大阿福的嘴，又用匕首在他肥脸上来回划了几道，低声说：老实点，你敢耍花招，一刀捅穿你的肝部！

绑匪出去。在外屋小声说话，商量什么事情。听他们的口音，似乎是浙江一带的人。他有些纳闷，这些歹徒怎么会知道他抛股票的事情？显然，他遭人暗算了！

大阿福连连叫苦，那三丈三的瀑布到底没跳过去。下周就过生日，原以为没事了，却在三十周岁最后的几天里遭到厄运！此番在劫难逃了。美罗上哪里搞三百万元？那匪徒即便不用匕首捅穿他的肝部，恐怕也要活活把他饿死了！……

大阿福胡思乱想，渐渐睡着了。他梦见股票狂涨，自己笑呵呵地坐在一座金山上。

这梦很灵验，当天下午，ST福祥以涨停板报收。

十五、救赎

美罗的手机响起来。那手机是冷艳借给她的，要她随时报告大阿福卖出股票的情况。手机小巧玲珑，漂亮的橙黄色，是摩托罗拉新出的产品，美罗很喜爱。她光顾拿着玩耍，给七七八八的朋友打电话，却很少向冷总汇报工作。每次都是冷美人打电话来问，她快快乐乐地叫嚷：快了，股票卖得差不多了，大阿福好辛苦哟……

所以，下午三点多钟，当手机又一次响起来时，美罗还以为冷美人又来催。她照例嚷嚷，为大阿福吹嘘，手机里居然无人应答。美罗有点奇怪，喂喂几声，以为断线了，刚要关机，就听见一个男人低沉的声音：你的老公在我们手里。股票不是卖了吗？赶快准备三百万元赎你的老公！

美罗说：打错电话了吧？你找谁？

对方说：就找你，美罗。

电话挂断了。美罗看着手机发愣。

父亲走过来，问：谁的电话？你怎么啦？

没等美罗回答，电话铃又响起来！她急忙打开手机，问：你是谁？请你把话讲讲清楚。

手机里传来冷艳总经理冷冰冰的声音：你别耍小聪明了！说吧，大阿福为什么没把股票卖掉？你究竟是怎样和我合作的？

美罗瞪圆眼睛：不可能，我亲眼看见他坐在电脑跟前卖股票呀！

冷美人说：少废话，我现在正在证券公司，你和大阿福马上过来！

美罗哭丧着脸说：大阿福不在这里，他好像……好像出事了！

你又要搞鬼？赶快过来！冷美人咔的挂断电话。

美罗背起挎包，匆匆往外走。她老爸追到门外，问：大阿福出了什么事？

女儿一甩手说：现在还不知道，你就别烦我了！

强发叔望着女儿的背影，摇头叹息：发达发达，有什么好处？还不如过自己的小日子太平……他回到小店，在柜台后面坐下。

事情的轮廓渐渐清晰。大阿福失踪了，在此之前，他不仅没有卖出股票，反而满仓持股。这倒不是坏事，ST福祥暴涨，他的账户反亏为盈。可是他人不在，赚钱的股票抛不掉！

美罗赶到证券公司，冷美人正与郑经理洽谈。她出示了许多证据，证明资金是吉野公司划入大阿福账户的。她请求郑经理容许她卖出股票。证券公司的老总一个劲摇头——大阿福设有交易密码，谁也不能代他下达指令。

冷总问美罗：你知道交易密码吗？美罗摇头。冷美人狠狠地说：你整天坐在这里，瞎看些什么？

郑经理问：你为什么这么急？明天让皇甫福祥同志来平仓不就得了？

仿佛要回答郑经理的问题，美罗掌中的手机又响起来。这回，冷美人毫不客气地收回手机。她刚听了一会儿，嘴巴就慢慢张大，惊讶地道：什么？你们绑架了大阿福？要三百万？……

与上次一样，绑匪说几句话就收线，不留蛛丝马迹。郑经理明白情况严重，说：这事非同小可，赶快报警！

冷美人眼含泪水，恳求道：不行，报警会伤害大阿福性命的！只有满足绑匪的要求，卖掉股票，付上赎金，才能把大阿福救出来。

美罗哇的哭起来，抓着经理的手直摇：郑经理，求你了求你了，让我们卖掉股票，救救大阿福吧！

郑经理被两个女人哭得心烦意乱，挠着头说：我得请示，容我想想办法……

出了证券公司，冷艳的神情又冷若冰霜，美罗还在哭哭啼啼。

她们上了轿车。冷艳拿出手机，按了一串号码，说：公安局吗？给我接刑警队。

美罗睁大眼睛：你干吗？

冷艳说：报警。你以为我真会为他付出三百万元的代价吗？

美罗尖叫起来，小母狮一般扑上前，抢过手机，扔在车后座角落里……

若不是山本龙太郎提前回来，两个女人不知道会把事情闹到什么地步。

当山本大老板坐在大班桌后面，听她们诉说完事情的经过，就伸出一只手来：手机呢？给我。冷美人扭动腰肢将手机交到丈夫手里，山本意味深长地瞥了她一眼：从现在起，谁也不准插手大阿福的绑架事件，我亲自处理这事。他又做了两点指示：第一，不准报警。第二，大阿福买进的股票不准平仓。

他问：谁有权力动这些股票？连我也没有！这是他的杰作，自始至终要由他来完成——用他的手下单，用他的手平仓！玄妙之道，玄之又玄。这其中的意义，你们永远不会懂得。

两个女人让他给说晕了。

山本龙太郎真是一个奇特的人。他从此不再提这件事，就像什么也没发生过。傍晚，他与冷美人携手在丁香别墅散步，享受着晚风落霞。他讲在英国赌赛马的故事，赞美他选中的貌不起眼的黑马在关键时刻是如何往前一跃，飘逸，神采飞扬，一举超过所有的骏马，为他赢得巨额彩金……他又讲述下一个赌博计划：足球世界杯马上就要开始了，他将飞往西班牙，进行一场前所未有的豪赌！谁也不会猜到他赌哪支足球队赢，赌哪个球星进球最多！

山本龙太郎总是出人意料地下注，并常常赢得大满贯。他是奇才，是赌王！他喜爱在各种领域里、以各种方式进行赌博。他赌的对象，往往是人。他甚至认为人是最好的赌注。人，多么奇妙啊！在平凡的外表下，有着难以想象的潜能，所以人最能创造奇迹。赌博赌什么？不就是赌奇迹吗？

冷美人依偎在丈夫的臂弯里，静静地听他发表宏论。她那样温柔，那样安静，像一位十全十美的好妻子。

在这段日子里，ST 福祥像一匹脱缰的野马，天天涨停板，股价很快翻了一倍。一天，证券报刊登出惊人的消息：ST 福祥被国内一家著名的电脑生产商兼并重组，摇身一变，由一家落后的纺织企业变成为高科技公司。这真是母鸡变凤凰啊！先知先觉的庄家早已得到消息，捷足先登了。可是，他们都快不过大阿福，他在最低价买入六百万股 ST 福祥，真正抄到大底。大户室里每个人都说：庄家为大阿福抬轿呢！

然而，大阿福在哪里？

谁也不知道他的情况，因为与绑匪联系的手机掌握在山本龙太郎手里。美罗常常去找他，坐在他面前掉泪。山本龙太郎温和地、彬彬有礼地安慰她，却不肯透露大阿福半点消息。

他躺在堆着博弈论书籍的躺椅上，一边轻轻摇晃一边问：你有没有觉得你的未婚夫有些奇特？美罗茫然地望着他，不知该如何回答。山本摸摸光头，道：我是说，其实他是一个福气很好的人。

美罗用力点头：对，我就相信他是有福的人！

山本龙太郎坐起来，严肃地说：恐怕这世上只有我们两个人相信这一点。所以，你不要紧张，大阿福会逢凶化吉，平安回来的！

经过这次谈话，美罗的心忽然平静下来，夜里再也不做噩梦了。

一天，山本龙太郎向大家宣布：他已经与绑匪达成协议，付一百万元赎金，救出大阿福。他一直在与绑匪谈判，直至他们让步。这是一个艰难的过程。若不是担心大阿福饿死，他还会逼他们让步的。可是大阿福每天只喝水，不能再坚持了……

听到心爱的人如此受苦，美罗的眼泪又涌出来。大老板从大班台下拿出一只黑色皮箱，打开，满满一箱百元大钞耀人眼目地呈现在大家面前。

冷美人牙缝里咝咝地抽着冷气。她不明白，这光头魔鬼怎么肯为大阿福付出如此大的代价！

山本龙太郎对美罗招手，美罗慢慢地走上前。

山本龙太郎温和地说：去吧，带着这些钱，去拯救你未来的丈夫。

十六、千万别沾我

美罗站在望蛟山下的风雨亭中等待。她眼巴巴望着公路，希望绑匪如约出现。手中的黑箱分外沉重，仿佛她提着大阿福一条命。随着时间的推移，这条命如悬丝线越来越玄。

约定上午九点见面。匪徒还威胁说：如果发现有警察跟着，我们立即撕票！山本龙太郎彬彬有礼地笑道：请你们放心，我不会做这样的傻事。山本把手机交给美罗，亲自开车把她送到望蛟山脚下。这中间不会发生任何意外，大老板是个细心周密的人。可是，绑匪不知为何就是不露脸。已经十二点多了，美罗在风雨亭站了三个多小时，除了路过的进山游客，什么人也没往亭子这边来。美罗心急如焚。

这究竟是怎么回事？土匪变卦了，想改变交易地点？那总该来电话呀？美罗捏着漂亮的手机，手心都捏出汗来，电话就是不响。难道他们发现某种危险，提前开溜了？这一百万元钞票他们就不要了？大阿福呢？他们果真撕票了？……美罗猛一哆嗦，不敢再想下去。

秋意浓了，山间有一股萧瑟之气。树木、灌木叶子绵绵卷起，绿色渐褪，风一吹飘飘而下。美罗记起今天就是大阿福的生日，心头一酸：难道，他真的跳不过那三丈三宽的瀑布？

手机突然响起。美罗浑身一哆嗦，慌忙接听，是山本大老板打来的。他问：事情办得怎样？他们还没来吗？美罗连连摇头：没有，连电话也没打来。大老板十分意外，咕噜一句日语。美罗忽然提高嗓门喊道：我们必须报警！这是唯一的希望了……山本严厉地说：不行。你必须听我的命令！他挂上手机。

美罗呆呆站着，心里的反叛意识越来越强烈。到这时候了，还听那日本人摆布？大阿福的生死悬于一线，是公安局可靠？还是山本龙太郎可靠？千万不能走错一步棋啊！美罗汗珠大滴大滴从额头滚落。从小受的教育起了作用，她一咬牙，拿起手机，果断地按了110号码。

美罗所讲的案情，特别是她手中提着的一百万现金，引起公安局高度重视。他们指示美罗立即回家，一路上不要停顿，不要往两边看。什么也别管，警察会在暗中保护她的。

美罗依照指示，提着小黑箱离开风雨亭。她心里踏实了，仿佛有天兵天将护卫左右。她缓缓穿过许坑街道，这里本是惶向最大的村庄，现在已经改建为新居小区。村口原有一棵老榕树，现在村口改为十字路口，老榕树也不见了，代之以一盏红绿灯。美罗不由回想起小时候在老榕树下玩耍的情景……

忽然，一个穿着三角裤头、几乎赤身裸体的男人朝她狂奔而来！美罗吓坏了，不知往哪里躲好。裸奔的男人嗓子粗哑地喊：救命！一头扑倒在美罗脚前。

美罗定睛一看：竟是大阿福！

她急忙蹲下，抱住他的脑袋摇晃：阿福阿福，你怎么了？

这时，几名便衣警察钻出来，手脚麻利地给大阿福戴手铐。美罗急跳起来：不对，他是人质，是好人！

大阿福几近虚脱，人瘦得不成样子，胡须头发长得老长，美罗都认不出他来了。他好像上了岸的鱼，大口喘气，断断续续地说：救人，赶快救人……

一名便衣警察把耳朵贴近他，问：你说救谁？在什么地方？

大阿福费力地举起手，指着 A 区几座尚未竣工的烂尾楼，说：那里……快去救绑匪，他们不、不行了……

以后说起这段故事，就像一场梦。当然，对于那两个绑匪来说，绝对是噩梦——他们怎么也没想到，自己绑架了一位什么样的人物！灾星，以其不可思议的方式，证明了自己的神圣不可侵犯。两个倒霉的绑匪，如果预先能知道命运奥秘哪怕一点点，打死他们也不敢碰大阿福一指头！

自从他们把大阿福藏在许坑小区一座尚未完工的综合楼里，厄运就接踵而至。几乎每天都出事：先是小个子夜里下楼一脚踏空，皮球一样骨碌碌滚下楼梯，差点跌断了腰；接着大个子踩在一块烂木板上，铁钉穿透鞋底扎到他的脚板，发炎化脓了；第三天他俩去大排档喝酒，与一帮喝酒的烂仔莫名其妙发生冲突，被人打得鼻青眼肿……

大阿福眼睛蒙着，耳朵还能听见。叹息、呻吟、抱怨不绝于耳，便对他们的不幸遭遇心知肚明。喝水的时候，匪徒把他嘴上的胶带撕去，他就点明了原因：我是灾星，谁沾着我谁倒霉，一辈子都这样！你们还是放了我吧……那小个子没等他喝完水，就打他一记耳光：迷信！又把他嘴封死。

　　他们也真不顺利。自从山本龙太郎接手谈判，他们就碰见了对手。那家伙精通此道，比两个绑匪更为专业。他指出大阿福的真实身份，让他们明白绑错了人，然后就一步一步挤压赎金。两个绑匪几番争执，不得不一次又一次让步。最后，他们终于接受一百万元赎金的条件。他们相信对手不会报警，因为他是行家。

　　今天早晨，大个子拿出几罐八宝粥，切片面包、火腿肠，都是头天晚上他从小超市买回来的。他们准备吃饱早饭，上山拿钱。事情毕竟成功了，两个人很兴奋。他们打算拿到钱，就直接从望蛟山逃走。然而，厄运此时向他们伸出了魔爪！当小个子打开八宝粥罐头，有滋有味地喝了一口，忽然发现坐在对面的大个子脸色变得青紫，两眼发直，整个人向后翻倒在地。原来，他已经把那罐八宝粥喝下去了。小个子一阵恶心，丢下八宝粥，前去摇晃他的同伴。大个子已经死了——他中了剧毒！八宝粥罐头怎么会有毒呢？没等小个子想明白，就身子一软，在同伴尸体旁边昏迷过去。

　　大阿福耳朵听得真切，知道两个歹徒出事了。他想：机会来了，跑吧！可是手脚被尼龙绳绑得结实，嘴也被透明胶封着，身上又没力气，如何跑得了？他身体扭来扭去，半天也没弄开尼龙绳。他心头一阵绝望：搞不好，我要在这里饿死了。

　　幸而，那小个子绑匪醒过来，爬到他跟前，说：兄弟，我放开你，你可要救我！大阿福点点头。小个子费了九牛二虎之力，用刀割断他手臂上的尼龙绳，自己又晕过去。大阿福摇摇头：说我是灾星，你还不信！

大阿福解脱了。他拼足最后的力气，跑出烂尾楼。先前，绑匪把他的衣服扒光，以防他逃跑，现在大阿福也顾不得遮蔽身体，就演出了一场裸奔……

刑警很快找到两个绑匪，案子顺利地破了。大个子命归黄泉，小个子经医院抢救，保住性命。他主动交代了幕后指使人。原来，这小个子是花狐狸的表弟，偷鸡摸狗，不务正业。花狐狸得知大阿福卖出股票，美罗又说要开鞋厂，就动了邪心。这出绑架戏的导演花狐狸也被警察逮捕，在证券公司大户室引起轰动！

最奇的还是另一个案件：许坑小区有两家小超市，为争夺生意，其中一家老板把毒鼠强注射进八宝粥罐头，派人悄悄放到另一家的货架上。真是灾星降临，那大个子绑匪偏偏把两罐八宝粥都拿了。这案子也很快破了，下毒的老板被逮捕归案。惶向人喜欢刺激，这案中案使他们激动了很长一个时期。

大阿福声誉日隆。人们把他遭遇的倒霉事汇集起来，公认他是惶向空前绝后的灾星！只是有一点不好解释：山本大老板的阳光怎么会照耀到大阿福头上呢？而他亲手买进的神奇股票，又怎么会给那日本人带来如此辉煌的回报呢？

十七、活人赌具

大阿福像英雄凯旋一般回到大户室。美罗陪同他，受到周师爷一班人的热烈欢迎。连郑总经理也来看望他。大阿福这天正好过生日，要请大家吃面。每个人都说他命大福大造化大，经历一场劫难，毫发无损。而且土匪只给他水喝，为他免费减肥，人显得精神潇洒许多。

周师爷指出：关键是他守住了股票。若没被绑票，大阿福恐怕早就把那些股票抛掉了。众人无不赞同，都说人算不如天算！

大阿福问：ST 福祥涨起来了吗？

郑经理亲自为他打开电脑，调出 ST 福祥的 K 线图，说：你自己看吧。

一连串涨停板使 ST 福祥飞入云端，K 线构成一幅令人难以置信的狂飙图像！大阿福揉揉眼睛，把脸贴到电脑荧屏跟前，看了又看：ST 福祥站在尖峰上，似乎向他招手微笑呢！大阿福头一晕，软瘫在圈椅上……

大阿福共持有五百二十万股 ST 福祥，他开始平仓。不要了！他一边按着电脑键盘，一边喊道：这么大的福气够我一辈子用的了！人千万别贪，再涨我也不要了……他不断地卖出，欣喜若狂地卖了整整一下午。到收盘前，终于将手中的股票卖清了。

这一战役，他总共赚了四千三百万元。最奇的是，他出货以后 ST 福祥又进入漫漫无尽的下跌通道。

周师爷激动地说：谁说你是灾星？你是我生平所见的头号大福将！

大阿福过三十周岁生日，美罗与他共进晚餐。这是一个重要日子，按瞎老道预言：大阿福三十岁鲤鱼跃龙门，命中那道三丈三的瀑布能不能过去，全凭这一跃了！他安全进入三十一岁，并且从各方面看,他已经迎来了幸运的曙光。回想起三十年来命运多舛,两人都感慨万分。美罗抓住大阿福一根手指头,说:好了,你终于过生日了,你越过危险,迎来富贵,今后我能跟你享福了!

手机铃响,是大老板打来电话。他祝大阿福生日快乐,并请他们吃完晚餐到丁香别墅8号楼来一趟。

他强调道:有一件重要事情我们必须谈谈!

合上手机,大阿福和美罗隔桌对望,摇曳的烛光使他们的瞳孔着火似的闪亮。他们都在想同一件事情:奖赏。今天胜利大平仓,又是大阿福生日,应该论功行赏了!

美罗忍不住问:大老板会给你多少资金?

大阿福摇头:不知道。不过,比冷美人许诺的五十万一定要大,幸亏没听她的……

美罗说:大得多!想一想,你为他挣了四千三百万呀!只要给一个零头,就够我们三辈子用的了。

他们举杯,为迟到却终于来临的幸运干杯!

大阿福走进那间仿白宫椭圆形办公室,得到一个完全意想不到的结局。

你,被辞退了!山本龙太郎直截了当地说。

大阿福不敢相信自己的耳朵:什么?辞退?那,那是为什么……

山本龙太郎在办公室踱步。他西服革履,戴一副金丝眼镜,仿佛出席正规会议。冷艳丁峰坐在沙发上,惊愕、又有些喜出望外地望着大老板。他们与大阿福一样,突然被召集来开会,事先不知道大老板要说些什么。所有人的目光都集中在山本龙太郎身上，而他沉默着，来来回回在办公室转圈。他的光头在水晶大吊灯照耀下精光闪闪，上身笔挺，步伐机械，小牛皮鞋发出咯吱咯吱的声响。这时候，他变成一个地道的日本人。

他在大阿福面前站住：你应该记得我们的约定。我给你的任务是什么？赔钱，不断赔钱，对不对？可是你呢？你却去赢钱。你犯规了！

大阿福结结巴巴道：难道你真的，真的要我赔钱？

大老板铁板着脸：当然。这就是我们的游戏规则，你不应该违反它。所以，我必须辞退你！

山本龙太郎回到办公桌前，拉开抽屉，拿出一只牛皮纸袋。牛皮纸袋里装着五万块钱，他把钱倒出来，一沓一沓摞起来，对大阿福招招手，又指指这堆钱，说：这是你的遣散费。很遗憾，我不能给你奖金，因为你犯了错误。我承认，做这样的决定我心里也很难受……

大阿福咧着嘴巴，真想大哭一场！可他哭不出来，整个人仿佛被抽干了，连一滴泪珠也挤不出来。他走到办公桌前手指哆嗦着把五沓百元大钞装回牛皮纸袋，推到山本龙太郎面前。他说：如果你容许，我就用这些钱再买一次机会。你让我赔钱，我一定彻底赔干净！

山本龙太郎面无表情，略一摇头说：不，不会再有机会了！游戏结束了，那就是结束了。我从不出卖机会。希望你在人生旅途上走得更好！

大老板双手捧起牛皮纸袋，一哈腰，递到大阿福面前。大阿福苦笑，也来个日本式的鞠躬，夹着钱袋走了。

山本龙太郎来到冷美人跟前，望望她满是迷惑的脸庞，笑了一笑。他伸出右臂，邀请妻子散步。

果然好月夜。银色月光洒满花园，丁香别墅上空弥漫着清逸的香气，山本龙太郎眯起眼睛，深深呼吸，似乎完全陶醉在夜色里。冷美人倚在他臂弯里，温柔顺从，却又不时从侧面瞟他两眼，透露出满腹狐疑。山本龙太郎呵呵一笑，笑声古怪，冷美人知道丈夫允许她提问题了，不由长长舒了一口气。

亲爱的，告诉我吧，你在做什么？

我在赌博。山本龙太郎得意地说，我进行了一次生平最有意思的赌博！

冷美人更加惊奇，在丈夫面前站定：你和谁赌？

大阿福的命运。从我第一次见他，听他在汽车里诉说一连串不幸遭遇，我就明白我遇上了一个奇特的人。山本龙太郎停顿一下，不住地抚摸光头，似乎在寻找正确的表达方式：关于命运，我是这样想的，从概率上说它应该是均衡的。你可能遭受一两次挫折，就长期而言，命运不会失之偏颇。这就像抛硬币一样，你抛的次数越多，正反面的几率就越是相等。我们的世界就是建立在这样一个概率的基础上……

冷美人说：你别给我讲理论，亲爱的，我听不懂。我就是想知道，你究竟怎么拿大阿福的命运赌博？

山本龙太郎点点头：这个人的奇特，在于他总是倒霉。这有些不可思议，他的另一半好运到哪里去了呢？他既然活着，并且还要活下去，那么他的好运或迟或早一定会爆发出来！他就像一座金矿，金子埋在深处。于是，我决定赌一把，赌他深埋的好运气。我让他炒股票，让他赔钱，让他把所有的不幸全倒出来。他越是输，我越是加码，按照博弈原理，我只要赢一次，就会全赢回来！我不相信一个人会倒霉到底，我赌他是一匹黑马，一定会奔腾跳跃甚至飞起来！瞧，就像我赌足球、赌跑马、赌梭哈一样，我最终赢了！只是，这一次特别有趣，我赌的是一个人的命运啊。这，真是太奇妙了！

冷美人问：你可真行，拿大活人当赌博工具！那么，你又为什么炒他鱿鱼呢？

大阿福精华已尽，已经是一颗弃子了。山本龙太郎摇晃着光头说道。

冷美人眼睛里闪烁着警觉的光亮：你这人好冷酷，以后不知道会怎样对我……

不是冷酷，是理性。哦，我正想告诉你：不要再担任吉野投资公司的总经理了。以我的观点看，你获得的幸福太多，应该提防灾祸了。

冷美人牙缝里抽着冷气：如果我不同意呢？

你必须同意。因为你别无选择！

冷美人脸色惨白。山本龙太郎横起右臂：来吧，让我们携手同行。

冷美人略一犹豫，终于依偎在丈夫的臂弯里。她又变成一名温柔顺从的妻子。

山本龙太郎发出咳勒咳勒的笑声，咳嗽似的，仿佛黑暗中飞来一只不知名的怪鸟。

十八、跟你开玩笑

以后的日子，大阿福一直处于蒙眬状态。仿佛后脑勺挨了一棒，眼冒金星，晕头转向。

一天，他和美罗在街上偶遇仙阿婆。老太朝大阿福脸面一瞧，顿时大惊，眼睛睁圆，满脸的皱纹都扯直了！

哎呀，你遭人暗算了，完了！

两个年轻人吓坏了，忙问怎么回事，仙阿婆用小指点着大阿福前额道：这地方原来鼓鼓的，好像长了一个包，那是他攒了半辈子的福气。我原先说他过了三十岁大福大贵，就是应了这块福气。现在没了，额头平塌塌的，福包不见了！怎么回事？一定是遭人毒手，把那块好运偷走了！

大阿福拍拍脑袋，恍然大悟：山本龙太郎！

仙阿婆摇着头，仍是迷惑不解：那福气好大的能量，我说是颗原子弹哪，怎么会被人偷走呢？

美罗说：原子弹爆过了，他为别人赚了四千三百万元，能量耗没了。

她就把大阿福为山本龙太郎炒股票的事情说了一遍。仙阿婆不停摇头，连连惋惜。

这个打击对阿福太大了，他蔫头耷脑的，几乎没信心生活下去。美罗反倒清醒了，走到希望大道花坛，她站住，一脸严肃地问：你说，什么是福？大阿福木然，这问题广泛而深刻，他一时不知如何回答。美罗接着说：发大财就是福吗？那四千三百万都归你就是福吗？我看不见得。还记得那天晚上我们在这里碰头，决定私奔吗？我们求什么？不就求永远相爱，永远在一起吗？

大阿福一拍脑袋：对啊，有你就是我的福！

这时，一辆宝马车在他们身边停下。车门一开，戴着墨镜的冷美人探出头来。她对大阿福说：上车，我会给你一个东山再起的机会！我制定了一个完美计划，咱们联手对付山本龙太郎。

美罗看着大阿福，说：往哪去，你选择吧。

大阿福原地转了一圈，朝冷美人挥挥手：你走吧，我要过自己的日子！

冷美人冷笑一声，关上车门，驾车驶去。没走多远，砰一声巨响，车胎爆了！美罗和大阿福哈哈大笑。

接下来的日子，两个年轻人忙得不可开交。他们登记结婚，举行婚礼，把惶向老街的亲戚朋友请来热闹一番。然后，他们用五万元的资本把楼下小店大大扩充，挂出招牌：阿福士多。转过年，美罗就生下一对双胞胎，大阿福一手抱一个小胖孩儿，里外忙活，乐得整天合不拢嘴。这日子就和和美美地过下去。

吉野投资公司不久就结束业务，山本龙太郎准备带冷美人出国。可是一天夜里，别墅忽然起火，把山本大老板烧死在床上。据说，日本人的光头在熊熊烈焰中爆裂，精华四射！有传言这事是冷美人干的，大阿福和美罗都信。

　　大阿福的倒霉经历演变成传奇，悲剧色彩淡化，笑料成分加重。惶向人茶余饭后讲一遍大阿福的故事，总要捧腹大笑。关于一个日本人盗走大阿福积攒了半世好运的情节，也使人们义愤填膺！日本鬼子当年烧光了惶向老镇，现在又来掠夺我同胞运气，是可忍孰不可忍！他们完全忘记了山本龙太郎还有四分之一中国血统。谈到大阿福炒股票，惶向人更是啧啧称奇。他们断定，若不是遭到日本鬼子暗算，大阿福留着运气慢慢受用，现在说不定已经成了股王！

　　说得起劲，人们都想看看大阿福。于是，一天到晚有人探头探脑来阿福士多。他们想和大阿福谈谈，又怕沾了晦气。美罗热情上前招呼生意，来者便支支吾吾买两盒烟，拿两瓶酒。回去没事，便自认为运气好，欣喜万分。这样，去阿福士多买东西的人越来越多，生意竟日益兴隆。

　　大阿福的后半生平安而又平淡，全无离奇事情发生。

　　有一天午睡，他梦见了自己的命运。那是一个穿着花花绿绿衣裳的小男孩，出奇的调皮，从大床这头蹦到那头，还抓挠大阿福的胳肢窝。

　　大阿福好歹抓住他，严厉责问：你干吗？害得我好苦！你究竟想证明什么？

　　花绿男孩朝他挤挤眼睛：你苦吗？人生不过一场玩笑，你要放声大笑才是！

　　说着，他又在大阿福肚皮上蹦跳，直到大阿福笑醒。

珍邮

一

多年以前，一个暴风雨之夜。

秦笙驾驶的货轮在黄海成山角一带遇到七级大风。从驾驶台宽阔的玻璃窗往外望，黑暗如迎面泼来的墨汁，渲染出死亡的恐怖。船长疯子一般在秦笙身旁乱跳，发出一道道挽救货轮的口令。秦笙把着舵盘，脸色苍白而忧郁。浪涛汹涌，海风呼啸，他的心却异常宁静。他在思念一位姑娘。初恋结束了。心破碎了。绝望与黑暗混合在一起，构成他眼前的世界。

秦笙是个出色的海员，但那天夜里他晕船了。过去他从不晕船。船长和其他水手惊诧地看着他呕吐，直到吐出胆汁。他呕吐的冲动都是由一个镜头引起的：珍珍反坐在一把椅子上，双手抱住椅背，目光幽幽射向左前方某一个点。珍珍母亲话里有话地对秦笙说：珍珍将嫁给一个军代表，这个年轻英俊的军官在珍珍厂里驻扎了半年，成为全体女工的偶像。秦笙你从小是珍珍好朋友，应该祝福她。珍珍迅速地瞥他一眼。秦笙木头一般立在饭桌旁。珍珍将下巴搁在椅背上，晶亮的眼睛似乎有些泪水。目光是复杂的，有留恋，有伤感，那双细长而妩媚的眼睛仿佛在说：忘了我吧，忘了我吧……于是秦笙不断产生呕吐的冲动，几乎要将一颗心呕出来！

他不顾危险，长久逗留在甲板上。他抱住一根桅杆，一边呕一边哭，急雨将他瘦长的脸颊冲洗干净。货轮被巨浪抛上天空，又急速坠入深渊。海风喧嚣吞没了一切声音。珍珍，他在心底呻吟。他觉得生命到了尽头。就像这只船，它不是随时都可能倾覆吗？秦笙只要松开手，就会像一片叶子飘入大海。失去了爱情的锚链，人就是一片随风飘零的叶子。秦笙真的有几次想松开抱住桅杆的手。他没这样做，他想把自己的感受记录下来，让珍珍获得同样的体验。

货轮绕过成山角，终于驶入渤海湾较为平静的海域。风虽然还在刮，浪却小多了。秦笙在水手舱的睡铺上奋笔疾书。他在给珍珍写最后一封情书。他当然不会知道，这是一封伟大的情书！用生命酝酿的爱，在暴风雨中诞生的激情，是世上任何女人都无法抵挡的。他酣畅淋漓、淋漓尽致地写着，信纸越积越厚。渐渐地，他觉得自己的灵魂也在升华……

黎明时分，货轮在一个海滨小城靠岸。秦笙下船直奔邮局。雨后小城如美女出浴，晨风吹拂她的长发，朝霞抹红她的面颊。

可是，谁能想象呢？昨夜这里曾发生一场血战！Y 市两派造反组织为争夺一座大楼展开武斗，甚至把机关枪也用上了。死伤人员尚未点清，战斗刚刚结束。一场暴风雨冲洗掉斑斑血迹，又将小城装扮得如此美丽。真有些不可思议。

这一切都是邮局里一位出售邮票、信封的老头告诉秦笙的。秦笙是第一个顾客，老头是邮局里唯一的工作人员。都去打仗啦，老头叹息道。这是一位童话里才会出现的小老头，戴着一顶皱巴巴的邮政绿使帽，眼镜滑在鼻尖上，而鼻子像一只通红的圆辣椒。他烤着火炉，不停地对秦笙说话，似乎有强烈的倾诉欲望。秦笙呢，刚经历一场暴风雨，也有急需宣泄的激情。于是，他被邀请到火炉旁，对这个陌生而慈善的小老头讲述自己的痛苦和希望……在这样一个早晨，青年水手和邮政老人的心融合为一。

秦笙要买邮票。他注意到有一种新出的邮票，放在自己身后一张桌子的抽屉里。抽屉半开半合，新邮票放出一片灿烂红光。秦笙一下子被这红光罩住，心弦一动，便要求老头出售新邮票。老头把帽子捏在手里，有些为难地说：这邮票正式发行日期是在明天，今天不能出售。但是他看见小伙子央求的目光，就不往下说了。他拍了一下大腿，戴正帽子，行使邮政人员的特权。他变得严肃而庄重，老花眼镜后面闪出骄傲的神采。他指出秦笙的信可能超重。老人钩钩的手指变得非常灵巧，熟练地撕下两枚连在一起的新邮票。

珍珍一定喜欢这邮票。秦笙一边粘邮票一边说。

小老头望着他，忽然变得十分忧伤。他终于告诉小伙子：他的儿子昨夜参加武斗去了，一直没音信。他一早就来上班，是为了躲避不幸的消息。他说，他希望下班回家时，看见儿子好好的，正在桌旁狼吞虎咽地吃饭。他儿子与秦笙差不多大，并且长得有点像……

秦笙离开邮局时，小老头一直送他。邮局门口有一棵大槐树。老人在树下站住，嘴里一再念叨：还来，还来，还来……他把帽子揉来揉去，神情悲哀。秦笙觉得老人把他当作自己的儿子了。他大步走向海港。老人的儿子正是这样参加武斗去的。并且和他一样，船一旦驶离海港，可能再也回不来了。

第二天，邮电局接到上级通知：新邮票停止发行，立即上缴，全部销毁。邮票的名字叫《祖国山河一片红》。

而秦笙那封信已经于当天寄走了。

二

江南古城 K 市水网密布。街道与河流并行，小船与汽车共驶。近水人家房屋悬挑于河面，过着悠然、秀丽的日子。一对新婚夫妻住进小白河旁边一座陈旧的房子里，建起自己的爱巢。深夜，他们喜欢坐在临河窗台上，看月光下古桥拱起的倒影，看船桨劈开平静的河面，看倏然跃起的银光闪耀的草鱼……

秦笙与珍珍结婚那天，四五位好友聚在屋里喝酒。他们吵着要看那封在小圈子里已经著名的情书。珍珍红着脸拿出信封，让朋友们挨个传阅。自然是赞不绝口，大家对秦笙刮目相看。一个人怎么会忽然生出飞扬的文采呢？秦笙只是望着新娘痴笑。拼命时候你就会长出三头六臂。这并不奇怪。吴阿三指着信封左下角一片细细密密的针眼喊：喂喂，这是什么意思？众人好奇，定要问个明白。珍珍面颊上红晕涸开，更显娇羞。秦笙替她坦白：读过这封信，思想斗争激烈呀。就拿着绣花针，一个劲儿在信封上戳、戳、戳，心里乱极了乱极了……珍珍用一条鸡腿堵住丈夫的嘴巴。

确实，秦笙的信在珍珍心中引起强烈震动。当时，由妈妈做主，她已经与军代表确立了恋爱关系。要重新选择，必受到社会各方面压力。但是秦笙信中表达的爱情犹如大海风暴，席卷她一切顾虑。在她眼里原是平平凡凡的秦笙，忽然变得天神一般光辉灿烂！珍珍无法抑制喷涌而出的情感，终于投入秦笙的怀抱。一封情书扭转乾坤，秦笙赢得了与拿破仑在奥斯特里茨战役同样的胜利。

欢乐的婚宴持续到半夜，朋友们醉醺醺地歌唱爱情。小厉忽然怯生生提出一个要求：信封上的邮票挺好看，送给我好吗？他戴着眼镜的白皙脸庞，比新娘还要红得厉害，说完话便把头低到胸前。小厉是珍珍同学，珍珍在幸福中变得非常慷慨：好的，喜欢你就揭去。小厉小心翼翼欲揭邮票，秦笙却伸手把他挡住了。秦笙心里感到难受。爱情必须完整，缺一个小角角也不行。他把那封信藏好，整得小厉很狼狈。那天，秦笙变成小气鬼。

生活宁静而幸福，就像窗外的小白河无声无息地涌动。秦笙搂着熟睡的妻子，听乌篷船桨声咿呀地从窗前驶过，不由回想起成山角那个危险的暴风雨之夜。他觉得幸运往往在你最绝望的关头降临……

珍珍做了妻子无比温柔，烧出一道道美味小菜，使秦笙赞不绝口。新房虽简陋，却被她收拾得一尘不染。她干家务轻捷无声，好像一只小猫在屋里飘忽行走。因为秦笙是船员，在家的日子格外珍贵。珍珍吊在他脖子上缠绵，爱欲永难满足。秦笙点着她鼻子说：现在这样，当初还不要我哩。珍珍亲他，咬他耳朵说：人家以后加倍对你好还不行？

珍珍果然加倍对他好。一个个销魂之夜流逝，珍珍怀孕了。神秘的爱情果实在珍珍腹中成熟。秦笙因兴奋、激动变得更像一个毛头小伙子。仲夏的夜晚，他坐在窗台上畅谈未来。说到激昂之处，他竟一个鱼跃蹿出窗户，扑通一声沉没在小白河里。珍珍趴上窗台叫"秦笙，秦笙"，久久，秦笙在石拱桥下露出脑袋。珍珍骂他，他哈哈大笑。珍珍担心地呼唤：上来吧，河水很深，危险呢……秦笙拍打着水面，溅起朵朵水花，用水手的骄傲口吻说：危险？哈哈，就这么一条小河！就这么一条小河！……

夏夜，月色辉煌。小白河两岸人家常看见这对夫妻嬉闹：一个在水中，一个在窗前。他们将幸福毫不掩饰地流溢出来，令人羡慕，令人嫉妒。

他们的孩子诞生了，是个男孩。秦笙为他取名"海望"。尽是小桥流水人家，邻居们抱着男孩"海望海望"地叫着，感到很新奇，也感到一种气魄。

三

生活并不总是平静。

秦笙出海的日子，珍珍孤独而寂寞。离别使她苦恼，也使她脆弱。她伏在窗台上，呆呆地望着小白河。她盼望河水哗啦一响，冒出丈夫的脑袋。然而总是杨柳残月，流水清风。

如果仅仅如此，珍珍也能忍受，丈夫早晚要回来。问题是她还面临着考验。小厉常常到她屋里来，并且在她最痛苦、最难熬的时刻出现。厉宏良在班上最小，读书时像一个小弟弟老跟着她。珍珍从来没有把他当作一个男人，或者说有威胁的男人。但是，秦笙不在家，小厉好像变了。小厉坐在床边，瘦弱的肩膀不住颤抖，脸颊发高烧一样潮红。躲避珍珍的目光，垂着头凝视自己的脚尖。然而他身上似乎有强电流射出，叫珍珍心惊胆战。

小厉你怎么了？

不怎么了。

小厉你回家吧，夜很深了。

嗯，再坐一会儿。

那时候珍珍觉得小厉是一只烧红的煤球。假如他跳起来，扑入珍珍丰满的胸脯，珍珍就会烫得尖叫。这种情形延续着，危险渐渐迫近。珍珍浑身燥热，难以抵挡小厉无言的进攻。但她知道自己不能失足，一失足成千古恨啊！她想抓住一件武器，或者抓住一只救生圈，保护自己不被欲望的洪水吞没。

她抓到了那件东西。

秦笙的船每到一个港口，就寄来厚厚一封信。信越积越多，珍珍把它们装在一只皮鞋盒子里。孚德牌皮鞋。主人穿着它浪迹天涯，寄回来满满一盒子信。珍珍抱出皮鞋盒子，放在桌上打开。小厉你看啊，秦笙寄给我那么多信！珍珍眼睛里放出异样的光彩。我读给你听听，他写得真好，小厉。于是，她捧出扭转乾坤的第一封信，充满激情地朗读起来。读完一封又一封。真挚的爱情在一页页信纸上跳跃起永恒的火焰。

小厉终于走了。他怨恨地瞅着皮鞋盒子，长叹一声。

珍珍扑在床上哭湿了枕巾。

四

终于熬到秦笙下船，调回 K 市。

珍珍已经生了第二个孩子，是女孩。这回珍珍不同意再用"海"字取名，她害怕听见任何关于海的信息。秦笙说，好吧，那就叫她河灵。海望，河灵，亲戚朋友都说这对小兄妹名字起得好听。

秦笙也许是写信练就了笔下功夫，也许他原来就有些天分，总之他的一支笔得到社会承认。他被安排在 K 市的工人文化宫工作，并且经常在地方报纸发表散文诗。江南古城狭窄的街道上，人们可以看见他宽阔的背影匆匆闪过。他喜欢穿蓝白相间的海魂衫，让小城人闻到遥远的大海的气息。

珍珍满足了。丈夫天天回家，她还有何奢求？然而天长日久，人心总会生出新的渴望。珍珍觉得自己的小家太穷了。时代风气大变，经商下海成了时尚。今天听说这人发财，明天听说那人暴富，刺激得人们心中麻麻痒痒。秦笙一家依然住在小白河旁的老房子里，只一间，且日愈破旧下去。珍珍催他想法换新工房住，他却没有门路。在这方面，秦笙没有特长。

日子渐渐像一杯变了味的啤酒。珍珍的埋怨引起夫妻争吵。虽不激烈，却似石子扔入水潭。涟漪一圈套一圈总难平静。家徒四壁，连彩电也没有。珍珍懒得再收拾，屋子变得零乱肮脏。一家四口共居一室，夫妻做爱就像做贼一般，生怕孩子们听见。新婚时期他们做爱可是惊天动地的！就连小白河也失去了以往的秀丽，机器船轰隆隆驶来驶去，睡梦中总把人吵醒。河水污染得呈酱色，大块油污在河面漂荡。现在，你就是用棍子打，秦笙也不肯往小白河里跳了。

珍珍三十三岁那年，与小厉的交往又热络起来。小厉已经是K市有名的厉老板，开了一家"松竹斋"古玩店，生意奇旺。他娶珍珍的小表妹为妻，大她十二岁，在小城颇为稀罕。更令小城人吃惊的是，厉老板常常在众人面前指着娇妻赞叹：她长得像珍珍，太像珍珍了！他手指上的钻戒镶着一颗罕见的钻石，足有二十克拉重。这就镇住了娇妻与众人。

小厉是个古怪的人。他自幼孤僻，不合群。他的行踪鬼鬼祟祟，老在搜集各种古旧玩意儿。"文化大革命"抄家风起，他乘乱偷了城西资本家王伯章一只明朝小香炉，被红卫兵发现痛打一顿。

这桩丑闻尚未被人淡忘，小厉又出事情：他深夜蹲在周桥乡一座古墓里，让巡夜民兵揪出来，打得他当场吐血。当时大家都不明白，他蹲在坟墓里干什么？小厉瘦弱文静，老是挨揍，珍珍因此同情他。许多年过去，小厉摇身一变成为 K 市首富，传说他的"松竹斋"什么宝贝都有。人们方悟小厉种种怪异行为的根由。

珍珍与小厉有了一层亲戚关系，走动频繁许多。表妹穿金戴银的富裕生活，似乎对珍珍很有刺激。她忽然非常想要一台彩电，有时竟站在商店橱窗前看得发呆。晚上和秦笙看十二英寸黑白电视，看完了她总要黯然泪下。人生一个小小的愿望也不能满足，珍珍觉得很委屈。然而人家是怎么对待彩电的呢？有一次珍珍为小厉夫妻劝架，亲眼见小厉砸了一台二十一英寸松下彩电！当时小厉发神经病一样将彩电掀倒在地，彩电竟没有碎。表妹冷笑：你砸，你砸。珍珍喊：不要砸！不要砸！小厉偏偏捡起一把榔头，对准荧光屏狠狠一击！那彩电就像被补了一枪的犯人，轰然坍塌。珍珍心疼得脸色煞白，慢慢地蹲下……

小厉请珍珍到他的店里看看。"松竹斋"在著名的天宝古塔下，游客挤满门前麻石板铺起的马路。店堂摆着各色紫砂壶，又有玉、瓷、碑帖、古钱等。小厉说，好东西都在二楼。他冲珍珍神秘一笑，领她走上一条阴暗的楼梯。

上得楼来，小厉却没有再谈那些好东西。他坐在自己的老板桌后面，用一只拳头支着下巴沉思。他似乎在总结自己的事业，没头没脑说了一句：珍奇的东西，我会用一生去追求！珍珍感到心慌。

厉老板把一只早已准备好的信封扔在珍珍面前。我看得出你想要一台彩电，他说，拿去吧，信封里就是彩电。珍珍拿起信封一看，那里面装着厚厚一沓钱！珍珍说这怎么能行，我不要，不要！小厉淡淡一笑：算我借给你的，将来还我。

小厉已经成熟，人也开始发胖。他目光幽幽地瞅着珍珍，东拉西扯谈起当今生活种种现象。现在你要会活。爱情不满足可以在婚姻之外寻找，情人已是普遍现象。搞活经济首先要认识自身的价值。你知道吗？你有许多值钱的东西，随便卖掉一件，你就发财了……

珍珍好奇地问：我有什么值钱东西？

小厉沉默着。良久，他语重心长地说：那封信，促使你下决心嫁给秦笙的那封信，你肯卖给我吗？

珍珍浑身一震。当时她脑子里只有一个印象：小厉要她出卖爱情！她已经人到中年了，小厉还这样苦苦追求她。可是她不能出卖爱情，虽然她很穷，虽然她渴望得到一台彩电。她站起来，把装着钱的信封放回小厉手中。

我不会卖那封信。

珍珍离开厉老板的办公室。她觉得自己好像喝醉了酒，脸腮通红，脚步踉跄。她心里有一种巨大的满足，又有一丝说不出的痛苦。小厉在她身后绝望地喊：我会出最高价钱！……她快步走下长长的楼梯。

珍珍一直没有搞懂小厉对她的感情的复杂性质。

五.

也许真的这样：爱情其实是一场马拉松长跑，需要夫妻双方以可敬的牺牲精神，以非凡的毅力，坚持跑到终点。这样的想法似乎有点可怕。但假如不是如此，爱情的价值又如何体现呢？唯其艰难，才显伟大。

秦笙与珍珍平稳地生活下去。孩子大了，海望读高中，河灵也小学毕业了。秦笙四十二岁生日一过，家庭有了兴旺景象。他提升为工人文化宫副主任。房子解决了，他们搬离小白河，住进东山脚下新盖的楼房。珍珍也圆了彩电梦，一台二十一英寸金星彩电使她心满意足。他们在一条平坦的大道上奔跑。他们的爱情之舟驶入平静如镜的海面。

但是这能持久吗？

珍珍万没想到，乌云会从秦笙那方面飘来。不，不仅是乌云，而且是撕裂他们爱情风帆的飓风！秦笙与文化宫业余舞蹈教师武红莲发生暧昧关系，K市传得沸沸扬扬。最先透露消息的是珍珍表妹。她绘声绘色地告诉珍珍：秦笙如何大白天在武红莲家睡觉，四周邻居如何利用小孩子们摸清种种细节，秦笙如何以出差为借口带着武红莲数次去上海……她提醒珍珍，这位舞蹈教师年轻风流，并且离了婚，恐怕是个危险对手。珍珍胸口仿佛被人塞进一团猪毛。但她只是笑笑。她问表妹：是小厉说的吧？是小厉让你告诉我的吧？……然而这样具体的描写，在她脑海里勾勒出一幅猥亵、丑恶的图画。

珍珍忍了好长一段时间。有一天吃晚饭，她终于笑着对秦笙说：你也真沉得住气，人家还不逼你摊牌吗？秦笙脸唰一下白了，端着碗的手不住颤抖。珍珍没再往下说。

晚上，秦笙让海望、河灵到外婆家睡觉。屋里只剩下夫妻俩。秦笙面对珍珍，嘴唇突突哆嗦，一句话怎么也说不出口。珍珍料想他要说"我们离婚吧"，于是默默地等着。她忽然变得非常平静，一双秀气的眼睛不眨动地凝视丈夫。好哇，我已经老了，我眼角、额头爬满又细又深的皱纹，不是当年你爱得发疯的珍珍了！你把那句话说出来呀，说出来我就走。爱情，到头来竹篮打水一场空，只有我傻得相信。珍珍心里想着，眼睛模糊起来。她竭力控制住泪水，紧紧盯住丈夫叛徒一般颤抖的嘴唇！

秦笙终于吐出唇边的话：我和她断，我和她断……

珍珍让他交代事情经过。其实这没有必要，但珍珍还是落了俗套。也许这是女人巩固自己胜利的方法。秦笙痛苦而狼狈地交代了。珍珍听得并不真切。她被另一种声音扰得头晕。那声音来自遥远的地方，开始含混不清，渐渐地就清楚了——一个年轻的水手在风浪中抱着桅杆，向心上人大声倾诉爱情。他痛苦，他绝望，正因如此他的爱情才真实才致命才具有排山倒海的力量！那声音一遍一遍在珍珍心中回响，又淡远，隐去……

秦笙不知道珍珍将如何惩处自己。珍珍始终控制着感情，显得冷静、冷淡，甚至冷酷。这更使秦笙惴惴不安。天将黎明，珍珍站起来，打开衣橱抱出一样东西。孚德牌皮鞋盒子。就是装满秦笙从各个港口寄来的信的皮鞋盒子。她捧着它走向阳台，神情哀伤，分明下了某种决心。秦笙惶惶地跟在她后面。

珍珍要烧信。她用秦笙的打火机点燃一封信的角角。火烧起来了，她把信擎在手里好像擎着火炬。红光照耀着夜空，也照耀着珍珍泪水长流的脸颊。直到这时她才哭了，她心痛，烧这些信她真心痛！秦笙哀求：珍珍，别烧，求求你，别烧啊……珍珍说：算了，烧掉算了，我什么都没了，什么都没有了……

她呜呜地哭出声音，凄切忧伤。秦笙跪下，撕着头发哭泣。他面前是一堆篝火，火舌正舔着他青春时代写下的爱的文字。他们都很伤心。仿佛随着时光的流逝，爱情真的一去不复返了。青烟弥漫，纸灰飞舞，火光时强时弱地映红黑暗。就这样，他们在黎明前焚烧爱情。

当珍珍拿起秦笙在 Y 市寄给她的那封信时，打火机忽然落在地面。珍珍跪下，捡起打火机。她的手抖得那么厉害，总也打不出火苗。一切都由这封信引起的，她的一生就被这封信决定了。她到底幸福还是不幸福呢？不知道。可是要她亲手烧掉这封信，毕竟是困难啊！她犹豫着，把信送向火堆。秦笙认出这封信，一把抓住她的手腕。海滨小城带着咸腥味的空气，忽然从远方飘来。火苗变幻出戴着皱巴巴的邮政绿便帽的小老头面容。秦笙抱起妻子，连人带信一同抱回床上……

当他们筋疲力尽地入睡时，珍珍手里还捏着那封信。

六

没法估计外遇给夫妻关系带来的影响。它可能导致家庭破裂，也可能相反，起到某种黏合剂的作用。秦笙与珍珍经过这场风波之后，感情更加亲密。丈夫总想弥补自己的过失，千方百计对妻子好。妻子呢，经此一闹也知道自己离不开丈夫，便对家庭格外珍惜。他们像长途迁移的候鸟，冲过急风骤雨，栖息时紧紧依偎在一起。是啊，人生旅途真够漫长的。

秦笙遭受严重挫折。那个舞蹈教师的目的没有得逞，就毒蛇似的反咬一口，弄得秦笙狼狈不堪。他的副主任小官帽儿丢了，自己也觉没甚意思，就调到一家中外合资公司跑业务。男人往往更脆弱，经此一番变故，秦笙便渐渐显出老态。这位水手褪尽海洋气息，散文诗也不再写了。他变成一个温和厚道、与世无争的老好人。

但是，奇迹终于在平淡的生活中露出端倪。

那是九十年代初一个夏季，秦笙到大连出差。大海牵动他往日的情怀，归途中他登上一艘客轮。轮船比其他交通工具活动余地更宽广，人们也更容易在水天相连的背景下交为朋友。秦笙与马教授、小滕就是在这艘"海梦轮"结下了友谊。他们同住三等舱一个舱室，马教授年纪大，秦笙把自己的下铺让给了他。马教授是一位历史学家，也是一位集邮家。他对面铺位躺着一个姓滕的小伙子，恰好是倒卖邮票的邮商。一路上他们就大谈邮票掌故。

秦笙对此一窍不通，轮到他说，他就讲航海的故事。

一个风和日丽的下午，海梦轮绕过成山角。海鸥在蓝天碧海间盘旋，荒岛巨礁不时从船舷外侧掠过。秦笙对马教授、滕老板谈起一九六八年冬天他在这一带海面遇到的暴风雨。旧地重游，他显得格外激动。巨浪、狂风、急雨，在他口中描绘得如此逼真。当然，他也讲述了自己对一位姑娘的思念，讲述了自己生平最得意的情书。结局是喜剧性的，这位姑娘成为他现在的妻子。朋友们松了一口气，都向秦笙贺喜，好像这件事情昨晚上刚刚发生。

他们又把话题转向邮票。

一九六八年十二月发行过一枚邮票，叫《祖国山河一片红》。马教授沉思着，缓缓说道。邮商小滕接口道：邮市称它"红票"，近几十年的邮票数它身价最高。现在一枚新红票卖到八万元，不得了！马教授说：至今尚未发现《祖国山河一片红》的实寄封。集邮界一直在争论：这种邮票上缴、销毁前到底有没有被使用过？小滕捏得指关节发出一片噼噼啪啪的声响，脸上浮出贪婪神色。啊，谁发现实寄封，谁就得了无价之宝！

马教授转过身，笑眯眯地对秦笙说：我来讲一段邮票掌故给你听吧。二十多年前，造反派砸烂原政府机构，在全国三十个省市成立了革命委员会。为庆祝这一新型权力机构的诞生，邮政当局印刷了纪念邮票《祖国山河一片红》。但是邮票尚未发行，就有人挑出了毛病——邮票画面有一幅中国地图，红光闪耀，色泽鲜艳。地图右下方的台湾岛却是白色。问题就出在这肉眼难辨的一点点白色上。台湾为什么是白的？祖国山河一片红，台湾不是祖国一部分吗？可是台湾没有成立革命委员会，甚至还没解放，怎么能印成红色的呢？这是一个政治问题，但又无法解决，只好将邮票销毁。通知下达时，有些地方邮局已经出售邮票。这些漏网邮票就在社会上悄悄流传，成为身价昂贵的珍邮……

你说那邮票……邮票上印着红色地图？

秦笙惊异地瞪圆眼睛。一股强大的电流几乎将他击倒。他觉得眼前红光跳耀，仿佛大海上燃起一片火焰！是的，他见到过这种邮票。身后的抽屉半开半合，他一转身，蓦然看见新邮票放出灿烂红光！于是，他央求小老头卖给他两张新邮……一连串记忆镜头，证明一个无可置疑的事实：秦笙追求珍珍的那封情书，贴着珍邮《祖国山河一片红》。这正是集邮家、邮商们寻觅的无价之宝——实寄信封！

真不敢相信……我不知道该怎么说……天下会有那么巧的事？我秦笙会有这样大的福气？……真不敢相信！

秦笙像傻瓜一样笑着，翻来覆去讲这几句话。但是马教授、滕老板，还有其他几位站在甲板上的游客，都被秦笙所讲的奇特经历惊呆了。两张红票，双联实寄封，天啊！他们半张着嘴巴，看上去更傻。Y市武斗之后的早晨，童话里才会出现的红鼻子小老头，尚未发售的新邮票……人们仿佛跟在秦笙后面，回到二十几年前那个雨后清晨，重新目睹奇迹发生的过程。大家内心都受到强烈震动：珍邮就在这样平凡的故事里诞生——一个普通水手追求一个普通女工，他们的情书意外地成了宝贝！瞧，人生真是变幻莫测，什么事情不会发生呢？

在海上，你能够看见一个彩色的世界。船，缓缓行驶。绿的海水，红的云霞，黄的岛屿，蓝的天空……这一切旋转着变幻着映入秦笙的眼睛。他与大海有缘。在 K 市，他的生活像黑白电视机演播的故事。一到海上，他就成了彩电里的主人公。他微笑着，深深吸入海洋的空气。

哦，他真想留住这五彩世界。

七

对于秦笙、珍珍这种平凡人家，突然发现一笔财富，会带来无法形容的惊喜和冲击！这对夫妻终日处于梦幻状态。生活出现如此灿烂的前景，他们不知如何适应，如何把握。他们常常把宝贝情书放在床上，热烈地讨论用它换取一笔巨款后干些什么。夫妻二人长夜难眠。

他们太需要钱了。日子虽然一点一点好起来，但他们始终没有富裕过。儿子海望已经考入大学，女儿河灵也在读中专，很快孩子们又要恋爱、结婚，一个家庭将裂变为几个家庭——正是大量花钱的时候呀！而珍珍因为厂里发生亏损，已经下岗回家，经济重担几乎落在秦笙一个人身上。房子需要装修；儿女需要学费、生活费；储蓄不能中断；物价还在上涨……他们的经济状况好像一间四处漏风的房子，永远有堵不完的窟窿。

卖掉。卖给马教授。马教授肯出二十五万元！秦笙拍着床沿，下了最后的决心。

可是那个姓滕的邮商，他说出三十万元。珍珍表示异议。

马教授人正派，有学问……

做生意管人家有没有学问干吗？

那么，香港张老板的意思，好像出四十万元他也肯干……

自从秦笙乘船归来，他们的珍贵的信封已经轰动K市。上海、南京，甚至还有香港的邮商，都踏进过他们的家门。面对令人咋舌的高价，夫妻俩无所适从。卖不卖？卖给谁？怎么卖？这些问题既折磨人，又使人兴奋。他们坐在床上，无休无止地讨论着。讨论比结果更激动人心。二十万元，三十万元，四十万元……嘴唇轻轻摩擦吐出这些数字，真有说不出的快感！

幸运如何降临到他们头上？这一切究竟是怎样发生的？他们深入到另一层次讨论问题。幸亏我爱你，秦笙说，真心爱你我才写了这封信。珍珍不服：是我爱你，我把信一直保存着，才会有今天。她说这话时，心中想到了小厉。秦笙感叹：幸亏那天夜里你没把信烧掉，否则……珍珍白他一眼：你还有脸说呢！

是呵，爱情给他们带来幸运，爱情使珍邮保存下来。爱情赋予这只信封价值，这只信封又使爱情升值。真是奇妙的、难以探讨清楚的关系啊！

要卖掉它了，真舍不得。你再读一读吧，你把它读给我听听。珍珍不住地央求。秦笙朗读他在暴风雨中写下的情书。珍珍就抚摸信封。信封左下角一片细细密密的针眼，使她陷入回忆。那天她正在绣花，妹妹拿着信奔到她面前。哦，看完了信，她心里乱极了乱极了，就拿绣花针在信封上戳、戳、戳……珍珍抱住秦笙，脸紧贴着他的胸膛。她听见男人的心脏雷鸣一般轰响。她哭了，泪水滚烫滚烫。秦笙总是不能把信读完，因为青春的火焰在体内燃烧起来。他迫不及待抱起妻子，热烈地吻、吻……

最后，他们终于做出决定：不卖，给多少钱也不卖！

这话是珍珍先说的。那天夜里，珍珍在被窝里不断翻身，怎么也睡不着。窗外伏着一只黑幽幽的怪兽，那是 K 市唯一的山峦——东山。夜深了，不知何时下起雨来，雨丝无声地飘洒在广阔的江南田野。珍珍披衣坐起，望着窗户沉思。我们短暂的一生，到底什么是最可珍贵的？秦笙问她为何不睡，她就把这个问题告诉丈夫。于是秦笙也坐起来了。他们这次并没有讨论，只是各自默默地思考。他们想得很深、很远……

八

小厉最后一次约见珍珍，是在东山顶上。

K 市是明末清初大学者顾炎武的故乡。地方政府在东山建起公园，以顾炎武的字"亭林"为名。亭林公园有顾炎武纪念馆，他们就围着纪念馆转圈儿谈话。这背景倒挺有文化氛围。

小厉已经秃顶，人极肥胖，爬一座小山累得气喘吁吁。出于习惯，珍珍还是叫他"小厉"。小厉，你到底有什么事情？搞得这样神秘兮兮？小厉脸红了，仿佛又回到青春时代。他想讲一件事情，吭吭哧哧老是不开口。珍珍非常奇怪：已经这样的年纪了，小厉还对她抱着幻想？从纪念馆西侧俯瞰，正好看见珍珍家的阳台、铝窗。珍珍盯着自己的小家，心中涌起无比亲切的情感。她等小厉说话。

我还是想谈那封信……看见珍珍警觉的神情，厉老板马上伸出一根手指摇晃：你别误会，我是纯粹谈生意。我感兴趣的也只是那只信封！

珍珍吃了一惊。她不知道自己为何吃惊，却还是惊得两眼怔怔瞅着对方。小厉有些焦躁，马儿似的不住跺脚。噢，我知道，好多人上你家买那只信封，你们一直不卖。不，是你不卖，你把信封留着，要卖给我。瞧，我心里清楚，所以我来了。你一定在等我，是吗？

为什么？珍珍更加惊讶。现在明白了，她是为小厉这种态度吃惊。她又问一遍：为什么？

你怎么不明白？我真要奇怪了！二十多年前你们结婚那个晚上，我就向你讨过邮票，你不是答应了吗？是秦笙小气，不肯给我。后来，我经常找你，我想你会把邮票给我的。你呢，你老给我读那些信。难道我要听另一个男人写给你的情书吗？我走了。又过许多年，我有钱了。我想好吧，我花钱买！我把你请到松竹斋楼上，准备与你商量个价钱，可是你说你不卖。你瞧，我几乎一辈子在追求这只信封！今天你要卖了，能够不卖给我吗？于情于理说得过去吗？所以，你必须卖给我！

听了厉老板慷慨陈词，珍珍鼻子都要气歪了。她盯住他有些发红的眼珠，一字一句地问：你给我说实话，小厉，你早知道这种邮票值钱，是吗？

是的。任何宝贝我一眼就能看出来。

你对我这样、那样，都是为了那只信封——为了不花本钱得到那只信封，是吗?

不全是这样。我对你一直有好感。到了今天，我也不怕对你讲实话了。你是我一生中最喜爱的女人。所以，我曾经两样都想要——你和信封。你别生气，今天只好现实一点了，我只想要信封……

啪!

珍珍打了小厉一个耳光，声音清脆响亮。然后，两人好像都吓了一跳，稍稍后退，互相对望。时间虽然不长，却澄清了一个人生的误会。珍珍转过身，沿着台阶缓缓走下山去。财富和声望达到顶峰的厉老板，摸着脸腮思索这记耳光的含义。

在他们身后，顾炎武高大的石雕像凝视这场戏剧。这位哲人脸上露出意味深长的微笑。

圣徒

人们注意到那位老太太，是因为她踽踽独行的姿态。她略微佝偻，上身向前倾斜，两条小腿相互绞绊却又敏捷快速地向前迈进。清晨，赖记大排档刚开张，老太太就从棉絮般的白雾中显现，跌跌撞撞地朝我们走来。

她照例买两只奶黄包，把预备好的一块钱递到老板赖广昌手中。笼屉掀开，一股香味随着水蒸气升腾起来。老太太抽抽鼻子，很馋的样子。但她拿到奶黄包并不吃，而是用塑料纸包好，小心翼翼地装入斜背在身上的挎包。那挎包也有年数了，颜色由黄泛白，绣着"为人民服务"五个红字，使人想起遥远的"文革"年代。老太太的脑袋一直在晃动，轻轻地，颤巍巍地，好像脖颈安着弹簧的泥塑老人。她已经有些痴呆，记忆力几乎丧失，眼前发生的事情立刻就会忘掉。赖五（我们给赖广昌起的绰号）很坏，等老太太装好奶黄包，又一次向她伸出手来。他说：圣妈妈，给一块钱。

老太太惶惑了，一霎间，头也停止了摇晃。她记不清付钱了没有。接着，她就摸出一块钱交给老板，头又开始摇晃。赖五朝我们挤挤眼睛，一笑。老太太把"为人民服务"挎包整理好，移到身后。然后脑袋往前一探，双腿绞绊着迈步出发。她身体轻盈得像一只老燕子，很快消失在马路拐角处……

大家都骂赖五不是东西，虽然知道下一次他不会要她的钱了。他就这样拿老人开心。赖五辩解道：我要试试她的道行。基督徒嘛，吃点亏不要紧！

这话没错。吃早点的食客们顿时活跃起来，围绕教徒的话题发表自己看法。谁都知道惶向是一座魔城，或者说是一个冒险家的乐园，人欲横流，纸醉金迷。在这样的环境里忽然冒出一位基督徒，确实有点儿石破天惊的意思。惶向人不太懂得基督教的含义，朦朦胧胧知道那是一种洋教，似乎挺高尚的，这就使得他们多少有些不自在。

惶向人并不是没有宗教意识。望蛟山上有一座悟觉寺，还有一座上清观，道教、佛教他们多少都相信一点儿。有事了，临时抱佛脚，上山烧一炷香，求菩萨保佑。过后照样发财，照样做昧心事。对于悟觉寺的和尚，惶向人也不十分恭敬，背地里常说他们的笑话。曾经有个法号觉慧的青年和尚，偷偷下山喝酒，喝醉了，说自己是个科级干部。惶向人大惊：原来和尚也讲级别。那么住持觉空老和尚，一定是正处级干部了！后来，觉慧和尚因喝酒离开了悟觉寺。大家都说，那其实是科级和尚乱说话，住持嫌弃他，调到其他单位去了。可能还被降为副科级。这样说说笑笑，大家也不太把望蛟山上的寺庙当回事情。上清观的情形大致也是如此。这样的宗教，惶向人比较乐意接受，轻轻松松，没有压抑感。

现在忽然出现基督徒，大家感到惊异、心悸。这么一个几近痴呆的老太太，早晚匆匆地在街上行走，既没有庙，也没有堂，她究竟想干什么呢？惶向人细细观察着她，百思不得其解。

圣妈妈随儿子从柳州来，住在赖记大排档对面的富华楼里。她儿子是建筑设计师，这职业在惶向很吃香。儿媳妇很漂亮，终日忙着搓麻将。小两口似乎没有接受基督教的影响，也不把老母亲放在心上，随她满街乱跑。他们刚搬来，别人不太了解这家人家的内情。

老太太被人叫作"圣妈妈"，是有来历的。她的生活很规律，每天清晨买两个奶黄包，在街上转悠一天，傍晚回家。吃过晚饭，她又披着夜色出门。一个老人这样来去匆匆，昼夜不停，引起了人们的好奇。

赖五多次问她：老太太，你一点也不休息，在做什么大事情吧？

老太太头颤颤着，口中含糊地说：找路，找路……

赖五把耳朵凑上前：你说什么？我听不清楚。

老太太的脑袋停止颤动，混沌的眼睛忽然放出光芒，她声音清朗地说：我在找路！这地方一片黑暗，人容易跌倒，我要找一条大路！

赖五，以及店堂里的老食客们一惊，仿佛有惊雷在心头滚过。老太太则快步离去。

我告诉你们，那老太太是高人。她肯定发现惶向藏着什么财宝，正在寻找呢！说话的名叫宋方亮，长一脸麻子，大家叫他"宋麻"。

赖五接着道：就是，条条大路在眼前，鬼才相信她找路哩！

宋麻最爱吃这大排档的盐焗鸡，没事就来喝酒，与老板赖五是莫逆之交。他啃着一只鸡头，侃侃而谈：惶向这地方为什么发达？肯定有宝。当年老瞎子来找过，没能找到。现在你们看，基督教又来了。洋教法力更高，别看老太太糊里糊涂的，这宝，早晚被她挖去。

赖五说：所以，有时候我多收她钱，就是要试试她真糊涂还是假糊涂……

有一个小孩经常出没于大排档。他妈妈专门为富华楼的居民洗衣服，赚点小钱糊口。这孩子是个残废，驼背，驼得几乎下巴着地；下肢瘫痪，萎缩成两根麻秆。他把自己绑在一块木板上，下面安四只滚轴轮子，双手握着木棍撑地，匍匐在地面上飞来飞去。别人给他外号"地老鼠"。对于那位老太太，孩子似乎特别感兴趣，总是瞪着贼亮的两只小眼睛，盯着老人看。他不时用手抠鼻子，脑子里转着各种主意。现在他也参加了讨论。

那老太婆是装的！地老鼠尖着嗓门喊道，显得异常激烈。我一定能抓住她的把柄！

没有人理会他。但从此以后，地老鼠专心跟踪老太太。

别看他是残疾人，心却很大，正如他的大名：王将军。他出生在四川大山里，爷爷当过红军，受伤后回家务农。老汉经常感叹：我要跟着队伍走，现在准是将军！孙子刚出生，他就指定"王将军"这个光辉的名字。没想到孩子越长越不成样子，当将军是没指望了，连站起来做男人的资格都没有。小孩从不许人叫他大名，宁愿别人叫他"地老鼠"。但是，他那颗心却还是将军的心！他决心跟踪老太婆，如果找到宝藏，他能分一杯羹，也许就会改变人生。

老太太很快就发现地老鼠跟踪她。别看她有些痴呆，第六感灵得很。一天，在去往惶向老镇的路上，老太太忽然站住脚，转回身来。地老鼠刹不住车，那轮子缓缓地滚到老太太跟前。地老鼠两只眼睛往上翻，很吃力地望着老太太。

老人弯下腰，说：孩子，你为什么老跟着我？她伸手抚摸他，地老鼠尖叫起来：别摸我的背！老太太缩回手，怜悯地望着他那驼峰似的背，说道：你有什么要求，就对我说吧。

孩子眨眨眼睛，问：你在找什么？你说你找路，我们不信。告诉我，你到底在找什么？

老人在人行道沿坐下，这样，她就能与地老鼠平等地对话。她和蔼地望着他，认真地说：你既然问，我就告诉你。耶稣托梦给我，惶向这地方，将要出一个圣徒！我在寻找他，却不知道他住在什么地方。

圣徒？什么是圣徒？孩子好奇地问。

老人用手擦去孩子脸上的污垢，甚至抠去他眼角的眼屎（这时他不再反抗），用诗一样的调子说道：圣徒就是最最圣洁的人，主派他到我们这里来，拯救我们脱离罪孽，使我们大家灵魂得救……

小驼子打断老人的话，急急地问：他能治好我的病吗?

也许能，圣徒的力量不是我们凡人所能想象的。孩子，我来为你祷告，求主救你。老太太垂下头，嘴里咕咕噜噜地念着地老鼠听不懂的词儿。孩子的心灵马上笼罩在祥和宁静的气氛中，好像一片云彩裹住了他。

小驼子回到赖记大排档，把这件事情一说，立刻引发爆炸般的哄笑。

哇，圣徒? 这还了得! 赖五赖老板当场就笑得背过气去。

他的朋友宋麻，双手搓着满脸麻子，感叹道：惶向还能出圣徒? 出一堆妖魔鬼怪、乌龟王八蛋还差不多!

人们都知道惶向的道德缺陷。人心不古，世风日下，都是摆在大家眼前的事实。所以，"圣徒"二字像一颗彗星，划过惶向黑暗的天空。这个故事很快流传开来，许多人认识那位摇摇颤颤的老太太。大家知道她善良，人好，于是有了新说法：圣徒还没出世哩，我们倒有了一个圣妈妈!

吃饭时不要祷告! 儿子对母亲说。你低着头，咕咕噜噜的，别人怎么咽得下饭去?

我不能……不能就这样吃饭，我要向主谢饭。母亲小声地辩解道。

媳妇婉莹咯咯地笑，说：这饭，是你儿子挣来的;你不谢儿子，还要谢谁呢?

老人平静地说:不可亵渎神。

朱巍火了。他的脸渐渐发红,像一片火焰从脖颈向上蔓延开来,这一点很像他父亲。他摘下眼镜慢慢地擦,擦去镜片上的雾气,重新戴好。他保持着克制:这个问题,今天咱们一定要讲清楚。妈妈,你不能在餐桌上做祷告。你可以在寝室、在厕所、在厨房,在任何地方祷告,但不能在餐桌上祷告!这要作为一条规矩定下。

规矩?老太太一笑,人不可乱定规矩,只有神才可以定规矩。

婉莹面若桃花,笑得更开心:儿子是工程师,知识分子,讲科学哩。妈,你总不能让我们像你一样搞迷信吧?

老太太冷冷地瞅媳妇一眼,不说话。儿子在饭桌对面凝视母亲,以一家之主的口吻说:这事情定下了,还有疑问吗?

母亲站起来,离开餐桌:那么,从今以后,我就不在这张桌子上吃饭了。

老人脑袋颤颤地走进卧室。媳妇婉莹咯咯地笑,在她身后恶毒地说一句:你干脆别吃饭了!你祷告,神不会让你饿死的。

朱巍是一个堂皇的男子汉,身高一米八二,四方脸,言行举止天然有一种威严。惶向的房地产开发商、包工头都认识他,夸他是一个天才。所谓的天才,其实并不光彩,他把建筑设计的才能,用在了偷工减料方面。他设计的图纸,总比建筑设计所出来的图纸节省大量钢筋、水泥。但是,按他的图纸盖房子,决不会出问题，他计算得很精确，只是把安全系数降低到接近危险的程度。所以能省下很多材料。这位毕业于上海同济大学的高才生，在这方面还真有一些本事。包工头半夜三更总会摸到他门上，递上一个红包，然后拿出一些图纸，央求他修改，以便科学地偷工减料。朱巍不动声色，以一个学子的理智、冷静，满足了他们的要求。

他开了一个建筑设计咨询公司，收入可观。他为房地产商设计了图纸，就到市设计院找朋友，交一笔钱，盖上设计院的图章。私人设计摇身一变，就成了合法设计。惶向房地产开发热，许多学工民建的知识分子来此淘金，没有人比朱巍干得更好。他在富华楼买下了房子，就是他成功的标志。

富华楼在惶向颇有名气。许多年轻女子进出公寓大门，花枝招展，莺声燕语。谁都知道，这是香港老板包的二奶。惶向离香港近，星期六老板们就乘气垫船过来了，钻入香巢，尽情享受。星期一清晨，他们扔下一沓港币，精神抖擞地回港岛写字楼上班。那些姑娘也真有意思，见了老板老公老公地叫，亲热得肉麻。老公刚转身，她们就一边数港币一边忙活自己的事：或打麻将赌钱，或约小白脸幽会，或聚集同道吸毒……

富华楼还住着一些小老板。他们开着各种各样的公司，名头吓人，恨不得与外星人做买卖。其实只是在自家客厅里摆上两张写字桌，干些空手套白狼的勾当。公司招牌一概挂在窗外，大小不等，却都金光闪闪，名称伟大。惶向最繁华的希望大道就从富华楼前穿过，行人至此一抬头，猛然看见满楼的公司招牌，十分耀眼。

朱巍的媳妇喜欢住在富华楼，她与楼里的小姐们混得很熟，天天在一起打麻将。这使朱巍有些担心。婉莹长得漂亮，人又活泼，朱巍来到惶向不久就认识了她。她是湖南湘妹子，也来惶向闯荡。朱巍认识她时，她正在翡翠夜总会坐台。老板、包工头经常请朱巍去翡翠夜总会，他与婉莹小姐跳舞跳出了感情。婉莹也是他的战利品，是他人生成功的标志。

不过，婉莹的出身总使他不太放心。与富华楼的姐妹们混长了，一旦受到引诱，旧习复发，可就难以收拾了。所以，朱巍总是板着脸，出其不意地闯入富华楼某一套公寓，命令婉莹回家。他很爱她，又比她大十三岁，也只能如此了。好在婉莹也识相，每次都乖乖地跟丈夫走。朱巍的收入、地位，以及他那魁梧身材，堂堂相貌，都使婉莹无可挑剔。

惶向的外地人越来越多，在这些新移民当中，所有的家庭各有特点。

赖广昌其实不是本地人，他来自四川，与地老鼠妈妈是同乡。他本打算开一个川味餐馆，但看到惶向人炒地皮都发了财，有很大的客户群，就改变初衷，开了这个客家风味的赖记大排档。他觉得当地最好的师傅，做出的客家菜比本地人开的餐馆更地道。比如盐焗鸡，味重，肥嫩，挂在橱窗里让行人看见就流口水。宋麻就奔着这鸡来的。他的客家菜，也使他交往了一大批本地朋友。国土局张局长有个癖好，每天早晨必来他的大排档吃肠粉。司机就把轿车开到大排档门前，直接接张局长上班。赖五分外巴结，吃一盘肠粉是小事，这关系可了不得，说不定哪天就派上用场。最近，他又结交了一名年轻记者，是外地分配来的大学生，在刚刚创办的《惶向日报》工作。这位山西小伙子爱吃牛腩面，并浇入大量老醋。记者可是无冕皇帝，赖五暗中指望他哪天写一篇文章，吹吹赖记大排档……

这样一些人常来大排档，彼此熟悉，这就形成一个圈子。惶向发生什么事情，只要一个人知道，其他人就都知道了。小驼子带回圣徒的消息，由他们在惶向地面散布开来，"圣妈妈"这个名字也是最先在赖记大排档叫开来。

他们开赖五的玩笑：你的娃子有救了。圣徒一出，先把他的驼背治好，将来说不定真能当上将军！

赖五忙摆手：谁的娃子？莫瞎说！

他与那洗衣妇有一手，常往小驼子娘儿俩住的地下室，送去卖不完的包子。小驼子天天来大排档转，饿了，赖老板就让他到厨房找些东西吃。大家就说，那小驼子说不定是赖老板生的。赖老板为人和气，馒头似的圆脸上总是挂着笑，别人说什么他也不在乎。只是小驼子在场时，他就立即制止此类玩笑话。

小驼子匍匐在地上，人们经常忽略他的存在。因此这些话多半被他听进耳朵里。他沉默着，牙齿咬得吱吱响，眼睛翻翻射出仇恨的光芒。然后他用木棒一撑地面，像一条鱼似的游走了。

小驼子心情忧郁，常常觉得活着不如死了好。他的残缺丑陋的躯体遭人鄙视，连自己都鄙视它。人为何生来就不一样呢？他又没有罪过，为何遭受这样的惩罚呢？他用木棍撑地，小板车在人行道上缓缓滑行，发出哗啦啦的声响。

他边滑行边思索，不知不觉来到向阳小学门口。几个高年级学生看见他，欢叫着向他奔来。这可不是善意的表示，小驼子有经验，必须尽快躲避。他两只胳膊一使劲儿，小板车嗖的拐入一条小巷。这些坏小子惯于戏弄小驼子，不放过任何机会。他们围追堵截，把小驼子赶到小巷内一片工地上。他们团团地围住他，口中嗷嗷地叫，健康的、红扑扑的小脸露出狰狞的笑容。小驼子撑着木棍，小板车在人缝里灵巧地闪来闪去，坏孩子一时抓不住他，就用脚踢他，扔书包打他。小驼子发出尖叫，挥舞手中木杖与他们拼命。但他寡不敌众，终于被他们按住，由他们玩弄自己的驼峰……

还是老办法，我们把他做成乌龟！为首的小胖子喊道。

孩子们抓住小板车四角，齐喊一二三，将小驼子整个儿翻过来。小驼子鼓凸的脊背着地，木板车四轮朝天，狼狈而又滑稽。孩子们还不罢休，小手用力一推，使他像陀螺一般滴溜溜打转。小驼子无奈地哭喊，坏孩子残忍地大笑。笑声掩盖了哭声……

不可以这样做，不可以。一个温和而严肃的声音仿佛从天而降——圣妈妈来了。

孩子们回过头，看着老人发愣。圣妈妈在小驼子跟前蹲下，说：来，我们一起把他扶起来。快帮忙啊！

坏孩子们不听话。小胖子一歪脑袋，他们一哄而散跑出小巷。

圣妈妈只得独自翻弄小板车。她是那样瘦弱，枯瘦的臂膀几乎没有力气，半天也无法使小驼子翻身。她一边安慰小驼子，一边使用各种方法捣鼓小车。哦，终于翻过来了！老太太一屁股坐在地上，"为人民服务"的挎包扔得老远，大口地喘息着。她歉意地说：我老了，不中用了。

小驼子的脸憋成猪肝色，不知是委屈还是感激，眼泪大滴大滴地掉下来。圣妈妈捡过挎包，找出一块皱巴巴的手绢，细心地擦他的小脸，把污泥与泪迹都擦干净。

她喃喃地说：要有信心，你会好起来的。等到圣徒出现，人们都会好起来……

我要是能站起来，一定把他们杀干净！小驼子咬牙切齿地说。

老太太惊讶地望着他：你怎么这样想？不可以，耶稣要我们宽恕……

小驼子不愿意听下去，带着一股火气，撑起小板车哗啦啦地远去。圣妈妈站起来，仰望阴沉的天空，虔诚地为小驼子祈祷。

朱巍长着一颗恶魔般的心。人们都不知道他是那样处心积虑地迫害母亲。长久以来，他不让老太太吃饱，营养不良可以使一个年近八旬的老人尽快离世。他每天只给妈妈一块钱，那两只奶黄包便是老人一天的粮食。他不给母亲肉吃，缺乏蛋白质使老人日益衰弱。

自从那次谢饭祷告之争，老太太不再上餐桌，晚饭就在自己的小屋里吃。朱巍让婉莹将残汤剩羹倒在一只碗里，加上一小勺米饭，端给母亲吃。有时连婉莹也看不下去，要加两块吃剩的肉，朱巍则严厉地瞪她一眼，阻止她的行为。

你是真想让老太太早点归天哩！婉莹瞟丈夫一眼，说不清是赞许还是责备。无毒不丈夫，你还真行！

朱巍冷冷地说：少啰唆，你懂什么？

比起精神方面，饮食上的虐待就算很轻微了。朱巍经常对母亲发动突然袭击，禁止在餐桌上祷告就是一例。客厅里本来挂着一幅耶稣像，他买来一张巨大的世界地图，将那神圣的殉道场景掩盖起来。他对悲哀的母亲说：那幅画不吉利，我看着心里烦！他还买了一些佛教念经的音乐磁带，故意在晚间大声播放，让异教徒的声音搅得母亲无法睡觉。母亲在里屋内跪着祈祷，朱巍总要找些理由猛地闯进去，惊得母亲心惊肉跳……

真看不出来，你这人表面上斯斯文文的，其实是一头野兽……不，你就是魔鬼，恶魔！

婉莹在床上被朱巍折磨得死去活来，稍得喘息便这样说。朱巍全身赤裸，在月光下面目狰狞。

他沉思着点点头：是的，我生下来就是恶魔。这也许是天意，家里有一个虔诚的基督徒，就要有一个魔鬼配对！我注定是我妈的试金石。

婉莹好奇地问：你从来没有爱过妈妈吗？为什么这样恨她？你爸不揍你吗？

朱巍伸出大手捂住媳妇的嘴巴。许久，他阴沉地说：你问得太多，是不是活够了？

婉莹几乎窒息。她仿佛看见死神的阴影渐渐逼近……

小屋里，母亲正在为儿子祷告。这位四十年代从金陵神学院毕业的女人，手持老院长赠给她的香柏木十字架，跪在耶稣的像前，低声地、老泪纵横地祷告：宽恕他吧，主啊，他只是吃了太多的苦，心中才装满了恨。他和他父亲不一样，不一样……

夜深了，月光浸润着每一间卧室，母子俩都睁着眼睛，各自想着心事。

这个家庭的情况，被婉莹一点一点地透露出来。婉莹和姐妹们打麻将，赢钱的人要请客，到赖记大排档拿一只盐焗鸡，切半斤叉烧什么的。婉莹手气好，牌技又精，赢得多输得少，所以经常到赖记大排档买东西，和老板、食客们渐渐熟起来。

赖五和她开玩笑：你婆婆吃一点点奶黄包，肚子能饱吗？你买的盐焗鸡，肯不肯分给她老人家一只鸡腿？

婉莹咯咯笑：她老人家要成仙了，还吃鸡腿干吗？

宋麻对婉莹有着特别的兴趣。他溜溜达达往婉莹跟前凑：喂，那个圣徒，你婆婆找到了没有？

赖五不失时机地介绍：这位是宋老板，南二路上的大哥大，手里有三十多块地皮呢……

婉莹却转过脸，面对赖五说话：还找什么圣徒？她自己就是圣徒。她有本事不吃饭，三天不吃不喝也没关系。一年到头不进鱼肉腥膻，人还活得健旺，跑来跑去腿脚灵便着呢……你们说，不是圣徒谁能受得了？

宋麻抢过话头：老太太怎么会不沾荤腥？又不是做和尚尼姑。再说，为什么三天三夜不吃饭呢？

婉莹仍对着赖五说话：跟她儿子闹别扭。这对母子就是怪，好似冤家聚头，总也搞不顺，我这做媳妇的也不好多问。

宋麻就笑：都是媳妇使坏，婆婆才遭虐待。儿子不过是一杆枪……

婉莹终于回头，狠狠瞪他一眼：就你爱嚼舌头！说罢，拎着盐焗鸡就跑了。

赖五在一旁鬼笑：莫动心思了，瞎子点灯白费蜡。

宋麻回到原座位喝酒，嘿嘿冷笑：女人都是假正经。

宋麻可不是一般人物。他不仅仅炒地皮，还在黑社会扮演重要角色。谁都知道，惶向的黑老大祥叔，和宋麻是拜把子兄弟，管着南二路一方地盘。按香港的说法，他至少相当于双花红棍。别看他一脸麻子，还好色得很，见女人就想上。不过他从不乱来，做事有规矩，是一个很讲义气的人。赖五与他交往，就看重他这一点。

宋麻思忖道：做儿子的孝字第一，怎么说，也不能让老母吃不饱饭呀？看来，朱巍不是个东西！他帮我画过图纸，斯斯文文的，真没想到……

赖五说：人面兽心。

年轻记者在一旁吃牛腩面，一直竖着耳朵听他们说。

包工头刘流是个老滑头。一趟一趟给方院长送礼，终于揽下了市医院病房大楼的工程。刘流一拿到项目，就知道应该去找谁。

他匆匆往富华楼走。经过赖记大排档时，就听有人喝道：刘流，急着奔丧去吗？进来喝杯茶。

刘流一看，是宋麻叫他，赶紧赔着笑脸上前。刘流在惶向是排得上号的大包工头，对眼前这个麻子却毕恭毕敬。工地上经常有烂仔捣蛋，事情闹大了，刘流就要请宋麻这样的人物出来摆平。所以他不敢得罪宋麻。

你小子又发财了，医院的工程拿下来，肯定狠赚一笔！

宋哥消息好灵通啊，惶向地面上的事没人能瞒你。我发财，也比不上你大佬动一动手指头……

宋麻直截了当地说：我想请你办件事。你把朱巍的老婆约出来，我要请她上悟觉寺烧三炷香。

刘流吃了一惊：我不认识她呀，这事情……

这事情你一定要办到！你夹着这么大一卷图纸，还不是要找她老公做手脚？你送钱去，是她家的财神爷，还怕不认识她吗？

刘流忙点头：晓得，晓得。

朱巍缓缓展开图纸，一张一张地看，宽大的办公桌铺得满满当当。刘流坐在沙发上，屏神静气地等待。婉莹端上一壶茶，笑模笑样地为刘流斟茶。刘流有意搭讪，嫂子长嫂子短地叫着，一会儿就混熟了。

他说：中午去帝豪大酒店吃饭，我请客。

朱巍冷冷地说一句：这活我不能接。

刘流惊问：怎么了？

朱巍把图纸叠在一起，卷成纸筒，一边慢慢摇头。不能接，他说，医院建筑不比寻常，安全性最重要，我怎么敢动省设计院的图纸呢？

刘流道：只是，只是改一点点儿……你是高手，找那不重要的部位减下一些钢筋，总还是可以的吧？

人命关天，不可儿戏。这活我不接。

气氛僵住了。刘流拉开黑包，拿出十元一扎的人民币放在朱巍面前（那时少见百元大钞）。朱巍眼皮也不动。刘流又加上一扎，两千元了。加上婉莹，屋里只有三个人，三个人都不说话，仿佛在演一场哑剧。刘流又加上一扎。他就这样一扎一扎往上加，人民币渐渐在朱巍面前堆成一座小金字塔。

婉莹惊叹一声：哦！

朱巍顶不住了，魁梧的身躯仿佛泄了气，软靠在椅背上。好吧，你把图纸放下，我仔细研究研究。

先吃饭吧，我请你们上帝豪大酒店，刘流说。朱巍摇头，我不想去，我要看图纸。婉莹高兴地叫起来：那么我去，我想吃好东西！

朱巍无力地挥了挥手。婉莹跟刘流走了，朱巍展开图纸，专心研读。

这时，小卧室的门轻轻地开了，母亲像幽灵一样，无声无息地站在他的面前。

朱巍很烦恼。他比任何人都清楚，母亲纤弱的身体里有着何等的坚忍、何等的顽强。母子之间一直进行着一场角力，常常是朱巍眼看要胜利了，老太太一点一点地掰回来，使胜负的天平趋于平衡。朱巍仇恨母亲。这种仇恨由来已久，原因很复杂，但他对母亲却无可奈何。他真希望老人早点去世，老人风烛摇曳，却久不熄灭。饥饿、营养缺乏，都奈何不了她，她像生长在悬崖石缝中的苍松，顽强生长。她对儿子笑笑，说：我吃主的食粮。

夜里，朱巍精心计算图纸。他把钢筋用量一点一点地抠下来，一栋大楼原来可以节省那么多的钢材。这都是钱，所以工头们都来找他。一幢建筑物含有很大的保险系数，只要不发生天灾人祸，这些保险系数减少一些没有关系。朱巍好像在赌博，与不可知的未来打赌。虎口拔牙似的将安全系数减小，再减小，直至不可再减的地步。这就是他所谓的节约。他算得很精，每平方厘米所承载的重量，他要反复运算。小数点后面几位数，他都耐心地记录下来。他把才华全部投入这样的勾当，虽说有些蝇营狗苟，毕竟钱来得快。一个同济大学的高才生，堕落为鸡鸣狗盗之辈，他的老师们知道了肯定很痛心。不过朱巍内心没有什么不安，人们都这样干。我们所处的时代就是这样，讲究效率，别让婆婆妈妈的道德观缠住手脚。时间就是金钱，金钱就是生命！朱巍毫不含糊地把一切信仰扔入垃圾箱。

如果没有母亲的目光，他会坦然、惬意得多。可是母亲盯着他，日夜盯着他，那目光使他感觉芒刺在背。老太太真像表面那样糊涂、痴呆，朱巍一定会好好养她老。如果她是另外一种母亲，怂恿儿子做一切有利于自己家庭的事情，那他更是烧高香了。可惜，母亲是一位基督徒。他们的矛盾就变得严峻、尖锐起来。

朱巍摊开一页图纸。他发现阳台外飘部分使用的螺纹钢数量特别大，因为这是全包阳台，连为一体，实际上是作为病房使用。所以设计者留下了非常大的保险系数。建筑设计确实存在这样的问题：设计者为了安全，只管加大保险系数，反正多花钱花不到自己的头上。包工头按图施工，要赚钱，就得节省材料。这就造成设计者与包工头之间的钩心斗角。现在，朱巍站在包工头一边，以内行的眼光审视着建筑结构的每一部分。他开始对病房主楼的阳台外飘部分进行计算，脑子里闪过一个又一个修改方案……

一样尖锐的东西钻入朱巍的心脏！他浑身一震，计算器从手中掉下来。他知道，母亲又开始祷告。

这种现象已经持续很多年，母亲一祷告，他就会产生强烈反应。确切地说，每当他做见不得人的事情，母亲的祷告总会在他身上产生反应，就像唐僧念经，孙悟空头痛一样。这是很奇怪的事情，母子间有着很强的心灵感应，好像他出生后脐带一直没有剪断。

朱巍烦躁、焦虑、恼恨，真不知道拿他母亲怎么办好。他无法工作，倚靠在沙发上闭目养神。

父亲出现了。父亲与他长得一模一样，仿佛一个模子刻出来的。甚至，父亲戴着与他一样的黑色宽边眼镜。朱巍三岁时，父亲去世，他只能依稀记得他的模样。他很少从母亲口中听说父亲的事情。但是，在父亲的亲属中，他时时听见一些关于母亲的风言风语……

父亲说：去，问问你妈，我是怎么死的？

父亲一笑，隐去了。他那笑容和朱巍心底某些东西契合在一起，使他感到那么熟悉、那么惬意。他不难做出判断：这是魔鬼的微笑。

朱巍猛地推开小卧室房门。跪在耶稣像前的母亲受到惊动，蓦地回头。朱巍经常这样做，他喜欢对这块圣地发动突然袭击。

爸爸回来了，让我问问你——他是怎么死的？

痛苦、惊愕、悲哀混合在一起，犹如一道闪电划过母亲的脸庞。朱巍十分欣赏这道闪电，这是他对付母亲的杀手锏，屡试屡灵，从不失效。

母亲从垫子站起来，头微微颤动着，解衣上床。

她又变得迷糊痴呆，疲惫纤弱：我什么也记不清，都忘了⋯⋯你走吧，我要睡了。

朱巍重新回到写字台旁，平静地、心安理得地计算医院大楼的设计图。

宋麻坐在大排档靠窗的桌子旁，心中闷闷不乐。刘流很会办事，单独请出了婉莹。他马上给宋麻打电话，约他一起赴宴。宋麻高高兴兴去了，还穿上了难得一穿的西装。没想到婉莹鬼精灵，见宋麻来了，就笑着对刘流说：人多热闹，我还有几个小姐妹，叫她们一块儿来，陪你们喝个痛快。她也不等刘流点头，打了一串电话，把富华楼那帮打麻将的姐妹都请来了。她们个个好武艺，又会猜拳，又会喝酒，嘻嘻哈哈，连劝带闹，一会儿就把两个男人灌醉了。刘流可没少花钱，可都花冤枉了。

宋麻醉酒吐真言，断断续续地对婉莹说：我想请你去飞云寺烧香……我真的喜欢你，请佛祖保佑我心想事成……

那帮姐妹一拥而上，纷纷嚷道：我也去！我也去！吵得宋麻头晕眼花。他本来抓住婉莹的手说这番话，一眨眼功夫，他握着的就不知是哪个女人的手腕了……

宋麻愤愤地说：搞不到这娘们儿，老子就不算个男人！

宋麻坐在这里，其实不光为了吃盐焗鸡。常常有人来找他，都是南二路上开发廊的、开游戏机房的、开夜总会的小老板。来了凑在宋麻耳旁说几句话，匆匆就走。有时候，问题似乎比较严重，宋麻就站起身，跟他们一起出去。过一会儿他又回来，继续啃鸡腿。赖五晓得，有这个大麻子坐在这里，谁也不敢找他的麻烦。

但由此产生其他问题，宋麻也会招来一些不速之客。惶向公安局治安科长许震霆，有时候也来店里坐坐。他只要一壶茶，自斟自酌，眼角时时瞟瞟宋麻。大家都知道，许震霆是冲着宋麻来的。他俩从小就是对头，隔着整个惶向老镇，两人也会各带一帮孩子，相约到淡水河边摔跤斗拳。现在，两人又是猫和老鼠的关系，嘴上不说，心里都明白。

许震霆通常不说话，喝够了茶就找赖五算账。他人高马大，面相威猛，浑身透出一股正气。他给宋麻送来无言的警告！宋麻也傲气，把脸转向窗外，数着街上过往行人，装着没看见许震霆。不过，他内心很紧张，总担心哪里不慎露出了马脚。两人虽不搭腔，一个盘问，一个对答，却尽在不言中。

许震霆临走总要对赖五说几句话：赖老板，人在江湖处处要小心呀，出了事，大家都不好看。我这个治安科长，说到底是为别人当的。别人不找事，地面上就治安了。别人要闹事，我是吃公家饭的，那也就不客气了！

许震霆说完，就正气凛然地走了。

出门时，他也能听见宋麻对赖五说话：赖老板，做生意要有分寸，自己赚钱也要给别人路走。我宋麻的为人你也不是不知道，决不欠人家债，决不欠人家情！我坐在这里喝酒，你只管放心！

许震霆一笑，这麻子总算有了交代。

宋麻见许震霆走远了，总要骂一句脏话：丢你老母！

刘流来拿图纸。朱巍把厚厚一沓数据、表格交给他，刘流一看，可以省百八十吨钢材。现在钢材价格处于历史顶峰，一下子就多赚好几十万元。偷工减料也要有科学依据，刘流这样的大包工头从不办糊涂事。他非常高兴，见婉莹上来倒茶，又悄悄塞给她一个红包。

朱巍擦擦黑色宽边眼镜，戴好，对刘流嘱咐道：记住，不能用俄罗斯钢材，现在进口的俄罗斯钢材含碳量高，容易折断，你千万不要贪小便宜。

刘流连连点头：知道，知道。

他要走，朱巍送他。朱巍好像特别不放心，开门时又嘱咐道：我已经算到根了，你再偷工减料就会出问题。这是医院，你可别闹儿戏！

刘流说：我在惶向也不是无名鼠辈，怎么会拿自己的身家性命开玩笑？你放心，就按你的计算，我要做一个优质工程，争取拿鲁班奖！

朱巍笑道：别吹牛皮，不出问题就算烧高香了！

他拉开门，吃了一惊：母亲站在门前，好像早就在那儿等着。她本应该在外面转的，这时却回来了，肩上仍背着那个"为人民服务"挎包。她眼睛雪亮，盯着门内那两个人。朱巍倒抽一口冷气，他不知道母亲要干什么。

她说话了，语出惊人：你手上有血，两只手掌都在淌血！住手吧，求求你，回屋把手洗干净！

朱巍脑袋轰的一响，恐惧与愤怒随着血液一起往头上冲。他看看自己的手掌，又收起来，很快地藏在背后。他向母亲咆哮：你胡说什么？让开！

你们踩着我的身体走出这道门，我不会让开！主耶稣让我守在这里，等候圣徒降生……

朱巍疯了，他粗暴地推母亲，喊道：让圣徒见鬼去吧，谁也不能挡我的路！

母亲瘦弱的身躯抵抗不住暴力，摇晃几下，重重地摔在地下。身上什么硬东西撞击地板，发出沉闷的声响。朱巍马上转身，把母亲抱起来，像抱孩子一样抱在怀里。

他朝刘流喊：你站着干吗？还不快走！

刘流已经吓呆了，脸色苍白。他迈出门槛的瞬间，看见圣妈妈闭着眼睛，伏在儿子宽阔的胸前，额角汩汩地流血。他双膝一软，差点儿跪下……

　　她就是圣徒！刘流对赖五、宋麻等人说，语气非常坚定。我本来不信这些，可我看见她的血，看见她婴儿般伏在儿子怀里的模样，马上就相信了。惶向真的出了圣徒，就是那个老太太！

　　他没有把真相告诉大家，只说朱巍干了什么亏心事，被妈妈堵在门口，他却一把将老人推倒在地。朱巍的逆子形象立即引起了公愤。惶向人不太在乎宗教，但是对孝道很看重，虐待老人最容易被人戳脊梁骨。

　　小驼子第一个喊打。他趴在地上，声音很尖：打死他！宋阿叔，你派两个马仔打死他！

　　赖五气愤地说：这样狼心狗肺的人，应该教训他一下！

　　宋麻则两眼望着远方，一副替天行道的模样：这畜生迟早要遭报应。我有办法让他难受，要他难受一辈子……

　　年轻记者也表态：虐待老人是重大社会问题。我要深入调查，在《惶向日报》发一篇专题报道！

　　刘流怕事情闹大，影响自己的生意，赶快将焦点转移：惶向出了圣徒倒是一件新鲜事，你应该写写这个。

　　记者严肃地说：本报不宣传迷信。

　　大家都关注事态的发展，从蛛丝马迹看圣妈妈的处境。赖五首先注意到，圣妈妈不再来买奶黄包。每天清晨她从大排档门口经过，总是低着头匆匆行走。赖五就骂：那个龟儿子，连一块钱的零钱也不给他妈妈了！众人关切地猜测，这一天老太太吃什么呢？

　　赖五不忍，就把圣妈妈叫住：你过来，我有事情找你。

　　圣妈妈站住，头微微颤着，望着赖五和蔼地笑。赖五打开蒸笼，拿出五个奶黄包装进塑料袋，递给圣妈妈。老太太不接，仍望着他笑。赖五说：上一次你来买奶黄包，我没找你零钱，现在就用包子顶账吧。

老人脸上显出惶惑的神情：对吗？

食客们齐说：没错，他还欠你两块钱呢！

老太太这才接过奶黄包。她一时喜出望外，面对这么多奶黄包不知如何是好。忙打开黄挎包，装入四只奶黄包，剩下一只奶黄包她拿在手里，一边啃一边走了。大家都舒了口气：圣徒也要吃饭呀。

小驼子撑着木板车，远远地跟着圣妈妈。

圣妈妈佝偻着身子，脑袋一冲一冲向前走，来到惶向老街。老街房子破旧，当地的穷人集中居住在这里。几个农村妇女迎接她，把她领进一间霉迹斑斑的老屋。

小驼子想：原来她和这里的人很熟呢！小驼子匍匐在门口，悄悄往屋里张望。圣妈妈在领女人们祷告，声音很轻，很热切，小驼子听不清她说了些什么，但女人们大声呼应着：阿门！阿门！沉浸在激动之中。

做完祷告，圣妈妈打开绣着"为人民服务"的黄挎包，把四只奶黄包拿出来，分给大家吃了。乡下女人好胃口，吃得狼吞虎咽。小驼子为圣妈妈感到惋惜。

圣妈妈转回头，对小驼子说：进来吧，主耶稣的门向一切人敞开。

小驼子低下头，下巴几乎贴到地面，惭愧地说：我不能进这门，我的心很坏，总想杀人……

乡下女人听说这残废孩子一心想杀人，都忍不住笑了。圣妈妈却俯下身，温和而严肃地说：进了门，向主认罪，你就可以得救。

小驼子忽然仰起脸，满怀希望地问：他们说，你就是圣徒！你能治好我的驼背吗？

圣妈妈摇头：我不是圣徒，我也不会治病。不过，信主可以救人的灵魂……

小驼子眼中希望的火焰又熄灭了，下巴紧贴前胸，像一条虫子似的把背隆起来。他说：我不能站起来，不能把身子挺直，光救我的灵魂又有什么用呢？

他猛撑木杖，滚轴轮子哗啦啦响着，渐渐远去了。圣妈妈低下头，默默为他祷告。

婉莹最先发现丈夫的心理变态。近一时期，朱巍在床上的种种表现，无法掩饰地暴露出他的人格缺陷。他对婉莹提出种种要求，既过分，又疯狂。婉莹闯荡江湖，阅历丰富，对付男人的种种性要求也颇有手段，可是连她也受不了！她每次都要哀求、挣扎，甚至拼命喊叫，才能逃脱朱巍的魔爪。她想：他是一个疯子！我嫁错人了，怎么办？……

朱巍只要穿着衣服，总能保持文质彬彬、不苟言笑的学者风度，任何女人都会为这风度着迷。婉莹对他怀有学生对老师般的崇敬。夜里，朱巍浑身脱得赤裸裸，就会在黑暗中发出野兽般的喘息。他把妻子的双手绑在床架上，使她整个人呈现十字架形状，就开始蹂躏她。他渐渐变成恶魔，一次又一次凶猛地、疯狂地对她进行攻击。婉莹双乳丰满，皮肤洁白，是一个性欲旺盛的少妇。起初，她并不拒绝丈夫的性游戏，高潮过去了，欲仙欲死的境界达到了，她也感到满足。但是朱巍并没有停止的意思，喉咙里发出低声、狂野的吼声，更加残酷地攻击她的身体的每一个部位。有一次，借着月光，婉莹似乎看见丈夫嘴边长出两只獠牙，趴在她起伏的、鲜灵的肌肤上，正在吮吸她体内的精华……

婉莹深感恐惧。她渐渐领悟朱巍内心的图景：妻子的身体是一具十字架，他则作为魔鬼撒旦，持着长枪一次次向十字架发动攻击——他不是做爱，而是想毁掉十字架！这种畸形，更使婉莹害怕。她知识有限，实在无法理解丈夫的精神世界。这个家庭酝酿着某种重大的、严峻的蜕变。冲突正日益加剧，如火山爆发前发出隆隆的声响。婉莹感觉到这一切，真想远远逃离丈夫，逃离这家庭……

母亲心头一痛，骤然惊醒。她习惯性地把手伸到枕头底下，寻找她最为宝贵的十字架。哎哟，十字架失踪了！

老人急忙坐起，双手哆嗦着寻找衣服。她打开灯，翻遍屋内每一个角落，就是找不到十字架。她的记性确实不好，但对于这个十字架却永不会忘却。因为她的灵魂有一半牵绕在那上面。青春时代，金陵神学院院长，一位圣洁的修女把十字架赠予她，并寄予一个希望：她能一生侍奉上帝，直至终生。当年她真想这样做，如果这样做一生的命运也将全然不同。可惜，她遇见了朱幻——朱巍的爸爸。从此她陷入一场奇怪的战斗。这场战斗历经父子两代，一直延续至今。假如她能预知自己的人生如此坎坷，在她接过十字架时，肯定会毫不犹豫地跟着院长走，度过寂寞而圣洁的人生……

母亲来到客厅，在黑暗中伫立着。她已经明白是怎么回事情。儿子，或者说藏在儿子体内的魔鬼撒旦，又一次来试探她。她有些紧张，不断在心中祈祷。此刻，她闻到从厨房里飘来一股异样的气味，急忙移动脚步追寻那气味而去。

她看见一幅惊人的景象：煤气灶旁立着一个酒瓶，十字架就插在瓶颈上，通体散发出蓝色的火焰，正熊熊燃烧！老人惊呆了，张大嘴巴，想喊，却发不出丝毫声音。她不知道自己该如何行动。她双膝发软，想跪下，对着燃烧的十字架虔诚跪拜。她又想扑上前，扑灭那摇曳的蓝色火焰，将十字架抢救下来……

她双手紧握，遥望天空，发出悲怆的呼喊：主啊，我该怎么办啊！

厨房的灯忽然打开，朱巍步履从容地走了进来。他从酒瓶拔出十字架，打开自来水龙头一冲，火焰顿时熄灭。

我把它泡在高粱酒里，又把它点着，做一个试验。他向母亲解释道。

老人伸出枯瘦的双手，一把夺过十字架，紧紧贴在胸前。

只烧坏一点点。制作这东西的材料有点特殊，我佩服。儿子笑着说，停了停，他又补充一句：就像你的心脏一样！

母亲眼里涌出泪水，喃喃地道：魔鬼，你是魔鬼……

朱巍也有美好的童年。那时，他们家住湖州，在一座临河的老房子里。推开窗子，就看见一条条小船摇着橹渐渐远去。母亲把他抱在膝上，讲《圣经》故事。那时他多么喜欢这些奇妙的故事，幼小的心灵像海绵一样，把它们统统吸入。母亲在一座教堂任职，许多基督徒到家中做客，无不惊叹他的灵性。他至今记得母亲清秀的脸上浮现喜悦的笑容……

"文革"期间，他家被整得很惨，这是不言而喻的。朱巍因他的出身，在学校付出了沉重的代价。同学们讥笑他，辱骂他，说他是外国间谍的狗崽子。他们还给他起了个外号：耶稣。在那个年代，耶稣也被打入牛鬼蛇神的行列。朱巍渴望当一名红小兵，但是，同学们怎么会让耶稣混入革命队伍呢？他开始仇恨这个外号，并且仇恨母亲的信仰。他与母亲划清界限，甚至带领同学们回家揪斗母亲。母亲只能沉默，哀伤地看着儿子陷入疯狂。

这只是母子关系紧张的开始。朱巍在上海上大学时，他的姑姑来看望他，向他吐露一个秘密——他父亲的死与母亲有直接关系。朱巍很惊讶，因为从小母亲就对他说父亲是因心脏病去世的。姑姑否定了这一说法，向他透露父亲死在监牢中的情景。而他的入狱，则因为母亲的出卖！朱巍追问：父亲因何罪名入狱？母亲怎么出卖了他？姑姑则含糊其词，不肯说详细。姑姑回了遥远的北方，从此再未与朱巍见面。

朱巍心存芥蒂，回家后多次追问母亲。母亲脸色苍白，低垂着头不说话。朱巍心中有某种东西作祟，对着母亲喊叫、发怒，几近疯狂。母亲眼里噙满泪水，对他说：你要是相信妈妈，就别听姑姑乱说……朱巍不信，他断定母亲另有隐情。然而那么多年过去了，母亲始终没把这段隐情透露出来。朱巍认为母亲欠他一笔债。

其实，父亲的死与朱巍没有多大关系。他甚至记不清父亲的模样。但是，当他与母亲冲突激烈时，父亲之死就成了一柄利剑。他举剑刺向母亲，父亲就在他心中复活。真是奇怪，父亲好像总是在唆使他，用神秘的声音在他心中说话。他与母亲的较量，说到底就是贪欲与良知、邪恶与正义的冲突。这一点他很明白，因而心中更加烦躁。死去的父亲使他获得某种正义性，增强底气。朱巍并不希望母亲真的死去，却希望这个对立面立即从眼前消失。种种复杂因素交织在一起，使朱巍与母亲形成水火不容之势。

终于，朱巍向母亲摊牌了。一天，他走进小卧室，对正趴在梳妆台上写着什么的母亲说：我们不能住在一起，这样对谁也没好处。我为你租一间房子，给你生活费，你可以自由地祷告、读经……

母亲平静地说：你要赶我走。

你要这样说就没意思了。我们互相折磨，生活在一起很痛苦，这不是事实吗？

我要是不走呢？

朱巍冷笑：别废话，这事由不得你。

母亲站起来，头微微颤抖着，注视着儿子。她忽然说：医院那边，你不能做手脚，会出大事情的！你听我一句，赶快把那个包工头叫回来……

朱巍转身往门外走，一边愤愤地说：乌鸦嘴！

婉莹身姿袅娜地走进赖记大排档，宋麻的眼睛亮起来。赖五说：哟，好长时间不看见你，又打赢麻将了？

婉莹说：不是。想托你租间房子，清静一点，便宜一点。

赖五笑道：怎么，和老公吵架，想分居一段时间？

婉莹撇撇嘴：去你的！我怎么会吵架？是他们母子俩怄气，实在过不到一块儿，想给老太太另觅一个住处呢。

宋麻说：我有房子，正空着呢。婉莹回眸一笑。宋麻加紧炫耀：那房子可清静哩，在一片荔枝园里。老太太住那样的地方，定能早日升天。

赖五插嘴：就是金龙汽车城旁边你刚买的那块地吧？你不是要把荔枝树刨了，盖标准厂房卖给香港人吗？

宋麻瞅着婉莹，停顿一会儿：不，这个可以缓一缓。圣妈妈要房子住，先紧着她。我宋麻最讲良心，最尊重道德高尚的人。

婉莹抿嘴一笑。她一改往日态度，大大方方走到宋麻跟前，指着盘子里的鸡问：这个，你叫它什么？

宋麻用蹩脚的普通话说：盐焗鸡。

不对，我要你说客家话。

宋麻就说：盐国给。婉莹咯咯地笑起来，笑弯了腰。宋麻疑惑地望着她。

婉莹说：以前我听你这样说，心里老想笑，今天总算笑了个够！盐国给……

这样，房子就算租下了，宋麻只是象征性地收了一点房租。婉莹去收拾房子，觉得那真是一处世外桃源。荔枝尚未成熟，青果累累。三间瓦房有些旧，但水电都通，原来的主人可能是看果园的。人踩出的一条小路，穿过荔枝林，直通惶鸥大道。微风吹过，满园香气四溢。

婉莹对陪她前来看房子的宋麻说：这么好的地方，我都想搬来住。宋麻心里发痒，又接不上话，就嘿嘿直乐。婉莹瞟他一眼，算是给了他奖赏。

这桩事情的发展，很顺宋麻的心思。他大着胆子，找机会重提请婉莹去悟觉寺饮茶的要求，没想到婉莹一口答应。

在一个阳光灿烂的早晨，他们在许坑村东碰头，越过淡水河，沿着弯弯曲曲的石板路，登上望蛟山。山间奇石兀立，老松挺拔，犹如仙境一般。宋麻心事重重，肚子里翻滚着各种坏主意。婉莹却像个天真烂漫的女孩子，在前头蹦蹦跳跳，摘花拈草，似乎全然不知身后跟着一只麻脸老狼。

悟觉寺建于宋代，算一座古刹。不过，老寺早已毁于兵火，现在的寺庙是改革开放后重建的，也算惶向市一个重要的旅游景点。大雄宝殿、四大天王、十八罗汉，与一般寺庙并无多大区别。但是它的茶室闻名遐迩，庙后开出一僻静小院，供人饮茶。院子在悬崖边，凭栏远眺，可见鸥歌湾碧海蓝天，望蛟山沟壑纵横。云雾缥缈，美景尽收眼底。游客们烧过香，都来此地饮茶，十分惬意。院两侧有禅房，实际上是雅座，供人私下交谈。宋麻领婉莹入了禅房，包了一个小单间，坐定。

接下来的情节颇有意思。宋麻听刘流说过，他怎样把钱一扎一扎地堆在朱巍眼前。堆得高时，婉莹惊叫一声，朱巍才接下了医院图纸。宋麻决心效仿刘流，他的公文包里鼓鼓囊囊塞满了人民币。他直截了当地对婉莹说：有件事情我想请你帮忙，你答应不答应？

婉莹问：什么事情？

宋麻道：你先答应，我再说。

婉莹一脸天真：你总要先把事情说给我听，我才能考虑答不答应呀。

宋麻不说话，在桌子底下拉开公文包，拿出一扎钞票放在婉莹面前。这可是百元大钞，这么一扎就能顶上刘流放在她丈夫眼前的一堆人民币。

婉莹有些吃惊：你这是干什么？

宋麻说：给你。

婉莹咯咯笑：无功不受禄。你要请我帮忙，就得先把事情说清楚。

宋麻又拿出一扎百元大钞，摞在婉莹面前。婉莹笑得更厉害，却还是摇头。宋麻不声不响，再加一万。婉莹不说话了，只是笑……宋麻沉着地，坚定地把一扎一扎百元大钞放在婉莹面前，直到她笑不出来为止。

婉莹叹了一口气：好吧，我答应你。

宋麻胜利了。他在婉莹面前足足堆放了十万元人民币。如果他知道婉莹心底的秘密，本来用不着出那么多钱的……

　　我要盯住你，母亲说。你把我赶走，我住在荔枝园里，一样会盯住你。

　　朱巍望着搬得空空荡荡的小屋，有些自鸣得意：盯吧，那么远，你起不了作用的。

　　母亲知道如何制约儿子。她凝视着他，平静地说：我会祷告，求主救你，使你不至于陷入罪。

　　朱巍的心好像被火烫了一下。他竭力冷静，使出那把杀手锏：干吗祷告？你干脆到政府去告发我，就像当年告发父亲一样。

　　母亲的心被利剑刺中，痛苦地哆嗦起来。她闭上眼睛，头颤动得更加厉害。

　　朱巍欣赏着母亲的痛苦。他摘下黑色宽边眼镜，**擦擦**，又戴上，像审判者一样背着手在母亲眼前走来走去。父亲死于心脏病，这是事实。但是，他在哪里患上了心脏病？监狱！这才是问题的关键。他为什么被关入监狱？谁使他进入监狱？我很想知道。

　　母亲沉默。她在忍受着酷刑。

　　你不说话，好吧，我来说。父亲犯了什么罪？这么多年我一直在猜测。他是一九五七年入狱的，那正是反"右"运动高潮。父亲是医生，一名优秀的知识分子，他能逃脱时代强加给他的命运吗？我凭直觉，就知道当时发生了什么。他肯定说过许多犯禁的话，这些话他只能对你一个人说。而你，他的爱人，却把他告发了！

　　不——母亲无法忍受下去，以从未有过的声音尖叫起来：不！

朱巍魁梧的身材像一座大山逼近母亲：难道不是吗？你就像犹大出卖耶稣一样，把父亲说过的话统统报告给领导。多么可悲！在那个时代，不是经常发生这样的悲剧吗？

母亲站不住了，瘫坐在梳妆台前的小方凳上。她全身颤抖，悲怆地喊道：主啊，为什么要这样折磨我？为什么？

朱巍心头涌起快感，愉悦而疯狂的快感！他知道，坚忍、顽强的母亲马上就要崩溃了！他一直在盼望这个时机，所以毫不怜惜地刺出最后一剑。他俯下身脸贴着母亲的脸对着镜子说：你看，我长得很像父亲，对吗？当年你很爱他，铭心刻骨地爱。你几乎把奉献给耶稣的爱，全都奉献给他了。可是，在强大的压力下，你却对这样一个人下毒手！是你害死了他，真不可思议！你怎么能不受良心的折磨呢？无论你怎样祷告，一辈子都无法解脱！

令朱巍深感意外的是，母亲平静下来。她拿起钢笔，在梳妆台一个破旧的笔记本上写字。朱巍有些意外，她在写什么呢？难道她说不出话来，要用纸和笔回答他吗？

朱巍更低地弯下腰，努力辨认母亲的字迹。

她写道：主啊，你熬炼我们，如同熬炼银子一样；你试炼我们，如同试炼金子一样……

母亲在抄录她心中涌现的《圣经》词句。朱巍感到那些文字放出强烈的金光，刺伤他的眼目。他号叫一声，奔出小卧室。

小驼子趴在房子拐角处，端起手中的木棍犹如端起一支枪，远远地瞄准赖五的背影。

　　赖五提着一只塑料袋，径直走向妈妈居住的那间低矮小房。小驼子可以猜到，那只塑料袋里装着鹅头鸭掌、骨头包子之类的食物。赖五拿去送给妈妈，晚餐小驼子就能吃到这些东西。他可能还给妈妈一些钱。接下来的事情，就是小驼子一想就恶心却又不断想着的那些事情。他理解妈妈为了生存不得不做出这些事情，他也知道赖五并非恶棍，但他仍难压抑胸中的怒火。畸形驼起的脊背仿佛变成一座火山，随时可能爆发并炸毁这肮脏的世界！妈妈打开门，笑盈盈地与赖五说几句话，转身请他进屋。门关上了。

　　小驼子撑起小板车，骨碌碌地滑近他家窗下。他肮脏的小脸迸出一层红晕，喝醉酒似的异样。他鼻孔翕动着，像猎狗似的嗅着什么气味。然后，他在门口来回游动，滚轴轮子在水泥地上摩擦，发出很大的哗哗啦啦的响声。这样的声音一直持续着，强烈干扰屋里人的神经。小驼子还嫌不够，忽然扯开嗓门，声音粗哑地唱起来：妹妹你大胆地往前走，往前走！……

　　门开了，赖五跟在妈妈后面走出来。妈妈脸色愠怒，呵斥道：你号什么？在家待着，我要出去。

　　小驼子问：上哪儿去？

　　妈妈说：赖伯伯那里有些床单要洗，我去做工！

　　小驼子就把刺刀似的目光射向赖五。赖五紧走几步，回头说：那，我先回店里去，你一会儿就过来。妈妈跟着他走：没事，我们一起走吧。

　　小驼子匍匐在自家门前，眼睛眯起来，像一只猫。他什么都知道。他的干扰战术奏效，把赖五赶走了。现在，他们换了地方，要到赖五的窝里去鬼混。赖记大排档二楼有几个房间，厨师、打工妹都住在那里。其中有一间朝阳的、面积最大的房间，则是赖老板本人的寝室。他没有家室，独身闯荡江湖。小驼子的妈妈经常为他洗洗补补，照料他的生活，赖五也就给她些钱。他们之间的关系在外人看来很平常，甚至是应该的，出门在外的男女难免有这样那样的需要。

小驼子却深感愤怒，他为另一个男人愤怒，那是他的爸爸。妈妈很小就把他带出农村，他对爸爸的印象很模糊。他不明白父母之间发生了什么事情，妈妈从不回家，爸爸也不来寻找他们。小驼子仿佛模模糊糊地看见，一个男人在大山的褶皱里佝偻着身子劳作，孤独而可怜。想到这个男人，他就怒火中烧！

小驼子不止一次要求母亲回家。他有时很暴躁，小狼一样朝着母亲咆哮；有时又软缠硬磨，流着眼泪哀求妈妈：回家吧，我想家，真想家……

妈妈脾气很坏，见儿子闹就火冒三丈：你这个小畜生，养活你容易吗？当初，不是我抱着你逃到城市，你已经饿死在大山里了！在乡下，你这样的人早就被扔掉了，早就该死掉，明白吗？回家，你回家找死！……

小驼子默默出门，在黑暗中滑动他的小板车。母亲为他描绘了家乡的可怕图景，他相信那是真实的。对于他这样的残疾人来说，整个世界都是地狱！哪里有出路呢？小驼子吃力地昂起头，仰望茫茫星空……

小驼子来到圣妈妈的小屋。惶向南端是一片空旷的田野，那就是所谓的金龙汽车城。一个国际财团将这片地买下来，据说要建成国内最大的高级轿车生产基地，直接向海外出口。但是，这项目已经搞了好几年，只盖了几座漂亮的总部小楼，却再也没有动静。各种消息不胫而走，有人说那个国际财团破产了，也有人说财团老板是个国际大骗子。更可信的说法是：这几年地皮暴涨，金龙汽车城圈下大量的土地，价值翻了几番，再用它来生产汽车已经不划算了。据说老板正准备转向房地产……不管怎么说，这一片空旷的土地令人感到惊奇，又有些神秘莫测。

圣妈妈搬去荔枝林后，那地方变得热闹起来。老太太已经拥有许多主内姊妹，晚间，她们都悄悄聚集到荔枝园，在圣妈妈的小屋祈祷聚会。小屋的北窗朝着惶鸥大道，夜间行人远远看见旷野里一盏灯火，心中会升起一丝温暖。

圣妈妈的生活充实快乐。离开儿子，她的精神健旺许多，脸上有了淡淡的红晕，姊妹们见了都称奇。她们帮助老太太将房子收拾得干干净净，还带来各种食物，圣妈妈的生活有了很大改善。老人家头还颤抖，记性仍不好，但她带领大家祷告时声音洪亮而甘美，感情充沛动人，许多人默默地流下眼泪。

追随圣妈妈的都是一些妇女。在惶向，妇女，特别是本地良家的妇女，处境十分痛苦，又很难用语言表达。她们的皮肤粗糙黝黑，相貌又丑陋，南方的农家女子通常如此。与北方的城市姑娘相比，她们的劣势显而易见。改革开放使惶向老镇一跃变为都市，本地妇女做梦也没想到，她们稳定的家庭关系会受到如此众多的美貌女子的侵略、挑战。惶向发达了，男人们炒地皮都赚了大钱，当年的农夫摇身一变成了老板。他们扔掉锄把的同时，也把结发妻子丢在一边。他们夜夜莺歌燕舞，小姐们掏尽了他们口袋的同时，也掏尽了他们旺盛的精力。发廊、桑拿、夜总会，到处是妖精的魔窟。包二奶、玩小姐成为时尚，男人们不谙此道便无地自容。惶向是客家农民的聚集地，民风淳朴，一向比较落后，比较保守。大开放带来大冲击，金钱与魔鬼的力量扫荡着一切传统。人们不知道该如何评价这眼花缭乱的变化，妇女无奈地承担起观念改变的代价。她们的生活通常还算富裕，但是被男人扔在家中，孤独、寂寞且不敢发出怨言。时尚如此，男人们不离婚就算有良心了，你还敢有什么奢求？原有的乡间陋习并未完全革除，男人醉酒或者火起，一顿老拳打得妻子鼻青眼肿仍是司空见惯的事情。生活如水缓缓流淌，惶向妇女的痛苦也在心间渐渐积累……

圣妈妈说：有一座教堂就好了，惶向应该有一座教堂。

她对姐妹们讲，北京、上海、广州，所有的大城市都有教堂。教堂，是一座城市的良心，惶向为什么没有呢？惶向经济高速发展，很快就要变成一座大城市，它应该有一座教堂！妇女们开始捐钱，她们口袋里并不缺钱。宋麻的老婆也是姐妹中一员活跃分子（这似乎是理所当然的），大家都叫她"刘三姐"，她负责保存这些捐款。究竟怎样才能建起一座教堂呢？这些妇女心中并不清楚。但是，有了圣妈妈的小屋，她们心中已经感到极大的喜乐，这小屋就是她心中的教堂。圣妈妈教她们唱赞美诗，她们歌唱的时候眼睛里闪动着晶莹的泪光。歌声，在夏末的夜晚随风飘荡，为金龙汽车城那些荒草丛生的旷野增添了一层美色……

小驼子挺直身子，遥望小屋的灯光。他的小板车无法通过一段坎坷不平的土路，所以只能停留在水泥大道上。荔枝林树影婆娑，小驼子多么希望走进那座小屋，坐在头颈不断颤动的圣妈妈身旁。但是，他无法越过那段艰难的道路，也无法缩短心灵上与圣妈妈的距离。他仰望星空，一次次发出心中的疑问：真的有神吗？如果有，他会照看我吗？

圣妈妈送走最后一批姊妹，发现了趴在草丛中的小驼子。老人慈祥地笑着，在他身边坐下。你在看什么？看星星吗？小驼子摇摇头：我不看星星，我在等圣徒。圣妈妈说：快了，他快要出现了。小驼子眼睛里燃起希望的火焰：圣徒能治好我的驼背吗？圣妈妈的手抚摸小驼子高高隆起的驼背，叹息道：我如果能治你的病就好了。可惜我无能为力……

圣妈妈回小屋。小驼子望着她那疾走的背影，那绞绊着的匆匆的脚步，心灵忽然产生强烈的感动。他喊：我信——我信！

圣妈妈耳背，没有听见。但小驼子相信冥冥中至高者已经听见他的声音。

朱巍终于出事了。

灾祸的降临并不是一次性出现，它像冲击波似的，一波接一波地粉碎朱巍的生活。最先到来的打击使他莫名其妙，《惶向日报》刊登了一篇文章，题为《工程师赶走八旬老母，虐待老人情理难容》。他不知道这是谁写的，也不知道记者从哪里得来详尽的细节。他与母亲的思想冲突、神秘的宿怨全被抹杀，单纯成为一桩虐待老人的社会新闻。朱巍很恼火，很不服气，去惶向日报社找记者理论，却也奈何不得人家。社会反响很强烈，朱巍的孽子形象已无法改变。走在街上，到处都有人在他背后指指点点。朱巍相貌堂堂，文质彬彬，又有知识分子爱面子的毛病，这样的处境使他非常难堪。

接下来又出奇闻：朱巍老婆半夜惊逃，只戴胸罩，穿一条三角内裤，赤着脚在富华楼狂奔。她一边跑一边喊：朱巍杀人啦！朱巍杀人啦！若不是平日打麻将的姐妹们出来相救，婉莹恐怕要在希望大道上表演一场裸奔！她流着泪对姐妹们诉说，朱巍如何对她实行性虐待，毫不留情地揭露那衣冠禽兽种种令人发指的行径！这件事太刺激了，顿时传遍惶向大街小巷。婉莹从此不再回去，先与姐妹们住了两天，以后又在浅塘花园租了一套公寓。那里与宋麻的家只隔了一条街道，其他秘密就无人知晓了。

致命一击来自于朱巍自己设计的楼房。医院尚未竣工，万幸没出问题。可是一年前南三路上新盖的一座商住楼，外飘阳台发生断裂，整个儿坍塌下来！一死两伤，路人惊魂。这楼是包工头黄鳝儿盖的，这家伙黑心，为省钱采用了俄罗斯进口螺纹钢，并且对朱巍修改的图纸进一步偷工减料，结果导致恶性事故发生。黄鳝儿立即被逮捕，朱巍也受到法院传讯。他名声坏到极点，人人都希望法院伸张正义，快判重判，把这衣冠禽兽打入十八层地狱。

圣妈妈忽然病倒了。她听说儿子出事的消息，一头栽倒在床前。楼塌了！她知道这一天早晚会来。老太太倚靠着枕头，闭着眼睛，不吃饭也不说话。老姊妹们为她祷告，劝慰她，她却无法释怀。儿媳妇婉莹来看望老太太，老人拉住她的手说：我没拦住他，到底没能拦住，我有罪啊……说着，老泪打湿满是皱纹的脸颊。

圣妈妈病情迅速发展，很快就不行了。妇女们描绘她临终的情景，又一次让惶向人震惊。

一天，她对姊妹们说：你们去，摘一筐荔枝回来，我们分吃……

宋麻老婆刘三姐说：荔枝都是青的，不能吃啊。

圣妈妈微笑：熟了，它们已经熟了……

那时天已擦黑，姊妹们跟刘三姐到院里，胡乱摘了一小筐荔枝。回屋打开灯一看，荔枝竟然鲜红！糯米糍、妃子笑，颗颗皆名品。剥去皮，香气四溢，放进嘴甘甜无比。

众人惊奇，问圣妈妈是何缘故，圣妈妈含笑回答：他就要来了，圣徒……

老太太只吃了一颗荔枝，就含笑离世。

那些日子，朱巍就像丧家犬一样，东奔西撞，惶惶不可终日。有人告诉他，老人快要死了，他噢噢答应着，顾不得去荔枝园看看。他忙着找律师为自己辩护。他又到处托关系，希望减轻自己的罪行。他憔悴、消瘦，头上竟生出大量白发。往日从容的风度不见了，说话急促，手足无措，脑袋竟也像他母亲微微颤抖……

赖五宋麻一伙人都说：这个人毁了！圣妈妈一离开家，顶梁柱没了，屋顶便呼啦啦塌下来。这是人们意料中的事，也是人们盼望已久的结局。

夜里，朱巍坐在空荡荡的家中。窗外雨声淅沥，他满心凄凉，坐立不安。他从这间屋子走到那间屋子，到处空空荡荡。

所有的人都离开了他，孤独的滋味实在难熬。法院就要开庭审理楼房倒塌案件，有人向他透露：他可能被判缓刑，用不着坐牢。他负有间接责任，因为按照他的图纸，阳台还不至于坍塌，主要是包工头用了俄罗斯钢材。但朱巍的非法勾当被揭露出来，判刑、罚款是不可避免的。他的好日子到头了，声名扫地，在惶恐向无法立足。他考虑离开这里，去一个新地方去闯荡……

我走，他咬牙切齿地说道，我自己走，谁都不管！

朱巍来到母亲的小卧室。墙上挂着一幅画，耶稣正在十字架上受难，忧郁的目光正注视着他。朱巍避开那目光，在梳妆台前坐下。他拉开抽屉，胡乱翻弄母亲遗留的东西。忽然，他在抽屉深处摸到一只塑料袋，拿出来一看，里面装着厚厚一沓信封。这些信都是母亲写的，全都未寄出。朱巍好奇：老太太给谁写信呢？他把信倒出来，一封一封阅读……

信全是写给他的。小巍，母亲呼唤着他的小名，我该把你父亲的事情告诉你，可是我很难张口。我不想破坏你心中的父亲形象，这对你来说很残酷，对我来说也同样残酷！我实在无法说……

信的内容基本相似，它们都在诉说同一件事情：朱巍的父亲，那个改变了母亲一生的男人，那个英俊潇洒、学识丰富的妇科医生，竟因刑事案件被判刑！他利用职务之便，多次猥亵、奸污女病人，甚至导致其中一位病人死亡。有一次，他在家里用安眠药麻醉了一个女病人，被母亲发现，报告单位，他被判处无期徒刑，不久病死狱中……母亲艰难地写出这些事实。她是被儿子逼迫不过，写下这些信，想给儿子一个交代。但是每次写完信，她都没有勇气交给儿子。就这样，一封封信在塑料袋内收藏起来。

朱巍的血冲上头顶，感到头晕恶心。他的血中有毒！那是一个魔鬼遗传给他的。朱巍双手蒙住脸，发出长长的哀号。他的黑色宽边眼镜掉在地上，被他一脚踏碎。他奔到窗边，拉开铝窗，把头探到窗外的雨帘中。雨水冲洗着他的脸庞，心底有某种意识清醒过来。

他有罪，罪孽深重。只有一个人才能宽恕他的罪——母亲。母亲忍受了多少痛苦、多少污辱，她圣洁的品格在罪恶的沼泽中闪耀发亮！

朱巍跳起来，奔出房门。他在雨中奔跑，奔向荔枝园。雨淋透他的全身，使他越来越清醒。他明白自己灾难的由来，如果早听母亲的话，哪怕只听半句，就不会是今天这样的结局了。现在，只有母亲能救他，如果母亲宽恕他，给他悔改的机会，他就会一天一天好起来！

但是，母亲还活着吗？他还能来得及见母亲一面吗？朱巍现在真的后悔了，为什么不早点醒悟？为什么别人告诉他母亲病重时，不早一点探望她？朱巍一路狂奔，踩得泥浆四溅……

母亲已经去世。她蜡黄、干枯的脸上似乎留着一丝笑容。

多年以后，人们仍不断讨论朱巍在母亲去世那个雨夜遭遇的奇迹。虽然没有直接证据，却无人怀疑其真实性。也许，人心本来就潜藏着某种渴望吧。

朱巍从荔枝园回来，走进小卧室。他从梳妆台中拿出母亲珍爱的、被他烧得黑乎乎的十字架，在耶稣画像前跪下。雨水、泪水、汗水如涓涓细流，从他全身各处淌下，在地板上淌出很远……

奇迹就在这时出现了。夜空中金蛇狂舞，一道闪电划破雨帘，发出强烈的光亮。雷声一阵压过一阵，越来越近，越来越响。朱巍匍匐在神像前颤抖，不住祷告，求神饶恕。但是惩罚仍然来了，随着滚滚的雷声，一团火球穿过窗户，直接打在朱巍身上！朱巍顿时昏厥，双臂张开，呈十字架形状躺在地板上……

惶向人经常争论：这究竟是自然现象，还是神迹？对于持宗教信仰的人来说，这雷击，显然是愤怒的神对朱巍的惩罚。但相信科学的人说得更有道理：雷雨天发生雷击事件，不是常见的吗？好人、坏人甚至水牛山羊，都有被雷击中的可能。至于雷击造成的后果，无论怎么奇特，也都是自然现象。比如惶向老镇曾有一个姑娘，遭到雷击，一半头发完全被烧，另一半头发青丝如旧，活活被剃了个阴阳头。更有奇者，一个香港老板在赴鸥歌湾途中，摇下车窗，被雷击中，眼睛里的隐形眼镜都被烧化了，人却还活着，只落得个睁眼瞎……关于雷击故事千奇百怪，怎么解释都行。即便科学知识一时解释不了，终究还属自然现象。

但是，雷击在朱巍身上造成的后果，太具神秘色彩了！等朱巍醒来时，发现自己双手掌心被击出两个洞，两只脚掌也被击了两个洞。这是什么？不正如耶稣被钉十字架时留下的钉痕吗？

那天婉莹回家拿东西，就看见朱巍坐在小卧室里，看着自己的手掌发呆。那洞眼还汩汩流血，婉莹看见吓得尖叫起来……人们正是从她口中得知神秘的钉痕。

从此，朱巍变了一个人。有人说他疯了，有人说他脱胎换骨。他的装束非常古怪：自己裁剪，用床单做了一件宽袖长袍，连手掌带脚背都掩盖起来。他很少出门，偶尔夜间出来买东西，那近似古装又近似医生白大褂的装束，吓得行人望风而逃。过去那副神气的宽边眼镜不见了，眯缝的双眼一片迷茫。长袍盖住脚面，也不知道他穿着什么鞋子。只见他一瘸一拐，艰难痛苦地行走着。这形象使惶向人大大地吃了一惊！

为缴法院的罚款，朱巍把富华楼的房子卖了。宋麻可怜他，就让他住在荔枝园空房子里。朱巍把母亲的骨灰埋在一棵荔枝树下，独守空屋过着隐居般的生活。婉莹与他离婚，再无来往。宋麻还算有良心，经常派人送些粮油肉菜，朱巍就像猪狗一样活下去。

月亮生动明媚，像一张姑娘的脸庞。小驼子仰望月亮，就觉得月亮在与他窃窃私语。他坐在小巷深处，丝毫不知道即将降临于他身上的事情。此刻，他正怀念圣妈妈。圣妈妈走了，升上她所相信的天国，小驼子却没能见她最后一面。他那颗残破的心一直被圣妈妈温暖着，现在失去了圣妈妈，他感到阵阵寒意。人们依然那么漠然冷酷，小学生抓住他仍要做乌龟，使他四脚朝天，痛苦而狼狈。他问月亮，世界上还会有圣妈妈这样的人吗？

这时，一个巨大的黑影无声无息地来到小驼子身后，就像一只大鸟从黑暗中飞过来。他伸出手，抚摸小驼子高高隆起的驼背。小驼子一惊，小兽似的蜷成一团，尖叫起来。

他听见一个男人低沉的声音：别叫，我来治你的背。

小驼子撑起地板车想逃走，可脊背被那人按住，动弹不得。他一挥手，打开男人的手掌，却沾了一手血。

血，怎么会有血？小驼子扭转头，看见那男人正是朱巍。月光下，他手掌上铜钱大的窟窿，有鲜血正从伤口汩汩流下。同时，小驼子闻到一股奇异的芳香，似乎是那血液散发出来的。他不由自主抽抽鼻子，更觉心神怡然。

朱巍说：孩子，起来吧！挺起胸膛，奔跑回家。

小驼子摸摸板车，疑惑道：我，怎么能起来呢？

朱巍慢慢擎起双手，浑身散发出神圣的光辉：只要信，你就能得救。

小驼子内心有一股热流涌过，他立即相信得救的时刻到了！他尝试着站起来，居然成功了。他走几步，双腿坚实有力。小驼子喊一声：妈妈！就往家跑。跑到胡同口，又转回来拿小板车。

朱巍仍站在那里。小驼子心存感激，不知道说什么好。他跪下，对朱巍磕了个头：你是圣徒。

朱巍像一尊大理石雕像，身穿被单缝制的宽袍，脸上挂着神秘的微笑。

小驼子把小板车夹在胳肢窝下，飞快地奔出小巷……

他就这样跑回来了！胳膊底下还夹着那辆小板车。赖五绘声绘色地说道。

白日做梦。宋麻不以为然地摇晃着脑袋，你是碰见鬼了吧？

我倒没有亲眼看到，是他妈告诉我的。她也以为碰见鬼了，还用力揉眼睛。看见儿子真的站起来了，她差点晕过去。那小鬼，大摇大摆地走进来，拉着他妈的手就往外走，高声说：回家，回四川去！

赖记大排档餐桌旁坐满了人，听了赖老板的诉说无不惊奇。可是，多数人不相信，说：你赶快把小驼子叫来，让我们看看！

赖五说：看不成了，他们母子今天一大早就赶到长途车站，回四川老家去了！

那个国土局长也在吃肠粉。司机来接他上班，他夹着黑包出门。临走，他以领导者的口吻说：没有证据，不要散布谣言了！

局长坐进轿车。赖五追到门口争辩：我干吗散布谣言？那都是小驼子他妈亲口对我说的……

宋麻也要走了。他在背后拍了拍赖老板肩膀，低声说：你这龟儿子，把那洗衣服的娘儿们玩够了，一脚蹬掉，还编一通鬼话骗大家吧？男人们的把戏，我宋麻还有不晓得的？

赖五跳进黄河洗不清，指着天空说：我对天发誓……

宋麻大手一伸捂住他的嘴巴：得得，我最不愿听人发毒誓。我可告诉你，打发走了不要紧，千万不能弄出人命！一个女人，一个残废孩子，如果你把他们搞死了，公安局许震霆来查，那还不找我麻烦？这可是我的地盘！

赖五气得干瞪眼，宋麻扬长而去。

宋麻近来心事重重。婉莹的事，使他越来越头疼。他与婉莹勾搭上手，玩得倒是称心，夜夜如胶似漆，可是婉莹提出要他离婚，却使他犯了难。宋麻虽然风流，糟糠之妻不可丢的观念很牢固，惶向地方的男人大多如此。你可以在外边玩，但休妻弃子的行为却为人不齿。他对婉莹含糊其词，尽量拖着。婉莹精明得很，步步紧逼，两人的关系渐渐紧张起来。

宋麻去看望婉莹。她住在文景苑3号楼，三室两厅一大套房子，装修豪华。这房子其实是宋麻的，他经常说送给婉莹。婉莹哧哧笑着，却不答话。间隔很长一段时间，她突然会说：我要房干吗，我要你人！自从确定情人关系，婉莹从来不要宋麻的财物。她不为宋麻的小恩小惠所收买，很让宋麻觉得亏欠，可见这女人很有心计。

宋麻对婉莹说：喂，你老公成神了。

婉莹一瞪眼：谁老公？你老公！

宋麻一本正经道：别开玩笑。朱巍用那双血手在小驼子背上摸了一下，那小鬼就站起来了，夹着小板车跑回家。他略一停顿，又夸张地补充说：这可是赖五亲眼看见的！

婉莹有些吃惊：真有这种事？

宋麻不说话，脱了衣服进卫生间冲凉。他们照例上床云雨一番。宋麻在床上也是好汉一条，作风硬朗，刚柔并济，很使婉莹满足。完了事，宋麻把一只毛茸茸的小腿搁在婉莹肚皮上，一边搓着麻脸，一边又挑起那话题：怪，朱巍那德行，怎么能把圣妈妈那套学过来？他要是真有那么大的法力，只怕咱俩这事……

婉莹打断他话说：不可能！他是魔鬼，我知道他。他妈临死都没见到儿子。你说，真有上帝，会宽恕这种人吗？

宋麻的小腿在婉莹的肚皮上搓：他是魔鬼，你呢？恐怕也是白骨精吧？我把魔鬼的老婆也搞到手了，我又是什么东西？这事想想还真可怕。

婉莹脸冷下来，把他的脚扒拉到一边，坐起身问：今天你阴阳怪气的，净说这些话是什么意思？

宋麻点燃一根香烟，思忖道：我心里犯嘀咕。我在想，我们这些人都有罪，将来会不会受报应？

婉莹话中有刺：那我们就分手吧，好让你把罪洗干净。

宋麻顺水推舟地点点头：我看这事可以考虑。我要对得起你，这套房子就送给你，还有……

婉莹顺手穿好衣服，愤怒烧红她的脸腮。她打开酒柜，拿出小半瓶马爹利酒，砰的放在宋麻面前。她说：要分手，咱俩得把这瓶酒干掉。

宋麻懒洋洋地拔出木塞，在酒瓶口嗅了嗅，火烫似的蹦了起来：这是什么？你想害死我？

婉莹从容地说：敌敌畏。我早预备下了。宋麻我告诉你，到了今天这个地步，我已经没退路了。你要想甩了我，我就只有死路一条！

宋麻也穿好衣服，在沙发坐下。他冷静了，往空中吐着烟圈道：婉莹，我可是在黑道上混饭吃的，要死要活的事情我见多了，用这一套来吓唬我，不灵！

婉莹说：我知道，所以我从不打算吓唬你。

宋麻眯起眼睛瞅她：我可不是朱巍。你的根底我清楚，一个夜总会的坐台小姐，还会做出殉情这种事情？

婉莹说：这话我记住了。总有一天，我会用事实来回答你。

宋麻见压不住她，就没了主意。这娘儿们性子野，表面上嘻嘻哈哈，说不定真能玩命！宋麻搓搓麻脸，又换上一副笑容。他把婉莹搂到怀里，说：我是试探你的。行了，别生气了。说实话，我也不知怎么搞的，心里老有点发慌。你老婆婆在世时说过：惶向要出一位圣徒。朱巍要是真的治好了小驼子，他会不会就是那个圣徒呢？

婉莹说：开玩笑，那么坏的人都会变成圣徒，咱们还怕什么？

宋麻若有所思地道：正是坏人变成圣徒，咱们的日子才不安稳哪！你想想，如果真有上帝，他老人家可是深谋远虑啊！他下出这一步棋，不是在将我们所有罪人的军吗？

婉莹也陷入沉思。

朱巍继续施展他那神秘的、不可思议的力量。惶向越来越多的人相信，圣妈妈预言的那位圣徒，正是她罪孽的儿子！他以一系列的行动证实了这一点。每个大病大灾的人家，总是在最绝望的时刻，发现朱巍出现在他们面前。他做事情总是若隐若现，扑朔迷离，叫人拿不到第一手材料。就像那个小驼子，只有赖五口说，谁也没有亲眼见到。受惠的病人也是缄默不语，人生态度发生一百八十度大转弯。所以，就像一阵微风无声无息地掠过草尖，你什么也看不见，小草却全体激动颤抖。

刘流的情况比较典型。人们相信在那个刘流生死存亡的前夜，朱巍确实去过他的病房。刘流得了胃癌，发现时已是晚期。医生要给他做手术，但活下去的希望微乎其微。具有讽刺意义的是，刘流住进了新落成的病房大楼，也就是他让朱巍修改图纸、偷工减料的那座楼。刘流的神志有些模糊，一边痛苦地呻吟，一边老喊：楼塌了，太晚了……这话是圣妈妈临终前说过的，不知怎么挂在他嘴上，翻来覆去地喊。家里人心中有数，暗暗叹息这是报应。

那天夜里，朱巍来到病房。守夜的家人都睡着了，只有刘流睁着眼睛。他看见一个人披着白斗篷，走到床前。朱巍！刘流想喊，喉咙里却发不出声音。朱巍弯下腰，脸庞隔刘流的脑袋那么近，他甚至看见他鼻梁上留下的眼镜压痕。

刘流不禁哀求：救救我，救救我。

朱巍照例用《圣经》上的语言说话。那话极漂亮：罪的工价乃是死！

刘流说：我不要死，我悔改，我认罪……

朱巍向空中擎起双手，两只宽袖褪到肘弯处，手掌上的钉痕就显露出来，在日光灯下格外醒目。伤口汩汩流血，病房里顿时充满芬芳。然后，他用血手在刘流腹部，正是长癌的部位，轻轻按了一按。刘流顿时觉得强烈的电流从体内穿过，浑身一震，整个人都弹坐起来！

朱巍把他放躺，轻声说：你得救了。

朱巍飘然离去。刘流头一歪，沉沉入睡。

第二天一早，刘流被推进手术室。开膛破腹，割出一大堆瘤子。医生惊得目瞪口呆——那些瘤子竟然是良性的！医生无法解释这样的事情，只好承认自己误诊。刘流出院了，他到处宣扬朱巍施展的奇迹。然而，像以往一样，他却拿不出任何证据。他老婆问：你是不是在做梦？我怎么没看见朱巍？刘流发急：你睡得死猪一样，别人把你抬走你也不知道！他老婆纳闷：不对呀，半夜我醒了好几回，看见你自己睡得像死猪一样……

传说，一切都是传说。但是，关于圣徒的传说，越来越强有力地冲击着惶向人的心灵。谁都说惶向是一座魔城，说时心中还有些自豪。魔，是城市发展的速度，是敢作敢为，打破一切框框的精神！当然，道德也遭受扫荡，这就像绊马索，绊不住万马奔腾，必然被马蹄拽断。现在，惶向出了一个圣徒，并且是人格上、精神上劣迹斑斑的朱巍，确实叫人难以接受。正如宋麻所说，上帝真是高明的棋手，下出这样一步令人百思不得其解而又意味深长的妙棋。他要警示什么呢？人们对自己生活方式信心开始发生动摇。

越来越多的人聚集到荔枝园。过去，只是女人来看望圣妈妈。现在男人也来了。圣徒行为毕竟有力度，瞎子瘸子有各种疑难杂症的人老远跑来，跪在地上，求朱巍抚摸他们。朱巍的反应令人吃惊，他仿佛吓坏了，躲到里屋，插上门，无论如何不肯出来。他隔着门对大家喊：我有罪，我是罪人！反反复复就这么一句话。

听那声音，他倒有几分像一个疯子。

宋麻老婆刘三姐劝大家离去。不肯走的，她就领他们坐在荔枝树下祷告。她对圣徒倒有独到见解：朱巍不是医生，不能开诊所专为人治病。只有圣灵降临到他身上，他才是一个圣徒，才能显现神迹。圣灵离去，他就和我们一样，是一个凡人，甚至是一个病人。

婉莹认为刘三姐的说法很对。她越来越多地来到荔枝园，与刘三姐拉近乎，两人亲如姊妹。她一点也没提防婉莹，一心一意做神的工作。婉莹试探她：你爱耶稣还是爱你老公？刘三姐吃惊地望着她：我老公？你怎么能把那麻子和神放在一起？我爱耶稣千万倍！婉莹暗中放下心中的石头，知道这女人不会因失去老公而痛不欲生。

可是，当婉莹进里屋看望朱巍时，心灵却受到无比强烈地震动。朱巍头发蓬乱，坐在屋角读《圣经》，婉莹和他说话，他也不回答。有时候白眼望青天，一副白痴相。婉莹要走了，他忽然说了一句：把你面前的苦杯拿走。

婉莹听不懂，问：什么是苦杯？

朱巍说：酒杯。就是那只装满苦酒的杯。

婉莹大吃一惊！心想，他怎么会知道那瓶敌敌畏呢？她平心静气，轻手轻脚回到朱巍身旁。朱巍坐在板凳上，仍在看《圣经》。

婉莹觉得自己想流泪，问：那，你说我怎么办？

朱巍读《圣经》读出了声：你就是得到了整个世界，却丢掉自己的生命，又有何益呢？有什么东西比生命更宝贵呢？

婉莹深深吸一口气，憋住，憋得脸色苍白。她觉得自己的灵魂像一片树叶似的瑟瑟发抖。她双膝一软，在前夫面前跪下，眼泪唰的流下。

她说：饶恕我吧，我知罪了……

轮到宋麻的时候，故事更是惊心动魄。宋麻早有防备，他知道朱巍早晚要来找自己。他发现，凡与朱巍有纠葛的人，生活都会遭受圣徒冲击波。刘流的病房奇遇，他深信不疑。但是他不信自己会被朱巍怎么样。常言道：鬼怕恶人。圣徒又能拿他如何？

他对赖五说：哪天朱巍来找我，我一定要摸摸他手掌上的两个洞眼。脚板也要扳起来，我把手指头插进洞眼里！

赖五忙制止他：嘘，别让他听见。

宋麻时刻准备着。他毕竟心虚，自己搞了圣徒的老婆，不知道这罪有多大？那天，他去文景苑，发现婉莹肚子痛，痛得在床上打滚。宋麻以为她喝了敌敌畏，吓得脸色发白。他急忙叫来救护车，送到医院一查，是急性阑尾炎。婉莹被推进手术间，宋麻急忙骑摩托车回来，打开酒柜，那瓶敌敌畏不见了，放着一瓶新买的马爹利酒。他拿着酒瓶翻来覆去，猜不透其中的意思。

婉莹给了他答案。动完手术后，她躺在病床上，平静地对宋麻说：我再也不回那套房子住了，再也不过那种日子。

宋麻知道谁在发挥力量。他已经感到圣徒在身边徘徊。他发狠道：来吧，老子不见得怕了你，就改成吃素的！

有一天，黑老大祥叔发话，让宋麻带几个弟兄去天堂岛。天堂岛位于鸥歌湾中央，近来搞旅游开发，建了几个度假村，主要对香港游客开放。舞厅、按摩院、地下赌场一应俱全，度假村老板请宋麻领弟兄们保驾护航，顺便也吃喝玩乐一番。这是美差，宋麻让人开着一辆大别克，车里塞满了人，天一黑就驶向鸥歌湾。

出了惶向，途经荔枝园，司机忽然一个急刹车。宋麻的脑袋险些撞着玻璃，抬头一看，朱巍挡在车前！雪亮的灯光照着他古怪的装束，一双眼睛在灯光中闪闪发亮。

司机骂：你找死啊？

朱巍朗朗地说了一句话：死亡的毒钩乃是罪。

大家都看着宋麻，宋麻冷冷地说：开车，撞他！

司机害怕，车启动，一抖一抖冲向朱巍。朱巍纹丝不动。眼看要撞上他了，司机一打方向盘，从朱巍身边擦身而过。

司机也是个打手，觉得自己的行为有些懦弱，喃喃道：麻哥，咱们还要赶路，别理他……

没想到，朱巍却不肯放过这辆车。他竟在后面追车！他的脚板据说也有两个洞，跑起路来肯定很痛，但他咬着牙，一跳一跳，以惊人的意志追赶汽车。

打手们都惊讶：他想干吗？跳得蛮快！榔头，你加大油门，别让他追上了……

宋麻发火了，熄灭烟蒂，骂道：丢你老母，跑什么？跑个屁！

司机榔头说：要不，咱们下去揍他一顿？

宋麻说：不用你们。他追的是我，我自己搞定。榔头，你先送大家去码头，回头来接我。

　　宋麻下车。大别克继续前行。朱巍越过宋麻，一跳一跳还去追轿车。他喊：停车，你们悔改吧！

　　宋麻紧赶两步，一把拽住朱巍：我在这里，你还想干什么？

　　朱巍挣不脱，眼看轿车驶远。他急得捶胸顿足：完了完了完了……

　　宋麻推他：少他妈装神弄鬼！说吧，你为什么挡我的路？

　　朱巍怜悯地望着他：前面是死路，你还要走多远呢？

　　宋麻说：让我摸摸你的手掌，有钉眼我就信你。

　　不要摸我的手，还是摸你的心吧。

　　朱巍褪去袍袖露出手掌。宋麻一看，根本没什么钉眼，一副白色手套罩住了双手。他一撇嘴嘲笑道：把手套褪去，我要看见神迹！朱巍却用手掌在他心脏的位置轻轻一按。轰隆！宋麻觉得自己的心脏爆炸了，一个霹雳把它击得粉碎！

　　朱巍语调低沉地说：认罪吧，我们都生活在罪中。

　　他一瘸一拐地离开公路，身影隐没在荔枝林中。宋麻如梦初醒，却呆立原地，动弹不得。

　　一辆辆警车从他身边驶过。很快，他得到消息：一个喝醉酒的司机驾驶着集装箱卡车狂奔，将迎面驶来的别克轿车撞得粉碎……

　　像以往的神秘事件一样，宋麻无法解释自己的遭遇。与他同车的伙伴都已死亡，只有他一人死里逃生。谁救了他？圣徒。谁能够证明？没有。人们会说宋麻喝多了啤酒，下车解手，独自在野地里走走，恰巧躲过了这场灾难。许多事情除非你亲自体验，跟谁也讲不清楚。因此宋麻拿定主意，闭口不提朱巍挡车的事情。

但他知道该怎么做。他必须做出选择。

祥叔开一间电器行。他坐在楼上狭窄的办公室里，指挥惶向一张黑色的网络。他摸着秃秃的脑门，向对面而坐的得力干将宋麻唉声叹气。

你要走了，留下祥叔独挑重担。你怎么忍心？惶向地面越来越乱，四川帮，湖南帮，东北帮，还有西北狼，都在跟我们抢地盘！我这把年纪了，能对付了吗？本来，我是想把位子传给你的……

宋麻一脸坚定：祥叔，别说这些了。我金盆洗手，不会再吃回头草！

祥叔收起可怜相，换上一副凶相。他把头伸到宋麻面前，秃脑门在电灯泡的映照下闪闪发亮。金盆洗手？他冷笑道，我看不必了。手都保不住了，你还洗它干吗？咱们帮里的规矩你又不是不懂，想退出？可以，但你必须留下一只手！

宋麻捋起衣袖，将左手放到办公桌上。老大说得对，今天我就是来送手的。喏，手在这里，你现在就可以拿去！

祥叔珍惜地抚摸着宋麻的手腕，又在他手背上拍了拍。他不说话，也不动手。

宋麻冷静地说：祥叔念多年兄弟的情分，下不了手？拿刀来，我自行解决！

祥叔虎着脸，跌坐在沙发上。他一下子变得十分衰老，泪水在眼角流淌。我知道你为什么这样……是圣徒，你信了那个圣徒！

宋麻点点头：对。我要把荔枝园送给他，让他盖一座教堂。

祥叔叹息：圣徒，教堂……惶向多了这些东西，我们混饭吃越来越难啦。

宋麻是急性子人，不爱啰唆。他站起来说：大佬，我走了。这只手是你的，什么时候想拿，你随时找我。

宋麻昂扬走出小屋。祥叔拉开抽屉，拿出一把手枪，对着他的脊背瞄准。瞄了一阵，他叹息一声，又把手枪放回原处。

宋麻回到家，见治安科长许震霆来找他。许科长锐利的目光在宋麻脸上扫过：这几天你没去赖记大排档，上哪了？

宋麻冷冷地说：南二路的事情我不管了，以后你不必去那里找我。

许震霆板起脸：耍滑头？你还有不少案底在我手中，我们之间有默契，不是吗？

我已经退出江湖了。如果有罪，请你立刻逮捕我。

真的？你宋麻也能放下屠刀，立地成佛？

宋麻纠正道：不是佛，是圣徒。

这回轮到许震霆惊讶了。他睁大眼睛，打量宋麻半天，才默默点头。他拿出一张通缉令，指着罪犯照片说：那好，你要尽一个公民的义务，协助我们抓捕逃犯。这个人，你见过吗？

宋麻眼睛在照片上一瞟，就认出那是谁了。但他摇摇头，说：没见过。

许震霆冷笑：讲义气，是吧？还守着你们的帮规，是吧？好，我来告诉你：这家伙名叫邱达，在湖南杀了人，持枪潜逃，他可是非常危险的罪犯！包庇这样的罪犯，你可就对不起圣徒喽。

宋麻的脸慢慢涨红，每一个麻点都充满血印。他一咬牙，说：他躲在菲菲发廊，新疆妹芳云是他马子。现在，他的绰号叫"毛头"，就住在发廊楼上。

许震霆笑了：很好，谢谢你。

他告辞。走到门口，他又特意转身与宋麻握手。这对冤家手握得很紧，用力摇摇，又摇摇。

许震霆说：你真变了，我信了！

朱巍还是那样，让人摸不清他是疯傻，还是神圣。在一般人看来，他就是一个精神病患者，并且，病情有加重的趋势。每天，他躲在荔枝园小屋里，把门窗堵严，不开电灯，只点一支蜡烛读《圣经》。他的胡子从来不剪，越长越长，蜡烛常将他的须发烧焦。别人跟他讲话，他一律用天国的语言回答。有时候一针见血，有时候莫名其妙。他似乎完全不懂人世间的事情，连吃饭也常常忘记。若不是刘三姐等一帮妇女照顾他，恐怕他会饿死。

偶尔，他在街上走过，就会有一班小孩跟在后面，朝他扔石子。他全然不知，两眼茫然地看着前方。他的古怪的装束，更成为一个病人的标志，长袖飘飘，裤脚拖地，肮脏不堪。所以，许多人还是把他当作疯子。到了夜晚，他变得格外活跃，在惶向各个角落神出鬼没。没人料到什么时候在什么地方会遇见他的身影。他就在夜幕掩护下创造奇迹，而奇迹又往往模糊不清。

下雨天，特别是雷雨天，他会变得格外亢奋。他站在路灯下，站在风雨中，像悲剧演员一样激情演出。他愤怒地控诉一座城市，这城市似乎是惶向，又似乎是《圣经》所记载的某个远古城市。他严厉指责人们犯下的一桩桩罪恶，并发出诅咒，发出可怕的预言。当闪电划破夜空，雷声从天边滚滚而来，他的演出达到高潮！整条马路晃动着他跳跃的身影，水珠成串在他脚下飞溅。他的呼声伴随着雷声在惶向上空回荡，他的激情犹如疯狂的火焰，焚烧着人们的良心。

这样的人物很难在人间长期生存。神圣或疯狂总像流星一样，绚烂却瞬间即逝。朱巍也是一样，人们惶惶地等待着他的结局。这结局突然就来了！大家来不及思考，甚至来不及眨一下眼睛，这位空前绝后的、从大恶变为大善的圣徒，就从容地走向他的归宿。

抓捕毛头的行动并不顺利。刑警队张队长和许震霆领人埋伏在菲菲发廊的周围，守了一夜，不见毛头的踪影。天快亮时，毛头骑着摩托车，带着那位新疆妹回来了。许科长说：他们也许一夜没睡，等睡熟了再动手。

约莫九点多钟，许震霆与张队长带着几名刑警，敲开菲菲发廊的玻璃门。许科长与发廊老板娘很熟，说：我要找新疆妹。

老板娘领他们上楼：新疆妹和她老公睡在一起。毛头上个月才来，我正让他去办暂住证呢……

门打开，床上的人蒙头躺着。张队长手持短枪，一个箭步上前，掀开被子一看：是新疆妹！

许科长厉声问：毛头哪去了？

新疆妹不说话。其他刑警叫起来：张队长，嫌犯从这里跑了！

小屋有一个后凉台，与邻居的凉台挨得很近。他们当即断定，犯人是跳到隔壁人家去了。许震霆叫一声：糟！那是赖记大排档。

张队长立即指挥刑警队封锁赖记大排档。

赖五正在楼上拿钱。他刚打开保险箱，就觉得有一样硬邦邦的东西顶在腰间。他以为谁开玩笑，就说：别闹，别闹！他伸手摸摸腰间那硬东西，却摸到一支冰凉的枪管。赖五惊回头，看见亡命之徒扭曲变形的脸庞！

别动，出声就打死你！年轻人压低嗓音说道。

赖五认识他，菲菲发廊新来的小伙子，常为小姐们买盒饭。他说：毛头你别乱来，要钱只管拿，拿了你就赶快走。

毛头说：我走不了啦，只好委屈你一下。他找到一根尼龙绳，将赖五双手反绑起来。他似乎有些抱歉，说：赖老板，我要用你做人质。不过你放心，我不会真朝你开枪的。

赖五是见过世面的人，苦笑：兄弟，枪弹不长眼睛，待会儿我陪你一块儿去见阎王就是了。

楼梯响起脚步声。毛头用枪指着赖五的脑袋，喊：立刻准备一辆车，这人的命就在你们手里了！

后凉台那边有动静，毛头回手就是一枪！枪声极响亮，震得赖五耳朵疼。公安人员都退下去了，暂时没有动作。

底层大排档的客人都被撤到街上，但谁也不肯走，就站在街对面关注事态的进展。

这时，朱巍出现了。谁也没想到，这疯子甩脱警员的阻拦，从后门闯进饭店。他穿过走廊，直接踏上楼梯。他还穿着那件怪袍，宽袖宽腿，脚步踉跄。刑警已来不及阻挡他，张队长立即命令狙击手做好射击准备。楼上响起怪吼，毛头显然被这不速之客吓了一跳。

别开枪，朱巍喊道，是我，我来救你！

毛头认识朱巍，也听说过有关他的种种传说。他红着眼睛喊：你来找死啊？快退下！

朱巍已经站在门前，高高举起两只手。赖五的眼睛顿时亮起来！虚虚实实的传闻他曾听说过多少？今天终于亲眼看见朱巍的手掌！他甚至忘记了自身的安危，一心要看掌上的血洞。然而，朱巍戴着一副白手套，赖五无法看清真相。

把手套摘掉吧！他情不自禁地喊起来，求求你了……

歹徒也好奇，目不转睛地朝那双手掌看。

朱巍慢慢地褪去手套，往墙角一扔，向他们亮出双手。啥也没有，血洞、香气统统没有！普普通通的手掌，真让人失望。

他一步一步走上前，对毛头说：没有神迹，只有选择。快把枪放下吧。

毛头的枪口指向朱巍胸膛。快走！毛头绝望地喊道。朱巍眼睛里射出奇异的光亮，那光像太阳一样能够融化冰雪。他向毛头伸出手去——传说中创造过许多奇迹的手掌，正一寸一寸接近毛头的胸膛……

砰！枪声响了，子弹射穿朱巍的胸脯。

几乎与此同时，窗外、楼梯口射来子弹，击中了毛头的脑袋。朱巍站了很久，缓缓转过身来。他与刚上楼的许震霆打了一个照面，以责备的口吻说道：你们错了，他本来可以得救的……

然后，朱巍高大的身躯轰然倒下。

很多年后，惶向发展为一座大都市。圣徒的传说渐渐淡漠，像许多故事一样被喧闹与繁华所淹没。只有一些上年纪的当地居民，还会谈起朱巍这么一个人。大家仍为他的变化、他的行为而困惑，这是一个谜，谜底很难揭开。但是，他在人们心中留下难以名状的激动，犹如波澜一圈圈地扩大。一座城市有其精神、有其底蕴，圣徒传奇也融入其中了。

一线光明足以划破黑暗王国。光，远比黑暗强大。

图书在版编目（CIP）数据

天局 / 矫健 著 -- 北京：作家出版社，2017.5（2025.10重印）
ISBN 978-7-5063-9484-0

Ⅰ．①天… Ⅱ．①矫… Ⅲ．①中篇小说 – 小说集 – 中
国 – 当代 ②短篇小说 – 小说集 – 中国 – 当代 Ⅳ．①I247.7

中国版本图书馆CIP数据核字（2017）第079826号

天　局

作　　者：	矫　健
责任编辑：	省登宇
助理编辑：	周李立
选题策划：	瓦　当
装帧设计：	张亚群
出版发行：	作家出版社有限公司

社　　址：北京农展馆南里10号　　　　邮　　编：100125
电话传真：86-10-65067186（发行中心及邮购部）
　　　　　86-10-65004079（总编室）
E-mail:zuojia@zuojia.net.cn
http://www.zuojiachubanshe.com
印　　刷：中煤（北京）印务有限公司
成品尺寸：160×230
字　　数：250千
印　　张：16
版　　次：2017年5月第1版
印　　次：2025年10月第58次印刷
ISBN 978-7-5063-9484-0
定　　价：38.00元